**Howard Phillips Lovecraft**, conocido como H. P. Love-craft, nació el 20 de agosto de 1890 en Providence, Rhode Island (Estados Unidos), donde pasó la mayor parte de su vida. Desde muy joven, mostró un gran interés por la lectura y la escritura, especialmente por la ciencia ficción y el terror, y en la década de 1920 comenzó a publicar cuentos en revistas que le valieron cierta atención dentro de esos géneros, por entonces menores. Con todo, vivió en una relativa oscuridad económica y literaria, y solo después de su muerte su obra llegó a un público amplio. Desde entonces, esta ha fascinado a generaciones de lectores con un universo coherente, conocido como «los mitos de Cthulhu», que incluye seres antiguos, así como temas recurrentes vinculados a la angustia existencial, lo desconocido y la insignificancia humana frente al cosmos. H. P. Lovecraft falleció el 15 de marzo de 1937 a la edad de cuarenta y seis años, dejando un legado perdurable en el mundo del horror y la literatura fantástica.

# H. P. LOVECRAFT

# La llamada de Cthulhu
# y otros cuentos

*Traducciones de*
ISMAEL BELDA, MARÍA TERESA SEGUR
Y FRANCISCO TORRES

PENGUIN CLÁSICOS

Papel certificado por el Forest Stewardship Council®

Primera edición: marzo de 2026

PENGUIN, el logo de Penguin y la imagen comercial asociada son marcas registradas
de Penguin Books Limited y se utilizan bajo licencia.

1928, 1929, 1936, H. P. Lovecraft
© 2026, Penguin Random House Grupo Editorial, S. A. U.
Travessera de Gràcia, 47-49. 08021 Barcelona
© 2024, Ismael Belda Sanchis, por la traducción de «En las montañas de la locura»
© María Teresa Segur, por la traducción de «El horror de Dunwich»
© Francisco Torres Oliver, por la traducción de «La llamada de Cthulhu»
Diseño de la colección: Penguin Random House
Ilustración de la cubierta: © Isabel Loureiro

*Printed in Spain* – Impreso en España

ISBN: 978-84-9105-803-8
Depósito legal: B-1.106-2026

Compuesto en M. I. Maquetación, S. L.

Impreso en Black Print CPI Ibérica
Sant Andreu de la Barca (Barcelona)

PG 5 8 0 3 8

# Sobre esta colección

En 1934, al regresar a Londres tras visitar a su amiga Agatha Christie, el joven editor Allen Lane hizo un alto en el quiosco de libros de la estación Exeter St Davids y notó que solo se vendían libros caros y de mala calidad. Comprendió que al público lector le haría falta justo lo contrario: buenos libros a un precio asequible. Al año siguiente fundó con sus dos hermanos Penguin Books, la empresa con la que creó el libro de bolsillo e inició una revolución editorial en todo el mundo.

El primer lote de libros de Penguin se lanzó en julio de 1935 y consistió en diez títulos. Los libros tenían un diseño distintivo y uniforme: cubiertas con dos bandas horizontales de color naranja y el logotipo de un pingüino impreso en el frontal. Esta uniformidad contribuyó a que fueran fácilmente reconocibles, mientras que la calidad de la selección demostraba el atractivo de la colección. En los diez meses siguientes al lanzamiento se vendieron más de un millón de ejemplares a seis peniques cada uno.

Los hitos siguieron sucediéndose. En su afán por acercar los libros al público, en 1937 Lane ideó la Penguincubator, una máquina expendedora que ofrecía una selección de libros de bolsillo en la estación de Charing Cross Road, Londres, para que nadie se quedara sin su libro al esperar el tren. Con mayor impacto aún, en 1946 la empresa lanzó la colección Penguin Classics, a fin de que los mejores libros jamás escritos estuviesen a disposición de todos. Su primer título, la *Odisea* en traducción de E. V. Rieu, se convirtió en un best seller.

En la actualidad, Penguin Clásicos, heredera de Penguin Books, sigue haciendo honor a los principios fundadores de Allen Lane. Y con ello bien presente esta serie de clásicos quiere rendir homenaje al diseño original que tanto contribuyó a crear un referente en el mundo de la lectura.

# Índice

# La llamada de Cthulhu

# I

## El horror en arcilla

Nada en el mundo proporciona más alivio, creo, que la incapacidad de la mente humana para relacionar entre sí todos sus contenidos. Vivimos en una plácida isla de ignorancia en medio de mares negros e infinitos, y no estamos hechos para emprender largos viajes. Las ciencias, esforzándose cada una en su propia dirección, nos han causado hasta ahora poco daño; pero algún día el ensamblaje de todos los conocimientos disociados abrirá tan terribles perspectivas de la realidad y de nuestra espantosa situación en ella que, o bien enloqueceremos ante tal revelación, o bien huiremos de esa luz mortal y buscaremos la paz y la seguridad en una nueva edad de tinieblas.

Los teósofos han sospechado la tremenda magnitud del ciclo cósmico del que nuestro mundo y el género humano constituyen efímeros incidentes. Han insinuado extrañas pervivencias en términos que helarían la sangre, si no quedaran enmascaradas por un optimismo complaciente. Pero no es de ellos de quienes me llegó la fugaz visión de eones prohibidos que me hace estremecer cuando me vuelve a la memoria y enloquecer cuando sueño con ella. Esa visión, como todas las visiones de la verdad, surgió como un relámpago al encajar accidentalmente las piezas separadas, en este caso, un artículo de un periódico atrasado y las notas de un profesor ya fallecido. Espero que nadie más llegue a encajar estas piezas; ciertamente, si vivo, no facilitaré jamás intencionadamente un eslabón a tan horrible cadena. Creo que el profesor también trató de guardar silencio respecto de la parte que él sabía, y que habría destruido sus notas de no sobrevenirle súbitamente la muerte.

Empecé a enterarme del asunto en el invierno de 1926-1927, con la muerte de mi tío abuelo George Gammell Angell, profesor honorario de lenguas semíticas de la Universidad de Brown, Providence, Rhode Island. El profesor Angell era ampliamente conocido como una autoridad en epigrafía, y había sido consultado con frecuencia por directores de prominentes museos; así que muchos recordarán su fallecimiento a los noventa y dos años. Localmente, el interés aumentó debido a la oscura causa de su muerte. El profesor murió cuando regresaba del barco de Newport; se derrumbó súbitamente, como declaró un testigo, tras recibir un empujón de un marinero negro que surgió de una de esas casuchas oscuras y extrañas de la empinada cuesta que constituye un atajo desde el muelle hasta la casa del difunto, en Williams Street. Los médicos no pudieron descubrir ninguna causa visible, aunque concluyeron, después de una perpleja deliberación, que la causa del desenlace debió de ser un oscuro fallo del corazón provocado por el rápido ascenso de una cuesta tan pronunciada para un hombre de tantos años. En aquel entonces no encontré ninguna razón para disentir del dictamen, pero recientemente me inclino a dudarlo... y más que a dudarlo.

Como heredero y testamentario de mi tío abuelo, pues este murió viudo y sin hijos, era natural que yo revisase sus papeles con cierto detenimiento; así que con ese motivo me llevé toda la serie de archivos y cajas a mi casa de Boston. Gran cantidad del material que he logrado ordenar lo publicará más adelante la Sociedad Americana de Arqueología; pero había una caja que me pareció enigmática por demás y no me sentía decidido a enseñarla a nadie. Estaba cerrada, y no encontré la llave hasta que se me ocurrió examinar el llavero personal que el profesor llevaba siempre en el bolsillo. Entonces, efectivamente, logré abrirla; pero fue para toparme tan solo con un obstáculo aún más grande y hermético. Pues ¿qué podían significar el extraño bajorrelieve en arcilla y las notas y apuntes y recortes del periódico que contenía? ¿Se había vuelto mi tío crédulo de las más superficiales imposturas? Decidí buscar al excéntrico escultor que había ocasionado esa supuesta turbación de la paz espiritual del anciano.

El bajorrelieve era un tosco rectángulo de unos dos centímetros de espesor, y una superficie de doce por quince centímetros, de origen moderno evidentemente. Sus dibujos, no obstante, no eran modernos ni mucho menos, tanto por su atmósfera como por lo que sugerían; pues, aunque los desvaríos del cubismo y del futurismo son muchos y extravagantes, no suelen reproducir esa misteriosa regularidad que encierra la escritura prehistórica. Y, ciertamente, la mayor parte de aquellos trazos parecía algún tipo de escritura; aunque mi memoria, pese a estar muy familiarizada con los papeles y las colecciones de mi tío, no lograba identificar en ningún sentido aquel tipo de escritura en particular, ni descubrir su más remoto parentesco.

Sobre estos supuestos jeroglíficos había una figura de evidente carácter representativo, aunque su ejecución impresionista impedía hacerse una idea sobre su naturaleza. Parecía una especie de monstruo, o símbolo representativo de un monstruo, de una forma que solo una imaginación enferma podría concebir. Si digo que a mi imaginación algo extravagante le sugirió imágenes de un pulpo, un dragón y una caricatura humana, no sería infiel a la naturaleza del diseño. Una cabeza pulposa, tentaculada coronaba un cuerpo grotesco y escamoso, dotado de unas alas rudimentarias; pero era el contorno general lo que lo hacía más estremecedor. Detrás de la figura, un vago bosquejo de arquitectura ciclópea servía de fondo.

El escrito que acompañaba a esta rareza, aparte del montón de recortes de periódico, estaba redactado con la más reciente letra del profesor Angell, sin la menor pretensión literaria. El principal documento, al parecer, era el que llevaba por título EL CULTO DE CTHULHU, escrito cuidadosamente en caracteres de imprenta para evitar la lectura errónea de palabra tan insólita. Dicho manuscrito estaba dividido en dos secciones; la primera se titulaba: «1925. Sueño y obra ejecutada en sueños, de H. A. Wilcox; Thomas St., 7, Providence, R. L.»; y la segunda: «Informe del inspector John R. Legrasse; Bienville St., 121, Nueva Orleans, La., a la A. A. Mtg., 1928. Notas sobre la misma, y declaración del profesor Webb». Los demás escritos eran todos anotaciones breves; algunas, referencias a extraños sueños de distintas personas; otras, citas de libros teosóficos y revistas (en particular, *La Atlántida y la Lemuria perdida*, de W. Scott-Elliott), y el resto, comentarios sobre pasajes de textos mitológicos y antropológicos como *La rama dorada*, de Frazer, y *El culto de las brujas en la Europa occidental*, de Margaret Murray. Los recortes de periódicos aludían ampliamente al desencadenamiento de una extremada enfermedad mental y accesos de locura o manía colectiva en la primavera de 1925.

La primera mitad del manuscrito principal relataba una historia muy curiosa. Parece ser que el 1 de marzo de 1925, un joven delgado, moreno y de aspecto neurótico y excitado había ido a visitar al profesor Angell, con el singular bajorrelieve de arcilla, entonces excesivamente húmedo y fresco. Su tarjeta ostentaba el nombre de Henry Anthony Wilcox, y mi tío le había reconocido como el hijo más joven de una excelente familia ligeramente conocida suya, el cual había estudiado no hacía mucho escultura en la Escuela de Bellas Artes de Rhode Island y había vivido solo en la residencia Fleur-de-Lys, próxima a dicha institución. Wilcox era un joven precoz de reconocido genio, pero de gran excentricidad, y había llamado la atención desde niño por las extrañas historias y singulares sueños que acostumbraba relatar. Decía de sí mismo que era «físicamente hipersensible», pero la gente seria de la antigua ciudad comercial le tenía simplemente por «raro». Al no relacionarse demasiado con sus semejantes, se había ido alejando gradualmente de la visibilidad social, y ahora solo era conocido de un reducido grupo de estetas de otras ciudades. El Círculo Artístico de Providence, deseoso de preservar su conservadurismo, lo había considerado un caso perdido.

En esa visita, decía el manuscrito del profesor, el escultor recabó precipitadamente los conocimientos arqueológicos de su anfitrión para que identificase los jeroglíficos del bajorrelieve. Hablaba en un tono altisonante y pomposo que delataba afectación y que le impedía suscitar simpatía alguna; y mi tío le contestó con cierta sequedad, pues el evidente frescor de la tablita presuponía cualquier cosa menos que se relacionara con la arqueología. La respuesta del joven Wilcox, que impresionó a mi tío hasta el punto de recordarla después y consignarla al pie de la letra, fue de una naturaleza tan fantásticamente poética que debió de simbolizar su conversación entera, y que más tarde he observado como característicamente suya. Dijo:

—Es reciente, en efecto, pues la hice anoche mientras soñaba con extrañas ciudades; y los sueños son más antiguos que la taciturna Tiro, la contemplativa Esfinge o la ajardinada Babilonia.

Y entonces comenzó a relatar esa peregrina historia que, súbitamente, brotó de su memoria dormida, acaparando febrilmente el interés de mi tío. La noche de antes, había habido un ligero temblor de tierra, el más fuerte que se había notado en Nueva Inglaterra desde hacía años, y la imaginación de Wilcox se había visto hondamente afectada. Una vez en la cama, había tenido un sueño sin precedentes sobre ciudades ciclópeas de gigantescos sillares y monolitos que se erguían hasta el cielo, que rezumaban un limo verdoso e irradiaban un aura siniestra de latente horror. Los muros y pilares estaban cubiertos de jeroglíficos, y desde algún lugar indeterminado de la parte inferior había brotado una voz que no era voz, sino una sensación caótica que solo la fantasía podía transmutar en sonido, pero que él intentó traducir en una impronunciable confusión de letras: «Cthulhu fhtagn».

Este galimatías fue la clave del recuerdo que excitó y turbó al profesor Angell. Interrogó al escultor con minuciosidad científica y examinó casi con frenética intensidad el bajorrelieve en el que el joven se había sorprendido a sí mismo trabajando, muerto de frío y en pijama, cuando, paulatinamente, se despertó desconcertado. Mi tío atribuyó a su avanzada edad, dijo después Wilcox, su lentitud en reconocer los jeroglíficos y el dibujo. Muchas de sus preguntas parecieron sin sentido a su visitante, en especial las que pretendían relacionarlo con cultos o sociedades extrañas; y Wilcox no logró comprender las repetidas promesas de silencio que le ofreció a cambio de que admitiese su afiliación a alguna sociedad religiosa mística o pagana de ámbito mundial. Cuando el profesor Angell se convenció de que el escultor ignoraba por completo todo culto o sistema de ciencia críptica, asedió a su visitante con peticiones de que le tuviese al corriente sobre sus nuevos sueños. Su petición produjo cierto fruto, pues, a partir de la primera entrevista, el manuscrito registraba visitas diarias del joven, durante las cuales le contaba fragmentos espantosos de fantasías nocturnas, cuyo contenido se relacionaba siempre con algún terrible escenario ciclópeo de oscura y rezumante piedra, con una voz o llamada subterránea que gritaba monótonamente en forma de enigmáticos impulsos sensitivos imposibles de describir. Los dos sonidos que se repetían de modo más frecuente son los que podrían transcribirse por las palabras «Cthulhu y R'lyeh».

El 23 de marzo, proseguía el manuscrito, Wilcox dejó de acudir; y, al preguntar por él en la residencia, el profesor se enteró de que le había dado una fiebre de origen desconocido y había regresado a casa de su familia en Waterman Street. Había empezado a gritar por la noche, despertando a varios otros artistas que vivían en el edificio, y desde entonces su estado vital alternaba entre periodos de inconsciencia y de delirio. Mi tío telefoneó inmediatamente a la familia, y a partir de entonces siguió el caso de cerca, acudiendo frecuentemente al despacho del doctor Tobey de Thayer Street, el médico que atendía al joven. La mente febril de este repetía con insistencia, al parecer, cosas extrañas, y el médico se estremecía cada vez que hablaba de ellas. No solo repetía lo que había soñado al principio, sino que aludía a un ser gigantesco que tenía «kilómetros de estatura» y caminaba o avanzaba pesadamente. En ningún momento describió a este ser por completo, pero, por las palabras frenéticas que el doctor Tobey recordaba, el profesor se convenció de que debía de ser la misma criatura monstruosa que había tratado de representar en su escultura. Cada vez que el joven aludía a ese ser, añadió el médico, era invariablemente preludio de una recaída en el letargo. Su temperatura, cosa rara, no era muy superior a la normal; pero su estado parecía deberse más a una fiebre violenta que a un trastorno mental.

El 2 de abril, a eso de las tres de la tarde, cesaron súbitamente todos los síntomas de enfermedad en Wilcox. Se incorporó en la cama, asombrado de encontrarse en su casa, completamente ignorante de cuanto le había sucedido en sueños o en la realidad desde la noche del 22 de marzo. Declarado sano por el médico, regresó a su residencia a los tres días; pero ya no le sirvió de ninguna ayuda al profesor Angell. Con su recuperación desaparecieron todos sus sueños extraños, y, tras una semana de anotar observaciones triviales sobre visiones completamente ordinarias, mi tío dejó de consignar sus figuraciones nocturnas.

Aquí terminaba la primera parte del manuscrito, pero las alusiones a ciertas notas dispersas me dieron mucho que pensar... tanto que solo el arraigado escepticismo que entonces constituía mi filosofía puede explicar mi persistente desconfianza con respecto al artista. Las notas a que me refiero describían los sueños de diversas personas durante el mismo periodo en que el joven Wilcox había tenido sus extrañas visiones. Mi tío, al parecer, había iniciado rápidamente una dilatada encuesta entre casi todos los amigos a quienes podía interrogar sin pecar de indiscreto, pidiéndoles que le contasen sus sueños y le facilitasen los detalles de cualquier visión excepcional que hubiesen tenido anteriormente. La información recibida era muy variada; pero, en definitiva, debió de recibir más respuestas de las que un hombre corriente habría podido manejar sin ayuda de un secretario. No conservó la correspondencia original, pero sus notas constituían una síntesis de lo más completa y significativa. Las gentes corrientes y hombres de negocios —la tradicional «sal de la tierra» de Nueva Inglaterra— dieron un resultado casi completamente negativo, aunque aparecieron casos, dispersos aquí y allá, de inquietantes aunque imprecisas impresiones nocturnas, siempre entre el 23 de marzo y el 2 de abril, periodo del delirio del joven Wilcox. Los hombres de ciencia no se sintieron muy afectados, si bien cuatro de los casos describían vagas visiones de extraños paisajes, y uno de ellos atribuía el miedo a algo anormal.

Fue de los artistas y poetas de quienes recibió las respuestas más interesantes, y comprendo el pánico que se habría desencadenado de haber podido ellos mismos comparar notas. Dado que no existían las cartas originales, deduje que el compilador les había hecho preguntas específicas, o había dirigido la correspondencia con el fin de corroborar lo que personalmente había decidido ver. Esa es la razón por la que seguí convencido de que Wilcox, conocedor de los viejos documentos de mi tío, había estado embaucando al viejo científico. Esas respuestas de los artistas contaban una historia turbadora. Del 28 de febrero al 2 de abril, muchos tuvieron sueños muy extraños, que alcanzaron su máxima intensidad durante el periodo de delirio del escultor. Una cuarta parte narraban escenas y sonidos parecidos a los descritos por Wilcox; y algunos confesaron haber experimentado un gran miedo ante un ser abominable. Un caso, que las notas describían con énfasis, resultaba particularmente triste. El sujeto, un arquitecto muy conocido con afición a la teosofía y al ocultismo, se volvió repentinamente loco el día que el joven Wilcox sufrió el ataque, y murió unos meses más tarde, gritando incesantemente que le salvaran de cierta criatura escapada del infierno. De haber dejado mi tío la referencia nominal de estos casos, en vez de reducirlos a números, yo habría intentado alguna comprobación; de este modo, en cambio, solo pude seguir la pista de unos cuantos. Todos, sin embargo, corroboraron plenamente las notas. Me he preguntado a menudo si todos aquellos a quienes el profesor había interrogado se sentirían tan intrigados como estos. Bien está que no hayan llegado a saber jamás la explicación.

Los recortes de prensa, como he dicho ya, referían los casos de pánico, manía y excentricidad durante dicho periodo. El profesor Angell debió de contratar los servicios de una oficina de recortes de prensa, pues el número de extractos era enorme, y además procedían de todas las partes del mundo.

Uno hablaba de un suicidio en Londres durante la noche, en que un hombre se había levantado de la cama y arrojado por la ventana, luego de lanzar un grito espantoso. Otro era una carta incoherente dirigida a un periódico sudamericano, en la que un fanático auguraba un espantoso futuro por las visiones que había tenido. Otro era un despacho procedente de California que relataba que una colonia de teósofos empezó a vestirse en masa con ropas blancas para cierto «glorioso acontecimiento» que nunca llegaba, mientras que otras noticias de la India hablaban cautelosamente de una grave agitación entre los nativos que había tenido lugar a finales de marzo. Las orgías del vudú se habían multiplicado en Haití, y las agencias africanas de noticias hablaban de murmullos presagiosos. Los oficiales americanos con destino en Filipinas habían observado la inquietud de algunas tribus en este mismo tiempo, y algunos policías neoyorquinos habían sido atropellados por orientales histéricos la noche del 22 al 23 de marzo. En el oeste de Irlanda también corrían rumores insensatos, y un pintor llamado Ardois-Bonnot colgó un blasfemo *Paisaje onírico* en el Salón de Primavera de París, en 1926. Por otra parte, fueron tan numerosos los disturbios registrados en los manicomios que solo un milagro pudo impedir que el cuerpo médico advirtiese extraños paralelismos y extrajese confusas conclusiones. En suma, se trataba de una escalofriante colección de noticias; y, aún hoy, no comprendo qué sequedad racionalista me impulsó a desecharlas. Pero estaba convencido de que el joven Wilcox había tenido noticia de unos casos anteriores citados por el profesor.

## II

## El relato del inspector Legrasse

Los casos anteriores que movieron a mi tío a dar tanta importancia al sueño y al bajorrelieve del escultor constituían el tema de la segunda parte de su largo manuscrito. Al parecer, el profesor Angell había visto anteriormente la infernal silueta de la anónima monstruosidad, había estudiado los desconocidos jeroglíficos y había oído los siniestros vocablos que podrían traducirse por la palabra «Cthulhu», encontrándolo todo tan horriblemente relacionado que no es extraño que acosara al joven Wilcox con preguntas y precisiones de fechas.

Esta experiencia anterior había tenido lugar diecisiete años antes, en 1908, cuando la Sociedad Americana de Arqueología celebró su congreso anual en Saint Louis. El profesor Angell, debido a su autoridad y a sus méritos, había desempeñado un destacado papel en todas las deliberaciones, viéndose abordado por varios extranjeros que aprovecharon su ofrecimiento para aclarar las preguntas y problemas que le quisieran formular.

El jefe de este grupo de extranjeros, que se convirtió pronto en centro de atención de todo el congreso, era un hombre de aspecto ordinario y de mediana edad que había venido de Nueva Orleans en busca de cierta información que no había podido conseguir de fuentes locales. Se llamaba John Raymond Legrasse, y era inspector de policía. Con él traía el objeto motivo de su viaje: una estatuilla de piedra, de aspecto grotesco y repulsivo, aparentemente muy antigua, cuyo origen no acertaba a determinar.

Eso no significa que el inspector Legrasse tuviera el más mínimo interés por la arqueología. Al contrario, su deseo de saber se debía a consideraciones puramente profesionales. La estatuilla, ídolo, fetiche o lo que fuera, había sido confiscada unos meses antes en los pantanos boscosos del sur de Nueva Orleans, durante una incursión para disolver una supuesta sesión de vudú; y tan extraños y horribles eran los ritos relacionados con ella que la policía no pudo por menos de comprender que acababan de dar con un oscuro culto totalmente desconocido para ellos e infinitamente más diabólico que los más tenebrosos ritos de los círculos de vudú africanos. No pudieron averiguar nada sobre su origen, aparte de las disparatadas e increíbles historias arrancadas por la fuerza a los miembros capturados; de ahí los deseos de la policía de acudir a algún arqueólogo que pudiese ayudarles a identificar el espantoso símbolo y a través de este seguir la pista del culto hasta su fuente.

El inspector Legrasse no se esperaba la impresión que su ofrecimiento causó. La aparición del objeto bastó para provocar en los científicos una tensa agitación, e inmediatamente se congregaron en torno a la estatuilla para contemplar la pequeña figura, cuya rareza y auténticamente inmensa antigüedad hacían vislumbrar perspectivas insospechadas y arcaicas. Este objeto terrible no daba la impresión de pertenecer a ninguna escuela escultórica conocida, aunque parecían haberse inscrito los siglos y hasta los milenios en la oscura y verdosa superficie de su piedra.

La figura, que finalmente pasó de mano en mano para ser examinada cuidadosa y detenidamente, medía unos veinte centímetros de altura y estaba artísticamente labrada. Representaba un monstruo de contornos vagamente antropomorfos, aunque con cabeza de octópodo, y cuyo rostro era una masa de palpos, un cuerpo de aspecto gomoso y cubierto de escamas, garras prodigiosas en las extremidades traseras y delanteras y unas alas estrechas en la espalda. Ese ser, que parecía dotado de una perversidad espantosa y antinatural, dejaba traslucir una pesada corpulencia, y descansaba sobre un bloque rectangular o pedestal, cubierto de caracteres indescifrables. Las puntas de las alas rozaban el borde posterior del bloque, la figura ocupaba el centro, mientras que las largas y curvadas garras de las cuatro patas plegadas llegaban al borde delantero y colgaban una cuarta de la altura del pedestal. Tenía la cabeza de cefalópodo inclinada hacia delante, de suerte que los extremos de los tentáculos faciales rozaban el dorso de las enormes zarpas posadas sobre las rodillas levantadas. La impresión general que producía era de vida anormal y del más penetrante pavor, dado su origen absolutamente desconocido. Su inmensa, espantosa e incalculable edad era innegable; sin embargo, no parecía tener relación con ningún tipo conocido de arte perteneciente a los albores de la civilización... ni, desde luego, con ningún otro tiempo.

Totalmente diverso e ignoto, su mismo material era un misterio; aquella piedra jabonosa, verdinegra, con sus doradas o iridiscentes manchas y estrías, resultaba desconocida para la geología y la mineralogía. Los caracteres de la base eran igualmente desconcertantes, y ninguno de los miembros del congreso, a pesar de que constituían una representación de expertos de medio mundo y cada uno era una autoridad en la materia, pudo aportar la más ligera idea del parentesco lingüístico. Tanto la figurilla como el material pertenecían a algo tremendamente remoto y distinto de la humanidad tal como la conocemos; a algo que sugería de manera estremecedora viejos e impíos ciclos de vida, en los que no participaban nuestro mundo y nuestras concepciones.

Y sin embargo, mientras algunos de los miembros negaban con la cabeza y confesaban su impotencia ante el problema del inspector, un hombre de la reunión confesó que tanto la monstruosa figura como la escritura le resultaban vagamente familiares, y a continuación contó con cierta timidez un extraño incidente. Esa persona era el fallecido William Channing Webb, profesor de antropología de una Universidad de Princeton y explorador de no poca reputación.

El profesor Webb había participado, cuarenta y ocho años antes, en una expedición a Groenlandia e Islandia, en busca de inscripciones rúnicas que no pudo descubrir; y, estando en la costa occidental de Groenlandia, se habían tropezado con una extraña y degenerada tribu de esquimales cuya religión, una rara forma de culto al diablo, les había hecho estremecer por sus deliberadas ansias de sangre y lo repulsivo de sus ritos. Era una fe poco conocida por los demás esquimales, a la que aludían con un escalofrío, y decían que provenía de edades inconcebiblemente remotas, aun anteriores a los comienzos del mundo. Además de los ritos innominados y los sacrificios humanos, había ciertos rituales transmitidos hereditariamente que se dirigían a un demonio supremo y más antiguo o *tornasuk*; el profesor Webb había tomado cuidadosa nota de la expresión fonética de un anciano *angekok* o sacerdote-hechicero, y transcribió los sonidos lo mejor que pudo en caracteres latinos. Pero lo más importante ahora era el fetiche que adoraba ese culto, alrededor del cual danzaban sus adeptos cuando la aurora boreal se derramaba por encima de los acantilados de hielo. Era, declaró el profesor, un bajorrelieve de piedra, formado por una figura horrenda y una especie de escritura críptica. Y, por lo que él podía decir, guardaba una semejanza rudimentaria con los rasgos esenciales de la bestial criatura que ahora constituía el centro de atención de toda la asamblea.

Estos datos, acogidos con asombro y duda por los miembros allí reunidos, parecieron incita al inspector Legrasse, quien empezó inmediatamente a asediar al profesor con preguntas. Dado que había copiado una invocación ritual de los adoradores de los pantanos que sus hombres habían arrestado, suplicó al profesor que tratase de recordar lo mejor que pudiese las palabras de los esquimales diabolistas. A continuación, siguió una exhaustiva comparación de detalles, y un silencio espantoso cuando el detective y el científico coincidieron en la identidad virtual de frases en dos rituales demoniacos separados por una distancia de tantos mundos. Lo que en definitiva habían entonado los hechiceros esquimales y los sacerdotes de los pantanos de Luisiana a sus ídolos era algo muy parecido a esto, una vez deducidas las separaciones entre vocablos de las tradicionales pausas en la frase al cantar en voz alta: «Ph'nglui mglw'nafh Cthulhu R'lyeh wgah'nagl fhtagn».

Legrasse había tenido más suerte que el profesor Webb, pues algunos de sus prisioneros le habían revelado la significación de esas palabras. La frase decía más o menos así: «En su morada de R'lyeh, Cthulhu muerto aguarda soñando».

Y a continuación, respondiendo a una insistente petición general, relató lo más detalladamente que pudo su experiencia con los adoradores de los pantanos; y contó una historia a la que, ahora me doy cuenta, mi tío debió de conceder suma importancia. Guardaba cierta semejanza con los sueños más absurdos y disparatados de los teósofos y mixtificadores, y revelaba un asombroso grado de imaginación cósmica, jamás sospechada en una sociedad de parias y de mestizos.

El 1 de noviembre de 1907, la policía de Nueva Orleans había recibido una llamada de los pantanos y la región situada al sur de la laguna. Los colonos, gentes primitivas en su mayoría, pero afables descendientes de los hombres de Lafitte, se sentían presa de un insuperable terror a causa de algo desconocido que les había sorprendido en plena noche. Al parecer era un rito vudú, pero de una naturaleza más terrible que los conocidos hasta entonces por ellos. Y, desde que empezó el incesante batir del tam-tam en el corazón de los negros bosques donde ningún habitante se aventuraba, habían desaparecido algunas mujeres y niños. Se oían gritos enloquecedores y alaridos demenciales, cánticos estremecedores e infernales llamas que crepitaban inquietas; y, añadió el aterrado mensajero, la gente no podía resistirlo más.

Así que, atardecido ya, había salido un cuerpo de policías en dos furgonetas y un automóvil, guiados por un colono tembloroso. Cuando el camino se hizo intransitable, dejaron los vehículos y avanzaron durante varios kilómetros chapoteando en silencio a través de los terribles bosques de cipreses donde nunca penetraba la luz del día. Las raíces retorcidas y el nudoso musgo español obstruían el paso, y de cuando en cuando algún montón de piedras húmedas o los fragmentos de un muro en ruinas intensificaban la opresiva sensación que cada árbol deformado y cada islote fangoso contribuía a crear. Finalmente, surgió ante ellos el poblado de colonos, una miserable agrupación de cabañas; y los histéricos habitantes salieron presurosos y se apiñaron alrededor de las balanceantes linternas. El apagado batir de los tam-tam se oía ahora en la lejanía; y a intervalos prolongados le llegaba un alarido aterrador, cuando el viento soplaba en dirección hacia ellos. Un resplandor rojizo parecía filtrarse a través de la pálida maleza, más allá de las interminables avenidas de la negrura del bosque. A pesar de la repugnancia a quedarse solos otra vez, los colonos se negaron a dar un paso más hacia el escenario del impío culto, de modo que el inspector Legrasse y sus diecinueve hombres se metieron de lleno sin nadie que les guiase en las negras arcadas de horror que ninguno de ellos había hollado jamás.

La región en la que ahora se adentraba la policía tenía tradicionalmente una fama maligna, y en su mayor parte estaba inexplorada por el hombre blanco. Había leyendas sobre un lago secreto jamás contemplado por ojos humanos, en el que habitaba un inmenso ser informe, blancuzco, semejante a un pólipo y de ojos refulgentes; y decían los colonos en voz baja que había demonios con alas de murciélago que surgían volando de las cavernas para adorarlo a medianoche. Afirmaban que estaba allí antes que D'Iberville, antes que La Salle, antes que los indios y antes incluso que las saludables bestias y aves de los bosques. Era una pesadilla, y verlo significaba la muerte. Pero se aparecía en sueños a los hombres, y eso bastaba para mantenerles alejados. La actual orgía vudú se desarrollaba, efectivamente, en los límites de esta zona execrable, pero aun así el paraje era bastante desagradable, y quizá fuera eso, más que los espantosos gritos e incidentes, lo que había aterrorizado a los colonos.

Solo la poesía o la locura podían hacer justicia a los ruidos que oyeron los hombres de Legrasse al abrirse paso a través de las negras ciénagas hacia el rojo resplandor y los apagados sones del tam-tam. Hay vocales que son propias de los hombres y texturas vocales características de los animales; y nada hay más terrible que oír una de ellas cuando su fuente se halla en la otra. La furia animal y la licencia orgiástica se elevaban a unas alturas demoniacas con aullidos y graznidos extáticos que se desgarraban y reverberaban a través de esos bosques tenebrosos como tempestades de pestilencia surgidas de los abismos del infierno. De cuando en cuando cesaban los gritos incoherentes y se elevaba un coro de voces que entonaban la horrenda fórmula ritual: «Ph'nglui mglw'nafh Cthulhu R'lyeh wgah'nagl fhtagn».

Finalmente, los hombres llegaron a un lugar donde los árboles eran más raros, y vieron de repente ante sí el espectáculo.

Cuatro de ellos se tambalearon, uno se desmayó y dos prorrumpieron en gritos frenéticos que afortunadamente apagó la demente cacofonía. Legrasse roció con agua el rostro del hombre desmayado; luego se quedaron todos contemplando el espectáculo hipnotizados de horror.

En un claro natural del pantano había una isla cubierta de yerba de quizá media hectárea de extensión, vacía de árboles y relativamente seca. En ella saltaba y se contorsionaba la más indescriptible horda de humana deformidad que nadie, a no ser un Sime o un Angarola, sería capaz de plasmar. Despojados de toda indumentaria, aquella horda híbrida bramaba, rugía y se contorsionaba alrededor de una hoguera monstruosa de forma circular; en su centro, al rasgarse de cuando en cuando la cortina de las llamas, se veía un gran monolito de granito de unos dos metros y medio de altura; en la parte superior, desproporcionadamente pequeña, descansaba la maléfica estatuilla. En diez cadalsos erigidos en espacios regulares formando un círculo en torno a las llamas, colgaban, cabeza abajo, los cuerpos desfigurados de los desdichados colonos que habían desaparecido. Dentro de este círculo, los adoradores saltaban y rugían, girando en masa de izquierda a derecha en una interminable bacanal, entre el círculo de cuerpos y el círculo de fuego.

Puede que fuera solo producto de la imaginación y puede que fuese solo el eco lo que indujo a uno de los hombres, un español nervioso, a creer que había oído respuestas antifonales del ritual desde algún punto lejano, no iluminado, más al interior del bosque de antigua leyenda y horror. Este hombre, Joseph D. Gálvez, a quien fui a ver e interrogar más tarde, era exageradamente imaginativo. Efectivamente, llegó incluso a insinuar que había oído el batir de unas alas enormes y que había visto el brillo de unos ojos fulgurantes y un bulto blancuzco y montañoso, más allá de los lejanos árboles... pero supongo que habría oído demasiados rumores supersticiosos de los nativos.

De hecho, la horrorizada pausa de los hombres duró poco. El deber estaba por encima de todo; y, aunque debía de haber cerca de un centenar de celebrantes mestizos, los policías sacaron sus armas y se internaron decididamente en la repulsiva baraúnda. Durante cinco minutos, el tumulto que se produjo fue indescriptible. Hubo golpes, disparos y carreras; pero al final Legrasse pudo contar unos cuarenta y siete prisioneros, a los que obligó a vestirse apresuradamente y a formar fila entre sus policías. Cinco de los celebrantes murieron, y otros dos, heridos de gravedad, fueron transportados en improvisadas parihuelas por sus camaradas prisioneros. La imagen del monolito, como es natural, fue retirada cuidadosamente y confiscada por Legrasse.

Examinados en el cuartel de la policía, tras un viaje agotador, todos los prisioneros resultaron ser de muy baja condición, mestizos y mentalmente trastornados. La mayoría eran marineros, entre ellos negros y mulatos, casi todos originarios de las islas occidentales, o portugueses procedentes de las islas de Cabo Verde, que daban cierto matiz vudú a ese culto heterogéneo. Pero, tras las primeras preguntas, se puso de manifiesto que dicho culto era infinitamente más antiguo que el fetichismo negro. A pesar de ser ignorantes y depravadas, aquellas criaturas sostenían con sorprendente coherencia la idea central de su repugnante culto.

Adoraban, dijeron, a los Primigenios, que eran muy anteriores a la aparición del hombre y habían llegado al joven mundo desde el cielo. Estos Primigenios se habían retirado ahora al interior de la tierra y bajo el mar, pero sus cuerpos muertos revelaron secretos al primer hombre, mediante sueños, el cual instauró un culto que jamás había muerto. Ese era ese culto, y los prisioneros dijeron que siempre había existido y siempre existiría, ocultándose en alejados yermos y parajes retirados de todo el mundo hasta el tiempo en que el gran sacerdote

Cthulhu saliese de su tenebrosa morada en la poderosa ciudad sumergida de R'lyeh y sometiese a la Tierra una vez más a su poder. Algún día vendría, cuando los astros fueran favorables; y el culto secreto estaría siempre allí, dispuesto a liberarlo.

Entretanto, nada más podían decir. Se trataba de un secreto que ni aun la tortura les podría arrancar. La humanidad no era la única clase de seres con conciencia sobre la Tierra, pues había formas que surgían de las tinieblas para visitar a los pocos fieles. Pero estas no eran los Primigenios. Ningún ser humano había visto jamás a los Primigenios. El ídolo esculpido representaba al gran Cthulhu, aunque nadie podía decir si los demás eran o no semejantes a él. Nadie era capaz de descifrar ahora la antigua escritura, si bien se transmitían cosas oralmente. El cántico ritual no era el secreto; este no se expresaba jamás en voz alta. El cántico significaba solo esto: «En su morada de R'lyeh, Cthulhu muerto aguarda soñando».

Solo dos de los prisioneros fueron declarados mentalmente sanos y se les ahorcó; los demás fueron trasladados a diversas instituciones. Todos negaron haber participado en los asesinatos rituales, y afirmaron que las muertes habían sido perpetradas por los Alas Negras, que habían venido desde su inmemorial refugio en el bosque encantado. Pero no hubo manera de sacar en claro una descripción coherente de estos misteriosos aliados. Lo que la policía pudo averiguar se debió mayormente a un mestizo casi centenario llamado Castro, el cual pretendía haber tocado extraños puertos en sus viajes y haber hablado con los inmortales dirigentes del culto en las montañas de China.

El viejo Castro recordaba fragmentos de una espantosa leyenda que haría palidecer las lucubraciones de los teósofos y presentaban al hombre y el mundo como algo reciente y efímero. Hubo milenios en que la Tierra estuvo gobernada por otros Seres que habitaron inmensas ciudades. Sus vestigios, le habían contado los chinos inmortales, se encontraban aún en forma de piedras ciclópeas en las islas del Pacífico. Habían muerto miles y miles de años antes de la aparición del hombre en la Tierra, pero había artes que podían hacerlos revivir, cuando los astros volvieran a la posición correcta en el ciclo de la eternidad. Habían venido, efectivamente, de las estrellas, y habían traído sus imágenes con Ellos.

Estos Primigenios, prosiguió Castro, no estaban hechos de carne y hueso. Tenían forma —¿no lo probaba acaso esa imagen de silueta estrellada?—, pero esa forma no era material. Cuando los astros se hallaban en la posición correcta, Ellos podían precipitarse de un mundo a otro mundo a través del firmamento; pero, cuando los astros estaban en posición adversa, no podían vivir. Sin embargo, aunque ya no viviesen, tampoco morían definitivamente. Reposaban en las moradas de piedra de la gran ciudad de R'lyeh, protegidos por los sortilegios del poderoso Cthulhu, y aguardaban una gloriosa resurrección, el día en que los astros y la Tierra estuviesen una vez más preparados para Ellos. Pero, aun entonces, alguna fuerza del exterior debía ayudarles a liberar sus cuerpos. Los encantamientos que les conservaban intactos les impedían asimismo realizar el movimiento inicial, y solo podían reposar despiertos en la oscuridad y pensar, mientras transcurrían incontables millones de años. Todos Ellos sabían qué ocurría entretanto en el universo, pues su lenguaje era telepático. Aun ahora hablaban en sus tumbas. Cuando, después de infinitos caos, aparecieron los primeros hombres, los Primigenios hablaron a los más sensibles modulando sus sueños; pues solo así podía llegar su lenguaje a las mentes orgánicas de los mamíferos.

Luego, prosiguió Castro en voz baja, esos primeros hombres instituyeron un culto en torno a pequeños ídolos que los Primigenios les mostraron: ídolos traídos en edades lejanas desde las oscuras estrellas. Ese culto no moriría jamás, hasta que las estrellas volvieran a su correcta posición y los sacerdotes secretos sacaran al gran Cthulhu de Su tumba para revivir a Sus vasallos y recobrar Su dominio sobre la Tierra. Sería fácil conocer la llegada de ese momento, pues entonces la humanidad se parecería a los Primigenios: será libre y salvaje y estará más allá del bien y del mal, arrojará a un lado las leyes y la moral, y todos los hombres gritarán y matarán y se refocilarán jubilosos. Entonces los Primigenios liberados les enseñarán nuevas formas de gritar y matar y refocilarse y regocijarse, y toda la Tierra arderá en el holocausto del éxtasis y la libertad. Entretanto, el culto, ejecutado mediante ritos apropiados, debe mantener vivo el recuerdo de esas antiguas formas y evocar la profecía de su retorno.

En otros tiempos, algunos escogidos habían hablado en sueños con los Primigenios que descansaban en sus tumbas; pero luego algo había ocurrido. La gran ciudad de piedra de R'lyeh, con sus monolitos y sepulcros, se había hundido bajo las olas; y las aguas profundas, henchidas de un misterio primitivo, impenetrable incluso para el pensamiento, habían interrumpido la comunicación espectral. Pero el recuerdo no había muerto, y los altos sacerdotes decían que la ciudad surgiría otra vez, cuando los astros fuesen favorables. Entonces saldrían los negros espíritus de la tierra, mohosos y sombríos, y propagarían los rumores recogidos en las cavernas de los olvidados fondos de los mares. Pero de esto último no se atrevió a hablar mucho el viejo Castro. Calló repentinamente, y no hubo medio de persuasión ni de astucia que lograra sonsacarle nada más al respecto. También se negó a dar detalles sobre el tamaño de los Primigenios. En cuanto al culto, dijo que creía que su centro se encontraba en la inexplorada región central de los desiertos de Arabia, donde Irem, la Ciudad de los Pilares, sueña oculta e intacta. No tenía relación alguna con el culto de las brujas en Europa, y era prácticamente desconocido fuera del círculo de sus adeptos. Ningún libro aludía realmente a él, aunque los chinos inmortales decían que en el *Necronomicón* del árabe loco Abdul Alhazred subyacía un sentido oculto que los iniciados podían interpretar a su criterio, especialmente el discutidísimo dístico:

*Que no está muerto lo que puede yacer eternamente,*
*y con los evos extraños aun la muerte puede morir.*

Legrasse, hondamente impresionado y no poco confundido, había tratado sin éxito de averiguar la filiación histórica del culto. Parecía ser que Castro había dicho la verdad al afirmar que era totalmente secreto. Las autoridades de la Universidad de Tulane no pudieron arrojar ninguna luz sobre dicho culto ni sobre la imagen, y ahora el detective había acudido a las personalidades más competentes del país, y se topaba nada menos que con la historia de Groenlandia del profesor Webb.

El febril interés que despertó en la asamblea la historia de Legrasse, corroborada por la estatuilla, tuvo algún eco en la correspondencia que luego intercambiaron los congresistas; en la publicación oficial de la sociedad, en cambio, se citó meramente de pasada. La prudencia es el primer cuidado de quienes están acostumbrados a enfrentarse con el charlatanismo y la impostura. Legrasse dejó la imagen durante un tiempo al profesor Webb, pero a la muerte de este volvió a sus manos, y sigue en su posesión, donde la he visto no hace mucho. Es algo verdaderamente terrible, y se parece de manera inequívoca a la escultura que modeló en sueños el joven Wilcox.

No me cabía la menor duda de que mi tío se había alterado con la historia del escultor; ¿qué debió de pensar, sabiendo lo que Legrasse había averiguado de ese culto, al contarle un joven sensible que había soñado no solo con la figura y los mismos jeroglíficos de la imagen encontrada en el pantano y de la tableta de Groenlandia, sino que, además, había oído en sus sueños tres palabras de la fórmula que pronunciaban tanto los diabolistas esquimales como los mestizos de Luisiana? Evidentemente, era natural que el profesor Angell iniciara una investigación minuciosa; aunque yo sospechaba, personalmente, que el joven Wilcox había oído hablar del culto y había inventado una serie de sueños para acrecentar el misterio a costa de mi tío. Los relatos de los demás sueños y los recortes recopilados por el profesor constituían una sólida corroboración de la historia del joven; pero mi acendrado racionalismo y la extravagancia de todo este asunto me llevaron a adoptar lo que me pareció la conclusión más palmaria. Así que, después de estudiar con atención el manuscrito y cotejar las notas teosóficas y antropológicas con el informe de Legrasse, hice un viaje a Providence para ver al escultor y decirle lo que pensaba de él por haber embaucado tan descaradamente a un sabio de tan avanzada edad.

Wilcox vivía aún solo en la residencia Fleur-de-Lys de Thomas Street, una horrenda imitación victoriana de la arquitectura bretona del siglo XVII, con su fachada de estuco en medio de encantadoras casas coloniales y a la sombra del más fino campanario georgiano que pudiera verse en América. Lo encontré trabajando en sus habitaciones, e inmediatamente descubrí, por las obras que tenía allí, que su genio era profundo y auténtico. Creo que dentro de un tiempo figurará entre los grandes decadentes, pues ha logrado plasmar en barro y en mármol esas pesadillas y fantasías que Arthur Machen evoca en su prosa y Clark Ashton Smith ha hecho visibles en verso y en pintura.

Moreno, endeble y de aspecto algo descuidado, se volvió lánguidamente al llamar yo y me preguntó qué deseaba sin levantarse de su silla. Cuando le dije quién era, manifestó cierto interés, pues mi tío había despertado su curiosidad al estudiar sus extraños sueños, aunque nunca había explicado la razón de su estudio. Yo no le aclaré demasiado el asunto, y traté de sonsacarle con tacto.

Me bastó poco tiempo para convencerme de su absoluta sinceridad, pues me habló de los sueños de un modo que nadie podría tergiversar. Tanto los sueños como su residuo subconsciente habían influido en su arte hondamente, y me enseñó una morbosa escultura cuyos contornos casi me hicieron estremecer por su oscura potencia sugestiva. No recordaba si había visto el original de esa criatura, a no ser en su propio bajorrelieve que modelara en sueños, pero sus perfiles habían surgido inconscientemente bajo sus manos. Era sin duda la forma gigantesca que tanto le atormentara en su delirio. Seguidamente, aclaró que él no sabía en verdad nada del misterioso culto, aparte de lo que las incansables preguntas de mi tío le habían permitido inferir; y de nuevo me esforcé en averiguar de qué manera pudo haber recibido las horribles impresiones.

Habló de sus sueños de un modo extrañamente poético, haciéndome ver con terrible intensidad la húmeda ciudad ciclópea de piedras verdosas y cubiertas de limo, cuya geometría, dijo extrañamente, era totalmente errónea, y oír con aterrada expectación la incesante, semimental llamada que surgía de la tierra: «Cthulhu fhtagn, Cthulhu fhtagn».

Estas palabras formaban parte de aquel espantoso ritual que hablaba del sueño vigil de Cthulhu muerto en la cripta de piedra de R'lyeh, y me sentí impresionado en grado sumo, a pesar de mis convicciones racionales. Wilcox, estoy seguro, había oído hablar del culto de alguna manera casual, y debía de haberlo olvidado poco después, en medio de la masa de sus igualmente inquietantes lecturas y figuraciones. Más tarde, en virtud de su acusada impresionabilidad, debió de encontrar la expresión subconsciente en sus sueños, en el bajorrelieve y en la terrible estatua que ahora yo tenía delante; de modo que su impostura había sido involuntaria. El joven era a la vez un poco afectado y descortés, un tipo de carácter que nunca me ha gustado; pero ahora yo estaba dispuesto a admitir su genio y su honestidad. Me despedí amistosamente de él, y le deseé todos los éxitos a su prometedor talento.

El asunto del culto seguía fascinándome, y a veces me imaginaba a mí mismo alcanzando fama mundial al averiguar sus orígenes y relaciones. Visité Nueva Orleans, hablé con Legrasse y otros sobre aquella antigua redada, vi la espantosa imagen y hasta interrogué a los mestizos prisioneros que aún vivían. El viejo Castro, desgraciadamente, había fallecido hacía unos años. Lo que oí entonces de viva voz, aunque en realidad no fue más que una confirmación de lo que mi tío había escrito, despertó de nuevo mi interés; pues estaba seguro de que me hallaba sobre la pista de una auténtica, secreta y antigua religión cuyo descubrimiento me convertiría en un antropólogo de renombre. Mi actitud era todavía absolutamente materialista, como aún quisiera que lo fuese, y deseché con la más inexplicable perversidad mental la coincidencia de las transcripciones de sueños con los extraños recortes recopilados por el profesor Angell.

Sin embargo, en aquel entonces, empecé a sospechar algo, que ahora me temo que sé con certeza, y es que la muerte de mi tío no fue natural. Se cayó en un estrecho callejón que ascendía del barrio marinero donde pululan los mestizos extranjeros, tras un empujón sin importancia de un marinero negro. Yo no había olvidado la mezcla de sangres y las ocupaciones marineras de los miembros del culto de Luisiana, y no me habría sorprendido averiguar la existencia de métodos secretos y agujas envenenadas hace tiempo conocidas, y tan crueles como los misteriosos ritos. Es cierto que a Legrasse y a sus hombres no los molestaron; pero en Noruega ha muerto un marinero que había visto ciertas cosas. ¿No podría ser que hubiesen llegado a oídos siniestros las averiguaciones de mi tío, tras haber recogido la información del escultor? Creo que el profesor Angell murió porque sabía demasiado, o porque pro-bablemente estaba a punto de sacar a la luz demasiadas cosas. Ahora falta ver si yo voy a correr esa misma suerte, pues he llegado demasiado lejos.

# III

## La locura del mar

Si alguna vez el cielo desea concederme un don, que sea el total olvido del descubrimiento que hice casualmente al fijarse mis ojos en determinado fragmento de periódico que cubría un estante. Era un ejemplar atrasado del australiano *Sydney Bulletin*, del 18 de abril de 1925, y no tenía nada que llamase mi atención en mi rutina diaria. Incluso había escapado a la agencia de recortes que en esas fechas andaba recopilando ávidamente material para mi tío.

Yo había abandonado casi por completo mis investigaciones sobre lo que el profesor Angell llamaba el «Culto de Cthulhu», y había ido a visitar a un científico amigo de Paterson, en New Jersey, conservador de un museo local y mineralogista de renombre. Al examinar un día los ejemplares de reserva, amontonados en desorden en los estantes de una estancia de la parte trasera del museo, me fijé en una extraña fotografía que traía una de las hojas de periódico extendidas debajo de las piedras. Era el *Sydney Bulletin* al que me he referido, pues mi amigo estaba suscrito a la prensa de todos los países imaginables; era una fotografía en sepia de una espantosa imagen de piedra, casi idéntica a la que Legrasse había encontrado en el pantano.

Retiré ansiosamente de la hoja su precioso contenido, leí el artículo con toda atención y me sentí decepcionado ante su brevedad. Lo que sugería, sin embargo, era sumamente significativo para mi poco animada investigación; lo recorté con cuidado, dispuesto a ocuparme de él de inmediato. Decía lo siguiente:

## MISTERIOSO HALLAZGO DE UN BUQUE ABANDONADO EN ALTA MAR

El Vigilant llega a puerto remolcando un yate armado de Nueva Zelanda. Un superviviente y un muerto encontrados a bordo. Historia de una desesperada batalla con muertes en alta mar. El marinero rescatado se niega a dar detalles de tan extraña experiencia. Misterioso ídolo encontrado en su posesión. Se inician las investigaciones.

El carguero Vigilant de la compañía Morrison, procedente de Valparaíso, ha atracado esta mañana en los muelles de Darling Harbour trayendo a remolque, desmantelado y con graves averías, pero fuertemente armado, el yate de vapor Alert de Dunedin, N. Z., al que avistó el 12 de abril en 34° 21' latitud sur, 152° 17' longitud oeste, con un superviviente y un muerto a bordo.

El Vigilant había zarpado de Valparaíso el 25 de marzo, y el 2 de abril se vio obligado a desviarse considerablemente hacia el sur, debido a fuertes temporales que provocaban olas excepcionalmente grandes. El 12 de abril avistó el buque a la deriva; al principio parecía abandonado, pero luego descubrieron a bordo a un superviviente en estado de delirio y a un hombre que sin duda llevaba muerto más de una semana.

El superviviente apretaba entre sus manos un horrible ídolo de piedra de origen desconocido, de unos treinta centímetros de alto, cuya procedencia tiene confundidas a las autoridades de la Universidad de Sídney, de la Royal Society y del Museo de College Street, y que el superviviente declaró haber encontrado en la cabina del yate, en una pequeña hornacina.

Este hombre, tras recobrar el sentido, contó una historia de lo más extraña de piratería y de muertes. Se trata de un noruego llamado Gustaf Johansen, de cierta cultura, el cual iba de segundo piloto en la goleta de dos palos Emma de Auckland, que había zarpado con destino a El Callao el 20 de febrero, con una dotación de once hombres.

La Emma, dijo, se demoró y se desvió considerablemente hacia el sur en su rumbo por un gran temporal del 1 de marzo, y el 22 de ese mismo mes se cruzó con el Alert en 49° 51' latitud sur, 128° 34' longitud oeste, tripulado por un grupo de polinesios y mestizos mal encarados y extraños. El capitán Collins se negó a obedecer la orden de virar en redondo, y la extraña tripulación abrió fuego contra la goleta sin previo aviso con un cañón enormemente pesado que formaba parte del armamento del yate.

Los hombres de la Emma opusieron resistencia, dijo el superviviente, y, aunque la goleta comenzó a hundirse al ser alcanzada por los disparos por debajo de la línea de flotación, se las arreglaron para acercarse al enemigo a fin de abordarlo, entablando lucha en la cubierta del yate, viéndose obligados a matar a todos sus tripulantes, pese a su número ligeramente superior, por su repugnante aunque torpe manera de luchar.

Tres hombres de la Emma, incluidos el capitán Collins y el primer piloto Green, murieron; los ocho restantes, bajo el mando del segundo piloto Johansen, siguieron navegando en el yate capturado, que reanudó su rumbo original para ver si había alguna razón por la que les habían ordenado virar en redondo.

Al día siguiente desembarcaron en un islote, aunque este no figuraba en sus cartas; allí murieron seis de los hombres, aunque Johansen se muestra extrañamente reservado acerca de esta parte del relato; solo dice que se cayeron por una quebrada.

Más tarde, un compañero y él subieron a bordo del yate y trataron de gobernarlo, pero el temporal les barloventeó el 2 de abril.

Desde ese día hasta el 12 de abril, en que fue rescatado, recuerda poco, y ni siquiera sabe cuándo murió William Briden, su compañero. La muerte de este no revela otra causa aparente que la excitación o las privaciones.

Los cables recibidos de Dunedin informan que el Alert era muy conocido allí como barco mercante, y que tenía mala fama. Su tripulación la componía un extraño grupo de mestizos, cuyas frecuentes reuniones y excursiones nocturnas a los bosques habían despertado no poca curiosidad; tras la tormenta y los temblores de tierra del 1 de marzo, se echó a la mar apresuradamente.

Nuestro corresponsal en Aukland afirma que la Emma y su tripulación gozaban de una excelente reputación, y describe a Johansen como un hombre serio y digno de toda estima.

El almirantazgo iniciará una investigación sobre todo este asunto, y presionará a Johansen para que sea más explícito de lo que ha sido hasta ahora.

Esto era todo, además de la fotografía de la infernal imagen; pero ¡qué torrente de ideas suscitó en mi mente! Ahí tenía datos preciosísimos sobre el culto de Cthulhu que probaban que contaba con extraños seguidores tanto en el mar como en tierra. ¿Qué motivo impulsaría a la híbrida tripulación a ordenar a la Emma que diese media vuelta, mientras ellos navegaban con su ídolo espantoso? ¿Cuál era la desconocida isla en la que murieron seis de los tripulantes de la goleta y sobre la que tan reservado se mostraba el piloto Johansen? ¿Qué habría averiguado ya el almirantazgo y qué se sabía del repulsivo culto en Dunedin? Y lo más sorprendente, ¿qué profunda y natural relación de datos era esa, que daba una maligna y ya innegable significación a los diversos sucesos meticulosamente consignados por mi tío?

El 1 de marzo —28 de febrero, según el huso horario internacional—, tuvieron lugar el temporal y el terremoto. El Alert y su repulsiva tripulación habían zarpado precipitadamente de Dunedin como si hubiesen sido llamados imperiosamente, y en otra parte de la Tierra los poetas y los artistas habían empezado a soñar con una extraña ciudad ciclópea, mientras un joven escultor modelaba en sueños la forma terrible de Cthulhu. El 23 de marzo, la tripulación de la goleta Emma desembarcó en una isla desconocida, donde dejó seis hombres muertos; y, en esa misma fecha, los sueños de los hombres de acusada sensibilidad adquirieron una mayor intensidad y se vieron atormentados por el temor de la malévola persecución de un monstruo gigantesco, al tiempo que un arquitecto enloquecía y un escultor era presa del delirio. ¿Y qué pensar de esta tormenta del 2 de abril, fecha en que todos los sueños sobre la húmeda ciudad cesaron, y Wilcox quedó libre de la esclavitud de la extraña fiebre? ¿Qué, de aquellas alusiones del viejo Castro sobre los sumergidos, estelares Primigenios, y sobre su reino venidero, su culto fiel y su dominio de los sueños? ¿Acaso vacilaba yo en el borde de un abismo de horrores cósmicos, insoportables para las fuerzas humanas? Si era así, entonces se trataba de horrores mentales tan solo, pues, de algún modo, el 2 de abril quedó paralizada la monstruosa amenaza que había empezado a asediar el espíritu de los hombres.

Aquella noche, tras un día de enviar precipitados cablegramas y de hacer preparativos, me despedí de mi anfitrión y cogí el tren para San Francisco. Menos de un mes después estaba en Dunedin, donde, no obstante, me encontré con que se sabía bien poco de los extraños miembros del culto que habían vivido en las viejas tabernas portuarias. La escoria es demasiado frecuente en los barrios marineros para mencionarla especialmente; pero corría el rumor de que esos mestizos por los que yo preguntaba habían realizado una incursión hacia el interior, durante la cual se había oído el lejano percutir de unos tambores y se había visto un resplandor rojo en las lejanas colinas.

En Aukland me enteré de que Johansen había regresado de Sídney con el pelo blanco, tras un interrogatorio poco convincente, y que poco después vendió la casa que tenía en West Street y se embarcó con su esposa de regreso a su vieja casa en Oslo. De su tremenda experiencia no contó a sus amigos más que lo que ya había dicho a los oficiales del almirantazgo, y todo lo que ellos pudieron hacer fue facilitarme su dirección en Oslo.

Después de eso fui a Sídney y hablé infructuosamente con los marineros y los miembros del tribunal del vicealmirantazgo. Vi el Alert en el Circular Quay de la bahía de Sídney, pero su casco no me dijo nada. La imagen en cuclillas con su cabeza de pulpo, cuerpo de dragón, alas escamosas y jeroglíficos en el pedestal se conservaba en el museo de Hyde Park; y yo la examiné larga y minuciosamente, y me pareció un objeto exquisitamente labrado, con el mismo profundo misterio, la misma terrible antigüedad y la misma rareza de material que había observado en el pequeño ejemplar de Legrasse. Los geólogos, me dijo el conservador, la consideraban un enigma monstruoso, y juraban que no existía en el mundo roca parecida. Entonces recordé con un escalofrío lo que el viejo Castro le había contado a Legrasse sobre los Primigenios: «Vinieron de las estrellas, y trajeron sus imágenes con Ellos».

Profundamente turbado ante un impacto de esta naturaleza, decidí visitar al piloto Johansen en Oslo. Embarqué para Londres, y a continuación volví a embarcar rumbo a la capital noruega; y un día de otoño pisé tierra en los cuidados muelles al cobijo del Egeberg.

La casa de Johansen, descubrí, se hallaba situada en la ciudad vieja del rey Harold Haardrada, que conservó el nombre de Oslo durante los siglos en que la ciudad más grande se disfrazara con el nombre de Christiana. Hice un breve viaje en taxi, y llamé, con el corazón palpitante, a la puerta de un cuidado y antiguo edificio de enjalbegada fachada. Una mujer de rostro triste y vestida de negro respondió a mi llamada, y me informó en un inglés vacilante que Gustaf Johansen había fallecido.

No había sobrevivido mucho tiempo a su regreso, dijo su esposa, pues su experiencia en el mar en 1925 le había quebrantado. No le había confiado a ella más que lo que había dicho públicamente, pero había dejado un largo manuscrito —sobre «asuntos técnicos», decía él—, escrito en inglés, evidentemente con él propósito de salvaguardar a su esposa del peligro de una lectura casual. Cuando paseaba por un callejón próximo a la dársena de Gothenberg, le había caído encima un paquete de viejos periódicos desde la ventana de un ático y le había derribado. Dos marineros indios le ayudaron inmediatamente a ponerse de pie, pero antes de que pudiese llegar la ambulancia había muerto. Los médicos no encontraron una causa que justificase su muerte, y la atribuyeron a una deficiencia del corazón y a su debilidad.

Entonces sentí en mis entrañas la mordedura de ese terror tenebroso que ya nunca me abandonará hasta que yo también muera «accidentalmente», o como sea. Tras convencer a la viuda de que mi relación con los «asuntos técnicos» de su marido era suficiente como para autorizarme el acceso a su manuscrito, me llevé el documento y comencé a leerlo en el barco que me llevaba de regreso a Londres.

Era una historia simple, desordenada; un diario redactado de memoria en el que trataba de consignar día a día aquel viaje espantoso. No me es posible transcribirlo textualmente, a causa de su oscuridad y sus redundancias, pero haré un resumen para mostrar por qué el sonido del agua contra los costados del barco se me hizo tan insoportable hasta el punto de tener que taponarme los oídos con algodones.

Johansen, gracias a Dios, no lo sabía todo, aun cuando había visto la ciudad y el monstruo, pero yo no volveré a dormir en paz mientras recuerde los horrores que acechan constantemente detrás de la vida, en el tiempo y el espacio, y las impías blasfemias procedentes de las más antiguas estrellas, que sueñan bajo el mar, conocidas y favorecidas por un culto de pesadilla, deseoso de liberarlas sobre nuestro planeta tan pronto como un temblor de tierra haga surgir nuevamente su monstruosa ciudad de piedra al sol y a la luz.

El viaje de Johansen había empezado exactamente como había declarado él al vicealmirantazgo. La goleta Emma había zarpado de Aukland con lastre el 20 de febrero, y había sentido toda la fuerza del temporal originado por el terremoto que debió de sacar del fondo del mar los horrores que invadieron los sueños de los hombres. Recuperado el gobierno del barco, este proseguía su rumbo con normalidad, cuando el 22 de marzo le salió al encuentro el Alert, y comprendí el sentimiento del piloto cuando tuvo que describir el bombardeo y hundimiento de su nave. Hablaba con significativo horror de los atezados adoradores del demonio que tripulaban el Alert. Había en ellos algo abominable que hacía que su exterminio pareciese casi un deber, y Johansen manifiesta una auténtica sorpresa ante la acusación de crueldad lanzada contra su grupo durante el curso de la encuesta judicial. Luego, llenos de curiosidad, una vez capturado el yate bajo el mando de Johansen, los hombres vieron un gran pilar que surgía del mar, y en 47° 9' latitud sur, 126° 43' longitud oeste, avistaron una costa, mezcla de negro barro, légamo y ciclópea albañilería cubierta de algas que no podía ser sino la materialización del supremo terror del mundo: la pesadillesca ciudad-cadáver de R'lyeh, construida hace innumerables eones antes del comienzo de la historia por las inmensas y horrendas entidades que descendieron de las oscuras estrellas. Allí, yacían el gran Cthulhu y sus hordas, ocultos en criptas verdosas y cubiertas de légamo, desde donde enviaban, después de un número incalculable de ciclos, los pensamientos que infundían miedo a los sueños de quienes poseían una naturaleza sensible, y llamaban imperiosamente a sus fieles para que estos acudiesen en peregrinaje en busca de liberación y restauración. Johansen no llegó a sospechar todo esto, pero ¡bien sabe Dios que había visto lo suficiente!

Creo que solo emergió de las aguas una simple cima de montaña, la horrenda ciudadela que corona el monolito en donde está enterrado el gran Cthulhu. Cuando pienso en las dimensiones de lo que puede estar latente allí abajo, casi me dan ganas de quitarme inmediatamente la vida. Johansen y sus hombres estaban aterrados ante el poder cósmico de esa chorreante Babilonia habitada por demonios, y debieron de adivinar que no pertenecía a un planeta normal. El terror ante las increíbles proporciones de los bloques de piedra verdosa, ante la vertiginosa altura del gran monolito labrado y ante la turbadora identidad de las colosales estatuas y los bajorrelieves con la extraña imagen encontrada en la hornacina del Albert, se hace patéticamente visible en cada línea de la aterrada descripción del piloto.

Sin tener idea de futurismo, Johansen llevó a cabo algo muy semejante al hablar de la ciudad; pues, en lugar de describir una construcción concreta o un edificio cualquiera, hace hincapié solo en las impresiones generales de inmensos ángulos y superficies de piedra... superficies demasiado grandes para que puedan corresponder a seres normales o propios de esta tierra, e impíos con sus horribles imágenes y jeroglíficos.

Menciono su referencia a los ángulos porque sugieren algo que Wilcox me había contado de sus horribles sueños. Había dicho que la geometría del lugar con el que había soñado era anormal, no euclidiana, y de repugnantes esferas y dimensiones distintas de las nuestras. Ahora, un marinero profano sentía lo mismo al contemplar la terrible realidad.

Johansen y sus hombres desembarcaron en un plano sesgado y cubierto de limo de esta monstruosa acrópolis, y subieron gateando por la resbaladiza superficie de los titánicos bloques que de ningún modo podían haber sido una escalera para hombres mortales. El mismo sol del cielo parecía deformado al atravesar los polarizadores miasmas que emanaban de esta perversión empapada de mar, y trenzaba la amenaza y la incertidumbre que acechaban de soslayo en aquellos ángulos locamente esquivos de roca tallada, en los que una segunda mirada descubría una concavidad donde antes había visto una convexidad.

Un terror indeterminado se apoderó de todos los exploradores, antes de llegar a ver otra cosa que rocas y limo y algas. Por sí mismo, cada uno habría echado a correr, de no haber temido la burla de los demás; así que muy poco convencidos buscaron —en vano, como quedó demostrado— algún recuerdo que llevarse.

El portugués Rodríguez trepó hasta el pie del monolito y gritó que había encontrado algo. Los demás lo siguieron, y miraron curiosos la inmensa puerta labrada con el ya familiar bajorrelieve del dragón-cefalópodo. Era, dice Johansen, como una gran puerta de granero; y les pareció que se trataba de una puerta por los adornos del dintel, umbral y jambas, aunque no pudieron determinar si estaba horizontal como una trampa o inclinada como la puerta exterior de una bodega. Como Wilcox había dicho, la geometría del lugar era totalmente errónea. Uno no podía estar seguro de que el mar y el suelo fuesen horizontales, de ahí que la relativa posición de todo lo demás pareciese fantasmalmente variable.

Briden empujó la piedra en varios lugares sin resultado. Luego Donovan la palpó delicadamente en los bordes, presionando cada punto separadamente. Subió muy despacio por la grotesca piedra esculpida —o sea, puede decirse que subía si es que la piedra no estaba, en definitiva, horizontal—, y los hombres se preguntaban cómo una puerta, por grande que fuese, podía serlo tanto. En ese momento, el descomunal panel empezó a ceder hacia el interior, girando sobre el quicio de arriba, y vieron que la piedra estaba contrapesada.

Donovan se deslizó o subió de algún modo hacia abajo o a lo largo de la jamba y se unió a sus compañeros, y todos contemplaron el extraño retroceso de la monstruosa puerta esculpida. En esta fantasía de distorsión prismática, la piedra se movía de manera anormal, diagonalmente, de modo que parecía transgredir todas las leyes de la materia y la perspectiva.

La abertura dejó ver una oscuridad casi material. Esta negrura era efectivamente una cualidad positiva, pues oscurecía la parte de las paredes interiores que debían de ser visibles y, de hecho, brotó como el humo liberado de su milenario encierro, oscureciendo visiblemente el sol al esparcirse en aleteos membranosos por el contraído y curvado cielo. El hedor que se elevó de las recién abiertas profundidades se hizo intolerable; por último, a Hawkins le pareció oír un ruido nauseabundo, cenagoso, en el interior. Prestaron todos atención, y aún escuchaban cuando surgió la monstruosidad, baboseando y tanteando, constriñó su verde inmensidad gelatinosa en la entrada y se irguió en el aire nauseabundo de esa ciudad de locura.

La letra del pobre Johansen se vuelve crispada al hablar de esto. De los seis hombres que no llegaron jamás al barco, cree que dos perecieron de miedo en ese instante fatal. No es posible describir a ese Ser; no hay lenguaje que pueda transcribir semejante abismo de locura inmemorial, semejante transgresión de las leyes de la materia, de la fuerza y del orden cósmico. Era una montaña lo que caminaba bamboleante. ¡Dios! ¿Qué tiene de extraño que en la Tierra se volviese loco un gran arquitecto, y que el pobre Wilcox delirase de fiebre en aquel instante telepático? La Entidad de los ídolos, la viscosa criatura de las estrellas, había despertado para reclamar lo que era suyo. Las estrellas estaban en conjunción otra vez, y lo que un culto intemporal no había conseguido intencionalmente, un grupo de inocentes marineros lo había hecho por casualidad. Después de millones de años, el gran Cthulhu era libre de nuevo, y estaba sediento de placeres.

Tres hombres fueron barridos por las blandas zarpas antes de que nadie tuviese tiempo de volverse. Dios les dé eterno descanso, si es que hay descanso en el universo. Eran Donovan, Guerrero y Angstrom. Parker resbaló mientras los otros tres echaban a correr frenéticamente por el interminable paisaje de roca verdosa en dirección al barco, y Johansen jura que se sintió absorbido hacia arriba por un ángulo rocoso que no debía haber estado allí, un ángulo que era agudo, pero que se comportó como si fuese obtuso. Así que solo Brinden y Johansen llegaron al bote, y bogaron desesperadamente hasta el Alert, mientras la montañosa monstruosidad se dejaba deslizar por el limo de las piedras y vacilaba en el borde del agua.

La caldera no había perdido presión, a pesar de que todos los hombres habían saltado a tierra, y, tras unos momentos de afanoso correr entre engranajes y mecanismos, pusieron al Alert en movimiento. Lentamente, en medio de los horrores distorsionados de aquel escenario indescriptible, comenzó el barco a agitar sus aguas letales; entretanto, sobre las rocas de esa costa sepulcral, ajena a este mundo, el titánico Ser de las estrellas baboseaba y farfullaba como Polifemo maldiciendo el barco fugitivo de Ulises. Luego, más audaz que los cíclopes, el gran

Cthulhu se deslizó vigorosamente en el agua y comenzó a perseguirlo dando enormes zarpazos de cósmica potencia que levantaban grandes olas. Briden miró hacia atrás y enloqueció, y no paró de soltar carcajadas hasta que la muerte le sorprendió en el camarote, mientras Johansen deambulaba delirando por la cubierta.

Pero Johansen no se había rendido todavía. Sabiendo que el monstruo alcanzaría indefectiblemente al Alert antes de que la caldera tuviese toda la presión, decidió probar una posibilidad desesperada: dio toda la potencia a la máquina, subió veloz a cubierta y giró la rueda del timón todo lo que daba de sí. Se produjo un fuerte remolino en las pestilentes aguas y, mientras aumentaba la presión, el valeroso noruego enfiló la proa de su embarcación contra el gelatinoso Ser que le perseguía y que se elevaba por encima de la turbia espuma como la popa de un galeón diabólico. Su espantosa cabeza de cefalópodo de tentáculos contorsionantes llegaba casi hasta el bauprés del porfiado yate, pero Johansen siguió implacablemente.

Hubo un estallido como si se reventase una vejiga, manó una fangosa suciedad como cuando se rasga el cuerpo de un pez luna, un hedor equivalente a un millar de tumbas abiertas, y se oyó un rugido que el cronista no tuvo el valor de consignar en un manuscrito. Por un instante, el barco quedó envuelto en una nube verdosa, acre, cegadora, y luego solo hubo una ponzoñosa efervescencia a popa, donde —¡Dios del cielo!— la dispersa plasticidad de aquella abominable criatura estelar se recomponía nebulosamente y recobraba su horrenda forma original, mientras se agrandaba la distancia, a medida que el Alert ganaba velocidad al aumentar la presión.

Eso fue todo. Después, Johansen se limitó a meditar sobre el ídolo de la cabina y a procurar un poco de alimento para sí y para el maniaco que tenía a su lado. No trató de gobernar la nave; ya que, después de su audaz maniobra, había perdido como una parte de su alma. Luego sobrevino la tormenta del 2 de abril, y un cúmulo de nubes ofuscaron aún más su conciencia. Se apoderó de él una sensación de vértigo espectral, de que giraba en un torbellino que descendía hacia infinitos abismos líquidos, de que era arrastrado vertiginosamente por la cola de un cometa fugaz y sacudido histéricamente de los abismos marinos a la luna, y de la luna a los abismos marinos, azuzado por el coro de carcajadas de los antiguos dioses y de los verdosos y burlescos trasgos del Tártaro, de alas de murciélago.

De más allá del sueño le llegó el rescate: el Vigilant, el tribunal del vicealmirantazgo, las calles de Dunedin y el largo viaje de regreso a su casa natal junto al Egeberg. Nada podía contar: todos pensarían que se había vuelto loco. Escribiría cuanto sabía antes de que le sobreviniese la muerte, pero su esposa no debía saber nada. La muerte sería una bendición que le borraría esos recuerdos.

Este es el documento que leí, y ahora lo he guardado en la caja de hojalata junto al bajorrelieve y los papeles del profesor Angell. Guardaré también mi relato, esta prueba de mi propia cordura, donde he unido lo que espero no se vuelva a unir jamás. He considerado todo lo que en el universo puede haber de horroroso, y aun los cielos de la primavera y las flores del verano me parecerán ponzoñosos. Pero no creo que mi vida sea muy larga. Tal como desapareció mi tío, tal como ha desaparecido el pobre Johansen, así moriré yo. Sé demasiado, y el culto sigue vivo aún.

Cthulhu vive aún, también, supongo, en ese refugio de piedra que le ha protegido desde que el Sol era joven. Su ciudad maldita se ha sumergido otra vez, pues el Vigilant cruzó por su demarcación después de la tormenta de abril; pero sus ministros en la Tierra rugen y se contorsionan y matan en torno a los monolitos coronados por el ídolo, en los parajes solitarios. Ha debido de quedar encerrado en su trampa y hundirse en los negros abismos; si no, el mundo gritaría ahora de horror. ¿Quién conoce el final? Lo que ha emergido puede sumergirse y lo que se hundió puede volver a emerger. La abominación aguarda y sueña en las profundidades, y sobre las vacilantes ciudades de los hombres fluctúa la destrucción. Llegará un tiempo... pero ¡no debo ni puedo pensarlo! Pido que, si no sobrevivo a este manuscrito, mis albaceas eviten cometer imprudencias, e impidan que caiga en manos de nadie.

# El horror de Dunwich

Gorgonas, Hidras y Quimeras —terribles historias de Celeno y las Arpías— pueden reproducirse en el cerebro de la superstición —pero ya se encontraba antes en él—. Son copias, modelos —los arquetipos están en nosotros, y son eternos—. De lo contrario, ¿cómo podría llegar a afectarnos el relato de lo que, conscientemente, sabemos que es falso? ¿Se debe acaso a una concepción natural del terror que dichos objetos originan, estimados en su capacidad de infligir sobre nosotros una lesión corporal? ¡Oh, ni mucho menos! Estos terrores son mucho más antiguos. Se producen fuera del cuerpo —sin el cuerpo, habrían existido igual...—. El hecho de que la clase de miedo aquí tratado sea puramente espiritual —que sea tan fuerte en proporción como inútil en la Tierra, que predomine en el periodo de nuestra infancia sin pecados— son enigmas cuya solución quizá permitiera un discernimiento de nuestro estado antes de venir al mundo y, por lo menos, una ojeada a la tierra poblada de sombras que es la preexistencia.

CHARLES LAMB, *Brujas y otros temores nocturnos*

# I

Cuando un viajero que recorre la zona norte del Massachusetts central toma la bifurcación equivocada en el cruce de la
carretera de Aylesbury poco después de Dean's Corners, llega
a una solitaria y curiosa región. El terreno se eleva, y los pé-
treos muros guarnecidos de brezos se alzan junto a los surcos
del polvoriento y tortuoso camino. Los árboles de los frecuentes cinturones de bosques parecen demasiado grandes, y la
maleza, zarzas y hierba alcanzan una exuberancia raramente
observada en regiones habitadas. Al mismo tiempo, las parce-
las cultivadas parecen singularmente escasas y yermas, mientras que las casas que se ven de vez en cuando presentan un aspecto de antigüedad, suciedad y decadencia asombrosamente
uniforme. Sin saber por qué, uno vacila en preguntar direcciones a las deformes y solitarias figuras que se divisan en alguna
que otra ocasión sobre los derruidos escalones de las casas o en
las inclinadas praderas salpicadas de rocas. Estas figuras son
tan silenciosas y furtivas que uno siente que se enfrenta a cosas
prohibidas, con las cuales sería preferible no tener nada que
ver. Cuando una elevación del camino permite divisar las
montañas por encima de los frondosos bosques, la sensación de
extraño desasosiego se incrementa. Las cimas son demasiado

redondeadas y simétricas para proporcionar una impresión de solaz y naturalidad, y, a veces, el cielo perfila con especial nitidez los extraños círculos de altos pilares de piedra que rematan la mayor parte de ellas.

Desfiladeros y barrancos de incierta profundidad cruzan el camino, y los toscos puentes de madera siempre parecen de dudosa seguridad. Cuando el camino vuelve a hundirse, hay grandes extensiones pantanosas que causan una repugnancia instintiva, y cuando anochece uno se siente dominado por el miedo al oír el parloteo de invisibles chotacabras y ver la salida de las luciérnagas en insólita profusión para danzar al compás ronco e insistente de las ranas mugidoras. La fina y reluciente línea del tramo superior del Miskatonic se asemeja a una extraña serpiente a lo largo de su accidentado curso al pie de las abovedadas colinas entre las que discurre.

A medida que las colinas se acercan, uno presta más atención a sus frondosas laderas que a las cimas rematadas por piedras. Esas laderas aparecen tan oscura y bruscamente que uno desearía que mantuvieran la distancia, pero no existe ningún camino por el cual desviarse. Al otro lado de un puente cubierto se divisa un pequeño pueblo arracimado entre el río y el declive en vertical de Round Mountain, y maravilla contemplar el enjambre de ruinosos tejados a la holandesa que hablan de un periodo arquitectónico anterior al de la región vecina. No resulta nada tranquilizador observar, tras el primer vistazo, que la mayoría de las casas están desiertas y medio derruidas, y que la iglesia, con el campanario roto, alberga el único establecimiento comercial de la aldea. Uno teme aventurarse por el tenebroso túnel del puente, pero no hay forma de rehuirlo. Una vez al otro lado, es difícil evitar la impresión de un leve olor malsano en la calle del pueblo que puede atribuirse al moho y a la podredumbre amontonados a lo largo de los siglos. Siempre es un alivio dejar el lugar y seguir la estrecha carretera en torno a la base de las colinas y a través del monótono campo que se extiende más allá hasta llegar a la carretera de Aylesbury. Después, es posible que uno se entere de que ha pasado por Dunwich.

Los forasteros visitan Dunwich lo menos posible, y, desde cierta época en la que reinó el horror, todos los letreros que señalaban hacia allí han sido arrancados. Si nos guiásemos por cualquier canon estético, diríamos que el paisaje es particularmente hermoso; sin embargo, no ejerce ninguna atracción especial sobre los artistas o turistas veraniegos. Hace dos siglos, cuando nadie se reía de aquellos que hablaban de brujería, de culto a Satanás y de extrañas presencias en el bosque, se acostumbraba a dar alguna razón para rehuir la localidad. En nuestro sensato siglo —desde que el horror de Dunwich de 1928 fue acallado por los que se preocupaban del bienestar de la ciudad y del mundo—, la gente lo evita sin saber exactamente por qué. Quizá una razón —aunque no pueda aplicarse a los forasteros carentes de la debida información— sea que los nativos se han convertido en personas terriblemente decadentes, avanzando por el sendero del retroceso tan común en muchas zonas de Nueva Inglaterra. Han llegado a formar una raza por sí solos, con los bien definidos estigmas mentales y físicos de la degeneración y endogamia. Su coeficiente de inteligencia es lamentablemente bajo, mientras que sus anales desprender manifiesta perversidad y asesinatos medio encubiertos, incestos y hazañas de violencia y crueldad casi indescriptibles. La antigua nobleza, representada por las dos o tres familias de hidalgos que llegaron de Salem en 1692, se han mantenido ligeramente por encima del nivel de la decadencia general; aunque muchas ramas se han hundido en el sórdido populacho de tal modo que solo su nombre recuerda el origen que deshonraron. Algunos de los Whateley y Bishop siguen enviando a sus hijos mayores a Harvard y a Miskatonic, aunque estos hijos casi nunca regresan a los podridos tejados a la holandesa bajo los cuales han nacido tanto ellos como sus antepasados.

Nadie, ni siquiera aquellos que conocen los hechos relacionados con el reciente horror, podrían decir qué ocurre en Dunwich; aunque viejas leyendas hablan de impíos ritos y cónclaves de los indios, entre los cuales se infiltraban extrañas figuras procedentes de las grandes colinas redondeadas, que recitaban salvajes oraciones orgiásticas, siempre contestadas por grandes crujidos y zumbidos salidos del terreno donde estaban. En 1747, el reverendo Abijah Hoadley, recién llegado a la iglesia congregacional del pueblo de Dunwich, hizo un memorable sermón acerca de la vecina presencia de Satanás y sus vástagos, en el cual dijo:

> Debemos reconocer que estas blasfemias sobre una infernal comitiva de demonios son asuntos demasiado conocidos para que alguien los niegue; las malditas voces de Azazel y Buzrael, de Belcebú y Belial, que han salido de las profundidades de la Tierra, fueron oídas por más de una docena de testigos, dignos de toda confianza, que aún viven. Yo mismo, no hace mucho más de quince días, escuché un concluyente discurso de fuerzas malignas en la colina que hay detrás de mi casa, donde se produjeron unos cascabeleos, redobles, lamentos, chillidos y siseos que nada en esta Tierra puede producir, y que necesariamente han de proceder de esas cavernas que solo la magia negra puede descubrir, y solo el diablo puede abrir.

El señor Hoadley desapareció poco después de pronunciar este sermón; pero el texto, impreso en Springfield, todavía existe. Las informaciones sobre ruidos en las colinas siguieron recibiéndose de año en año, y aún constituyen un enigma para geólogos y fisiógrafos.

Otras tradiciones hablan de fétidos olores cerca de los círculos de pétreas columnas que coronan la colina, y de veloces presencias etéreas que se oyen débilmente a ciertas horas en puntos concretos del fondo de grandes barrancos; mientras que otras intentan explicar el Campo de Saltos del Diablo, una ladera estéril y maldita donde no crecen árboles, ni matorrales, ni una brizna de hierba. Además, los nativos están mortalmente asustados a causa de las numerosas chotacabras que cantan todas las noches cálidas. Se asegura que los pájaros son psicopompos que yacen en espera de las almas de los moribundos, y que acompasan sus fantasmales gritos al unísono con la jadeante respiración del enfermo. Si logran atrapar el alma cuando esta abandona el cuerpo, se alejan de forma inmediata, riendo con carcajadas demoniacas; pero, si fracasan, se callan gradualmente hasta observar un decepcionado silencio.

Es evidente que estas historias son anticuadas y ridículas; proceden de tiempos muy remotos. Dunwich es increíblemente viejo, mucho más viejo que cualquier otra comunidad a cincuenta kilómetros a la redonda. Al sur del pueblo aún pueden verse los muros del sótano y la chimenea de la antigua casa Bishop, que fue construida antes de 1700; mientras que las ruinas del molino, hecho en 1806, que hay junto a la cascada, constituyen la pieza de arquitectura más moderna que existe. La industria no floreció en ese lugar, y el movimiento fabril del siglo XIX tuvo una corta vida. Lo más antiguo de todo son los grandes círculos de pétreas columnas diseminadas en la cima de las colinas, pero suelen atribuirse a los indios y no a los colonizadores. Los depósitos de calaveras y huesos, encontrados dentro de esos círculos y en torno a la gran roca con aspecto de mesa en la colina Sentinel, sostienen la creencia popular de que tales lugares habían sido los cementerios de los pocumtucs, a pesar de que muchos etnólogos, prescindiendo de la absurda improbabilidad de dicha teoría, se empeñen en creer que los restos son caucásicos.

## II

Fue en el municipio de Dunwich, en una enorme granja parcialmente habitada que se levantaba junto a la ladera de una colina a seis kilómetros del pueblo y dos de cualquier otra vivienda, donde Wilbur Whateley vino al mundo a las cinco de la madrugada de un domingo, el segundo del mes de febrero de 1913. Se recordaba la fecha porque era la Candelaria, fiesta que los habitantes de Dunwich celebran curiosamente con otro nombre, y también debido a que los ruidos en las colinas no cesaron a lo largo de toda la noche anterior y los perros de los alrededores ladraron persistentemente. Menos digno de mención era el hecho de que la madre se contaba entre uno de los Whateley decadentes, una mujer albina, ligeramente deforme y nada atractiva, de treinta y cinco años, que vivía con un padre anciano y medio loco, sobre el cual habían corrido rumores sobre espantosas prácticas de brujería en su juventud. A Lavinia Whateley no se le había conocido marido alguno, pero, conforme a la usanza de la región, no abandonó al niño, acerca de cuya ascendencia paterna todos los campesinos pudieron especular —y así lo hicieron— tanto como desearon. Por el contrario, parecía extrañamente orgullosa de esa criatura de piel morena y de facciones semejantes a una cabra y que tanto contrastaba con el rostro enfermizo y los ojos rosados de ella, propios de los albinos, y se la oía murmurar curiosas profecías respecto a sus insólitos poderes y magnífico futuro.

No era de extrañar que Lavinia murmurase ese tipo de cosas, pues se trataba de una mujer solitaria que paseaba por las colinas cuando había tormenta y trataba de leer los olorosos libros que su padre había heredado a través de dos siglos de Whateley, y que la antigüedad y los agujeros de la carcoma estaban destrozando rápidamente. Nunca había asistido a la escuela, pero conocía multitud de antiguas leyendas que el viejo Whateley le había contado. La aislada granja siempre había sido objeto de un gran temor debido a la reputación del viejo Whateley, de quien se decía que ejercía la magia negra, y la inexplicable y violenta muerte de la señora Whateley cuando Lavinia contaba doce años no contribuyó a la popularidad del lugar. Sola entre esas singulares influencias, Lavinia disfrutaba con extraños y grandiosos ensueños y peculiares ocupaciones; además, el cuidado de una casa desprovista de todas las normas de orden y limpieza desde tiempos inmemoriales no le robaba mucho tiempo libre.

La noche que Wilbur nació, pudo oírse un espantoso grito que incluso resonó por encima de los ruidos de la colina y de los ladridos de los perros, pero ningún médico ni comadrona conocidos se hallaron presentes en el alumbramiento. Los vecinos no supieron nada de él hasta una semana después, cuando el viejo Whateley condujo su trineo a través de la nieve hasta el pueblo de Dunwich y habló de forma incoherente con un grupo de vecinos desocupados en el almacén de Osborn. El anciano parecía haber sufrido un cambio —un nuevo elemento en su nublado cerebro que lo había transformado sutilmente de un objeto a un sujeto del miedo— a pesar de que no era de los que un acontecimiento familiar pudiera trastornar.

Entre todo ello, mostraba alguna traza del orgullo que más tarde se observó en su hija, y lo que dijo acerca de la paternidad del niño fue recordado por muchos de sus oyentes hasta decenas de años después.

—No me importa lo que piense la gente. Si el niño de Lavinia se pareciese a su padre, no se parecería a nada de lo que vosotros podríais esperar. No debéis creer que la única gente que hay es la de aquí. Lavinia ha leído algo, y ha visto cosas de las que la mayoría de vosotros solo ha oído hablar. Su hombre es un marido tan bueno como cualquier otro de esta parte de Aylesbury, y, si supierais tanto de las colinas como yo sé, no querríais una mejor boda por la Iglesia que la suya. Os voy a decir una cosa: algún día todos vosotros oiréis al niño de Lavinia llamando a su padre en la cima de la colina Sentinel.

Las únicas personas que vieron a Wilbur durante su primer mes de vida fueron el viejo Zechariah Whateley, quien no había sufrido una degeneración física, y la eterna compañera de Earl Sawyer, Mamie Bishop. La visita de Mamie se debió verdaderamente a la curiosidad, y sus relatos subsiguientes hicieron justicia a sus observaciones; pero Zechariah fue a llevar un par de vacas de Alderney que el viejo Whateley había comprado a su hijo Curtis. Esto marcó el principio de una ininterrumpida adquisición de ganado por parte de la reducida familia de Wilbur que no terminó hasta 1928, cuando el horror de Dunwich llegó y se fue; sin embargo, en ningún momento el desvencijado establo de Whateley pareció rebosar de ganado. Hubo una época en que la curiosidad de la gente llegó hasta el punto de contar las cabezas de ganado que pastaban inciertamente en la escarpada ladera que había encima de la vieja granja, y nunca se contaron más de diez o doce ejemplares, anémicos y de aspecto enfermizo. Era evidente que alguna plaga o enfermedad, causada tal vez por los insalubres pastos o los hongos y maderas del asqueroso establo, producía una elevada mortandad entre los animales del viejo Whateley. Extrañas heridas o llagas, que tenían cierto aspecto de incisiones, parecían afectar al ganado que veían; y una o dos veces durante los meses precedentes hubo algunos que creyeron observar llagas similares en el cuello del grisáceo y barbudo viejo y de su desaliñada hija albina.

Durante la primavera posterior al nacimiento de Wilbur, Lavinia reanudó sus habituales caminatas por las colinas, llevando al niño de piel morena en sus brazos desproporcionados. El interés público hacia los Whateley cedió en cuanto todo el mundo hubo visto a la criatura, y nadie se molestó en comentar el rápido desarrollo que el niño revelaba todos los días. El crecimiento de Wilbur fue realmente fuera de lo común, pues a los tres meses de nacer ya había alcanzado un tamaño y una fuerza muscular que no suele verse en niños menores de un año. Sus movimientos e incluso sus sonidos vocales mostraban un comedimiento y ponderación sumamente peculiares en un niño, y todos estaban en cierto modo preparados cuando a los siete meses empezó a andar sin ayuda, con pequeñas vacilaciones que desaparecieron al cabo de un mes.

Un poco después de esa época —la víspera de Todos los Santos—, se vio una gran hoguera a medianoche en la cumbre de la colina Sentinel, donde la antiquísima piedra con forma de mesa se alza entre su túmulo de antiguos huesos. Las murmuraciones se iniciaron cuando Silas Bishop —de los Bishop que no habían sufrido una degeneración física— comentó que había visto al niño subiendo la colina delante de su madre una hora antes de que se divisara la hoguera. Silas estaba buscando una vaquilla extraviada, pero casi olvidó su misión al ver a las dos figuras a la mortecina luz de su linterna. Se apresuraban casi silenciosamente entre los matorrales, y el atónito espectador creyó observar que iban completamente desnudos. Después no pudo asegurarlo respecto al niño, que quizá llevase una especie de cinturón con flecos y un par de pantalones oscuros. Posteriormente, nadie vio jamás a Wilbur, estando vivo y consciente, sin un traje completo y abrochado de arriba abajo, cuyo desarreglo o posibilidad de desarreglo siempre parecía llenarle de cólera y alarma. El contraste que formaba con su escuálida madre y abuelo en este aspecto se consideró muy notable hasta que el horror de 1928 indicó las más válidas razones.

Durante el mes de enero, todas las comadres se interesaron ligeramente por el hecho de que el «chico moreno de Lavinia» hubiese comenzado a hablar, y eso a los once meses. Lo hacía de manera bastante notable, tanto por cómo se diferenciaba de los habituales acentos de la región, como por la falta de balbuceos infantiles de los cuales muchos niños de tres o cuatro años se enorgullecen. El crío no era hablador, pero cuando hablaba parecía reflejar cierto elemento escurridizo que Dunwich y sus habitantes no poseían. La rareza no consistía en lo que decía, ni siquiera en las sencillas expresiones que usaba; sino que parecía vagamente relacionada con su entonación o con los órganos internos que producían los sonidos hablados. Su aspecto facial también resultaba notable por su madurez; pues, aunque compartía la barbilla hundida con su madre y abuelo, su firme y bien formada nariz junto con la expresión de sus grandes y oscuros ojos casi latinos le proporcionaban un aire de semimadurez y de una inteligencia casi inexplicable. Sin embargo, era extremadamente feo, a pesar de su aspecto brillante; había algo cabruno o animalesco en sus gruesos labios, piel amarillenta de grandes poros, cabello crespo y orejas extrañamente alargadas. Pronto fue objeto de cierta repulsión por parte de la gente, incluso mayor que la que provocaban su madre y su abuelo, y todas las conjeturas que de él se hacían estaban salpicadas por referencias a las antiguas artes mágicas del viejo Whateley, y a cómo temblaron las colinas la vez que él había gritado el temible nombre de Yog-Sothoth en medio del círculo de piedras con un gran libro abierto en los brazos. Los perros detestaban al muchacho, que siempre se veía obligado a defenderse contra sus ladridos amenazadores.

# III

Mientras tanto, el viejo Whateley continuó adquiriendo ganado sin incrementar aparentemente el tamaño de su rebaño. También cortó madera y empezó a arreglar las partes abandonadas de su casa, una espaciosa ala con tejado inclinado, cuya parte trasera estaba completamente enterrada en la rocosa ladera, y cuyas tres habitaciones menos destruidas de la planta baja siempre habían sido suficientes para su hija y él. El anciano debía de poseer prodigiosas reservas de fuerza para poder realizar una labor tan pesada; y, aunque todavía barbotaba demencialmente algunas veces, su carpintería parecía mostrar los efectos de cálculos sensatos. Todo esto ya había comenzado inmediatamente después del nacimiento de Wilbur, cuando uno de los muchos cobertizos de herramientas sufrió una repentina puesta en orden, la instalación de un suelo nuevo y una magnífica cerradura de sólido aspecto. Ahora, al arreglar el abandonado piso superior de la casa, no se mostraba como un artesano menos concienzudo. Su benigna locura solo se reflejó en su decisión de entablar todas las ventanas de la zona restaurada, aunque muchos declararon que la locura residía precisamente en molestarse en restaurarla. Menos explicable fue el arreglo que hizo de una habitación del piso inferior para su nuevo nieto, un cuarto que vieron varias personas, aunque nunca se admitió a nadie en el piso superior, siempre cerrado. Rodeó toda esta habitación por altos y firmes estantes, sobre los cuales empezó a disponer de forma gradual y siguiendo un orden aparentemente escrupuloso todos los libros antiguos y apolillados y otros que durante su vida habían permanecido vergonzosamente amontonados en extraños rincones de las diversas estancias.

—Yo los he usado un poco —decía al tratar de unir una página rota con pasta preparada en la oxidada cocina—, pero el niño hará mejor uso de ellos. Debe conservarlos lo mejor que pueda, porque serán toda su enseñanza.

Cuando Wilbur cumplió un año y siete meses —en septiembre de 1914—, su tamaño y habilidad eran casi alarmantes. Había crecido tanto como si tuviera cuatro años, y hablaba con fluidez y gran inteligencia. Corría con absoluta libertad por campos y colinas, y acompañaba a su madre en todos sus paseos. En casa, estudiaba diligentemente los extraños grabados y mapas que aparecían en los libros de su abuelo, mientras el viejo Whateley le instruía y catequizaba durante las largas y silenciosas tardes. La restauración de la casa concluyó, y aquellos que la vieron se preguntaron por qué una de las ventanas superiores había sido convertida en una sólida puerta de tablones. Era una ventana situada bajo el alero oriental, pegada a la colina; y nadie pudo imaginarse la razón de que una plancha de listones la uniera al suelo. Más o menos en la misma época que terminaron las obras, la gente observó que el viejo cobertizo de herramientas, cerrado y con las ventanas entabladas desde el nacimiento de Wilbur, había sido nuevamente abandonado. La puerta estaba abierta, y, cuando Earl Sawyer se introdujo en su interior durante una visita que hizo al viejo Whateley para venderle ganado, percibió un olor sumamente singular; dijo que se trataba de un hedor que no había olido en su vida excepto cerca de los círculos indios de las colinas, y que no podía deberse a nada de esta Tierra. Pero la cuestión es que las casas y cobertizos de Dunwich nunca se han caracterizado por su buen olor.

Los meses posteriores estuvieron desprovistos de acontecimientos visibles, aparte de que todos se fijaron en el lento pero continuo incremento de los misteriosos ruidos que tenían lugar en la colina. La víspera del Primero de Mayo de 1915 hubo temblores que incluso notaron los habitantes de Aylesbury, mientras que el siguiente día de Todos los Santos se produjo un sordo ruido subterráneo extrañamente sincronizado con ocasionales llamaradas —«obra de las brujas de Whateley»— en la cima de la colina Sentinel. Wilbur crecía misteriosamente, de modo que parecía un muchacho de diez años cuando cumplió los cuatro. Ya leía ávidamente por sí solo; pero hablaba mucho menos que antes. Empezó a absorberle cierta reserva y por vez primera la gente habló específicamente de la expresión de maldad que se reflejaba en su rostro cabruno. A veces musitaba cosas en una jerga desconocida, y cantaba extrañas melodías que hacían estremecer al oyente con una sensación de inexplicable terror. La repugnancia que le demostraban los perros ya se había convertido en un tema de amplia difusión, y se veía obligado a llevar una pistola a fin de atravesar a salvo la campiña. Su empleo ocasional del arma no contribuyó a aumentar su popularidad entre los dueños de los guardianes caninos.

Los pocos que visitaban la casa solían encontrar a Lavinia completamente sola en la planta baja, mientras que extraños sonidos y pisadas resonaban en el piso superior, siempre cerrado. Ella nunca explicaba lo que su padre y su hijo hacían allí arriba, aunque una vez palideció y mostró un temor anormal cuando un jocoso buhonero trató de abrir la puerta que conducía a las escaleras. El buhonero contó a los habitantes del pueblo de Dunwich que le había parecido oír los cascos de un caballo en el piso superior. Los parroquianos reflexionaron, pensando en la puerta y la plancha de tablones, y en el ganado que desaparecía tan rápidamente. Después se estremecieron al recordar historias sobre la juventud del viejo Whateley, y las extrañas cosas que surgen de la tierra cuando se sacrifica un buey a ciertos dioses paganos en la época adecuada. Hacía tiempo que habían observado el odio y el miedo que los perros experimentaban hacia la casa de los Whateley, tan violentos como el odio y el miedo que profesaban al joven Wilbur.

En 1917 estalló la guerra, y el respetable Sawyer Whateley, como presidente de la junta de reclutamiento local, tropezó con serias dificultades para poder reclutar un grupo de jóvenes habitantes de Dunwich aptos para ser enviados al frente. El Gobierno, alarmado por tales signos de la más absoluta decadencia, encargó a varios funcionarios y a médicos expertos que fueran a investigar, y se llevó a cabo una encuesta que los lectores de periódicos de Nueva Inglaterra todavía pueden recordar. Fue la publicidad ocasionada por esta investigación lo que puso a los periodistas sobre la pista de los Whateley, e hizo que el *Boston Globe* y el *Arkham Advertiser* imprimieran llamativas historias dominicales acerca de la precocidad del joven Wilbur, la magia negra del viejo Whateley y los estantes de misteriosos libros, así como el segundo piso siempre cerrado de la antigua granja y el misterio que rodeaba a toda la zona y a las ruinas de las colinas. Wilbur tenía entonces cuatro años y medio, y parecía un muchacho de quince. Sus labios y mejillas estaban cubiertos por una áspera pelusa, y su voz había empezado a cambiar.

Earl Sawyer se dirigió a casa de los Whateley acompañado por periodistas y fotógrafos, y les llamó la atención sobre el misterioso hedor que ahora parecía escaparse de las selladas estancias superiores. Declaró que era exactamente el mismo olor que había notado en el cobertizo de herramientas abandonado cuando la casa estuvo restaurada, y parecido a los débiles olores que a veces creía percibir cerca del pétreo círculo de las montañas. Los habitantes de Dunwich leyeron los artículos en el momento de su publicación, y no pudieron reprimir una sonrisa ante las evidentes equivocaciones. También se extrañaron de que los periodistas atribuyeran tanta importancia al hecho de que el viejo Whateley siempre pagara el ganado con piezas de oro sumamente antiguas. Los Whateley habían recibido a los visitantes con una mal disimulada repugnancia, aunque no se atrevieron a ocasionar una mayor publicidad por medio de una violenta resistencia o su negativa a hablar.

# IV

A lo largo de una década, los anales de los Whateley se sumieron imperceptiblemente en la vida habitual de una comunidad morbosa acostumbrada a sus extrañas manías y a las orgías de la víspera del Primero de Mayo y del día de Todos los Santos. Dos veces al año encendían hogueras en la cumbre de la colina Sentinel, y en dichas ocasiones los ruidos de la montaña se producían con una violencia cada vez mayor, mientras que durante todo el año tenían lugar extraños y portentosos sucesos en la aislada granja. Con el correr del tiempo, los visitantes declararon haber oído sonidos en el piso superior siempre cerrado, incluso cuando toda la familia se encontraba abajo, y se preguntaban con qué frecuencia debían de sacrificar las vacas o bueyes. Se hablaba de presentar una queja a la Sociedad Protectora de Animales; pero no llegó a hacerse nada, pues los habitantes de Dunwich son contrarios a llamar la atención del mundo sobre ellos mismos.

Alrededor de 1923, cuando Wilbur era un muchacho de diez años y su inteligencia, voz, estatura y rostro barbudo tenían todo el aspecto de una plena madurez, se inició un segundo periodo de restauraciones en la vieja casa. Todas ellas se llevaron a cabo en la parte superior, y por los trozos de madera encontrada junto a la granja se llegó a la conclusión de que el joven y su abuelo habían derribado todas las particiones e incluso eliminado el desván, dejando únicamente un gran espacio abierto entre la planta baja y el tejado inclinado. También derribaron la gran chimenea central, y la sustituyeron por un frágil tubo de aluminio que salía de la cocina.

En la primavera que sucedió a estos acontecimientos, el viejo Whateley se fijó en el creciente número de chotacabras que salían de Cold Spring Glen para gorjear todas las noches debajo de su ventana. Pareció conferir una gran importancia a este hecho y dijo a los clientes de la tienda de Osborn que su fin estaba próximo.

—Ahora silban al compás de mi respiración —dijo—, y me imagino que se están preparando para atraparme el alma. Ellas saben que esto se termina, y nunca se equivocan. Vosotros sabréis, muchachos, cuando yo me haya ido, si me atraparon o no. Si lo hacen, seguirán cantando y riendo hasta el amanecer. Si no lo hacen, se quedarán calladas. Las estoy aguardando, y muchas veces tienen que luchar ferozmente con las almas que quieren atrapar.

La noche del primero de agosto de 1924, el doctor Houghton de Aylesbury fue requerido apresuradamente por Wilbur Whateley, que había espoleado al único caballo que le quedaba para telefonearle desde la casa que Osborn poseía en el pueblo. El médico encontró al viejo Whateley en un estado muy grave, con el pulso muy acelerado y una respiración estertórea que hablaban de un final no muy lejano. La hija informe y albina y el nieto de extraña barba permanecieron junto al lecho, mientras que del vacío abismo superior llegaban inquietantes sonidos de rítmicos chapoteos y pulsaciones, como olas en una playa. Sin embargo, el médico estaba sobre todo inquieto por los agitados pájaros nocturnos que había fuera: una legión aparentemente ilimitada de chotacabras que lanzaba a gritos su interminable mensaje en repeticiones diabólicamente acompasadas con los asmáticos resuellos del moribundo. Era sobrenatural y misterioso, demasiado, pensó el doctor Houghton, igual que la región donde había entrado tan de mala gana para acudir a una llamada urgente.

El viejo Whateley recobró el conocimiento hacia la una, e interrumpió sus jadeos para articular unas cuantas palabras destinadas a su nieto:

—Más espacio, Willy, más espacio y pronto. Estás creciendo, y eso crece aún más deprisa. No tardará en estar todo dispuesto, hijo. Abre las puertas a Yog-Sothoth con el largo cántico que encontrarás en la página 751 de la edición completa, y después prende fuego a la cárcel. De todos modos, las llamas de la Tierra no pueden quemarlo.

Era indudable que estaba completamente loco. Tras una breve pausa, durante la cual la bandada de chotacabras que se arremolinaba en el exterior adaptó sus gorjeos al alterado compás de la respiración del viejo y algunas indicaciones de los extraños ruidos procedentes de la colina llegaron desde lejos, añadió una o dos frases más:

—Aliméntalo de forma regular, Willy, y en gran cantidad; pero no lo dejes crecer con demasiada rapidez para el sitio, porque, si no cabe o se escapa antes de que abras a Yog-Sothoth, todo habrá sido inútil. Solo los del más allá pueden hacer que se multiplique y dé resultado... Solo ellos, los mismos de antes que ahora volverán...

Pero las palabras dieron lugar nuevamente a una respiración entrecortada, y Lavinia lanzó un grito al oír cómo las chotacabras seguían el cambio. No hubo novedad durante más de una hora, al cabo de la cual llegó el último estertor. El doctor Houghton cerró los contraídos párpados sobre los grises ojos vidriosos del anciano, mientras el tumulto de pájaros decrecía imperceptiblemente hasta guardar silencio. Lavinia sollozó, pero Wilbur se limitó a reírse entre dientes mientras los ruidos de la colina se acrecentaban débilmente.

—No le han atrapado —murmuró con su profunda voz de bajo.

Wilbur era, en esa época, un colegial de erudición realmente tremenda, aunque en cierto modo monográfica, y mantenía correspondencia con muchos libreros de remotos lugares donde se guardaban los libros prohibidos de tiempos antiguos. En los alrededores de Dunwich se le odiaba y temía cada vez más debido a ciertas desapariciones juveniles que las sospechas le atribuían vagamente; pero siempre pudo silenciar las investigaciones a través del miedo o del uso de aquel fondo de oro antiguo que todavía, como en tiempos de su abuelo, se utilizaba con regularidad y con gran frecuencia para comprar ganado. Ya era tremendamente maduro de aspecto, y su estatura, que ya había alcanzado el límite de un adulto normal, parecía tenderte a superarlo. En 1925, cuando uno de sus corresponsales de la Universidad de Miskatonic fue a visitarle un buen día, y el cual se marchó pálido y estupefacto, medía cerca de un metro noventa.

A lo largo de todos estos años, Wilbur había tratado a su madre albina y medio deforme con un creciente desprecio, llegando a prohibirle que fuera a las colinas con él la víspera del Primero de Mayo y el día de Todos los Santos; y en 1926 la pobre criatura le confesó a Mamie Bishop que tenía miedo de él.

—Tiene algo que no puedo decirte —le comentó—, y ahora tiene más de lo que incluso yo misma sé. Juro ante Dios que no sé lo que quiere ni lo que está tratando de hacer.

Aquella víspera del Día de Todos los Santos, los ruidos de la colina sonaron con más fuerza que nunca, y la hoguera ardió en la colina Sentinel como era habitual; pero la gente prestó más atención a los rítmicos chillidos de grandes bandadas de chotacabras misteriosamente tardías que parecían haberse reunido cerca de la oscura granja de los Whateley. Después de medianoche sus estridentes notas dieron lugar a una especie de desenfrenadas carcajadas que llenaron toda la campiña, y hasta el amanecer no empezaron a tranquilizarse. Después se desvanecieron, apresurándose hacia el sur con más de un mes de retraso. Nadie pudo suponer lo que eso significaba hasta más tarde. Al parecer, no había muerto ninguno de los habitantes de la región, pero la desgraciada Lavinia Whateley, la albina contrahecha, desapareció sin dejar rastro.

En el verano de 1927, Wilbur reparó dos cobertizos de la granja y empezó a trasladar allí sus libros y efectos. Poco tiempo después, Earl Sawyer explicó a los clientes de Osborn que se estaban realizando más obras de carpintería en el hogar de los Whateley. Wilbur había tapiado todas las puertas y ventanas de la planta baja, y parecía estar derruyendo particiones tal como su abuelo y él habían hecho en el piso superior unos años antes. Él vivía en uno de los cobertizos, y a Sawyer le dio la impresión de que estaba insólitamente preocupado y trémulo. La gente sospechaba que él sabía algo respecto a la desaparición de su madre, y ya eran muy pocos los que se acercaban alguna vez a su casa. Ya medía más de dos metros, y todo indicaba que seguiría creciendo.

# V

El invierno siguiente trajo consigo un acontecimiento tan extraño como fue el primer viaje de Wilbur fuera de la región de Dunwich. Sus contactos con la Widener Library de Harvard, la Bibliothèque Nationale de París, el British Museum de Londres, la Universidad de Buenos Aires y la biblioteca de la Universidad de Miskatonic de Arkham no habían conseguido que le enviaran, a título de préstamo, un libro que necesitaba desesperadamente; así que se decidió a ir en persona, andrajoso, sucio, barbudo y dominando únicamente el dialecto de la zona, a consultar el ejemplar de Miskatonic, que era el que le resultaba geográficamente más cercano. De más de dos metros de estatura, y con una barata maleta nueva del almacén de Osborn, aquella gárgola morena y cabruna apareció un día en Arkham en busca del temible volumen conservado bajo llave en la biblioteca de la facultad, el espantoso *Necronomicón* del demente árabe Abdul Alhazred en la versión latina de Olaus Wormius, impresa en España en el siglo xvii. Jamás había visto una ciudad hasta entonces, pero su único interés se centraba en encontrar el camino hasta la universidad, donde pasó, sin prestar atención, junto al gran perro guardián de afilados colmillos que ladró con insólita furia y enemistad y tiró frenéticamente de su gruesa cadena.

Wilbur llevaba el inapreciable aunque imperfecto ejemplar de la versión inglesa realizada por el doctor Dee que su abuelo le había legado, y al tener acceso al ejemplar latino empezó de inmediato a cotejar los dos textos con el propósito de descubrir cierto pasaje que debería hallarse en la página 751 de su volumen incompleto. No le fue posible abstenerse de contar todo esto, sin pecar de descortés, al bibliotecario —el mismo erudito Henry Armitage (maestro en Humanidades por Miskatonic, doctor en Filosofía por Princeton, doctor en Literatura por John Hopkins— que una vez había ido a la granja, y que ahora le asediaba educadamente a preguntas. Tuvo que admitir que estaba buscando una especie de fórmula o encantamiento que contuviera el terrible nombre de Yog-Sothoth, y que le desorientaba encontrar diferencias, duplicaciones y ambigüedades que hacían muy difícil la cuestión de hallar lo que buscaba. Mientras copiaba la fórmula que escogió finalmente, el doctor Armitage miró involuntariamente por encima del hombro hacia las páginas abiertas; la de la izquierda, en la versión latina, contenía amenazas en verdad monstruosas para la paz y la cordura del mundo.

No debe creerse (decía el texto tal como Armitage lo tradujo mentalmente) que el hombre es el más antiguo o el último de los amos de la Tierra, ni que la gran mole de la vida y la sustancia avanza por sí sola. Los Primigenios existieron, los Primigenios existen y los Primigenios existirán. Siguen caminando, no en los espacios que nosotros conocemos, sino entre ellos, serenos y primitivos, carentes de dimensión y, para nosotros, invisibles. Yog-Sothoth conoce la puerta. Yog-Sothoth es la puerta. Yog-Sothoth es la llave y el guardián de la puerta. El pasado, el presente y el futuro todos se unifican en Yog-Sothoth. Él sabe dónde se abrieron paso los Primigenios en la Antigüedad y dónde se abrirán paso nuevamente. Él sabe dónde han hollado los campos de la Tierra y dónde los siguen hollando, y por qué nadie puede verlos cuando los hollan. A veces, y solo por Su olor pueden los hombres saber que Ellos están cerca, pero ningún hombre puede saber cómo es su apariencia, salvo únicamente por las facciones de aquellos que Ellos han engendrado en la humanidad; y de estos hay muchas clases, diferenciándose en parecido desde la imagen más real del hombre hasta esa figura sin visibilidad ni sustancia que es la Suya. Caminan, invisibles y fétidos, en lugares solitarios donde las Palabras han sido pronunciadas, y los Ritos, ejecutados en sus estaciones. El viento parlotea con Sus voces, y la tierra murmura con Su conciencia. Doblegan el bosque y aplastan la ciudad, pero ningún bosque ni ciudad ve la mano que aniquila. Kadath Los ha conocido en el frío erial y ¿qué hombre conoce a Kadath? El helado desierto del sur y las hundidas islas del océano encierran piedras donde está grabado Su sello, pero ¿quién ha visto la profunda ciudad helada o la torre sellada que algas y percebes adornan desde tiempos inmemoriales? El gran Cthulhu es Su primo, a pesar de lo cual solo puede divisarles mortecinamente. *Ia! Shub-Niggurath!* Vosotros Los reconoceréis por su pestilencia. Os tienen asidos por el cuello, y vosotros no Los veis; e incluso Su morada puede ser una con tu guardado portal. Yog-Sothoth es la llave de la puerta, donde se encuentran las esferas. El hombre gobierna ahora donde Ellos gobernaron antes; pronto gobernarán donde el hombre gobierna ahora. Tras el verano hay el invierno, y tras el invierno el verano. Esperan con paciencia y fuerza, pues Ellos reinarán nuevamente.

El doctor Armitage, relacionando lo que leía con lo que había oído acerca de Dunwich y de sus extrañas presencias, así como acerca de Wilbur Whateley y su mortecina y espantosa aureola, que se extendía desde un nacimiento dudoso hasta una nube de probable matricidio, sintió una oleada de terror igual de tangible que la corriente de aire procedente de la fría humedad de una tumba. El inclinado y cabruno gigante que se hallaba ante él parecía el engendro de otro planeta o dimensión, como si solo fuera parcialmente humano y estuviese unido a negros abismos de esencia y entidad que se extienden como titánicos fantasmas más allá de las esferas de fuerza y materia, espacio y tiempo. En aquel momento, Wilbur levantó la cabeza y empezó a hablar de aquella manera extraña y resonante que aludía a unos órganos productores de sonidos muy diferentes de los del género humano.

—Señor Armitage —dijo—, considero que debo llevarme este libro a mi casa. En él hay cosas que tengo que hacer en unas circunstancias especiales que aquí no puedo obtener, y sería un pecado mortal dejar que un reglamento estúpido me lo impidiera. Concédame el permiso para llevármelo, señor, y le juro que nadie se dará cuenta. No necesito decirle que lo cuidaré tal como merece. No es culpa mía que este ejemplar de Dee esté...

Se interrumpió al ver la firme negativa en el rostro del bibliotecario, y sus cabrunas facciones adoptaron una expresión astuta. Armitage, a punto de decirle que podía hacer una copia de las partes que necesitara, pensó súbitamente en las posibles consecuencias y se contuvo. Era una responsabilidad demasiado grande dar a tal criatura la llave de tan horribles esferas exteriores. Whateley se dio cuenta de cómo estaban las cosas, y trató de contestar con ligereza:

—Bueno, muy bien, tiene derecho a opinar como quiera. Quizá en Harvard no sean tan remilgados como aquí.

Y, sin decir nada más, se levantó y salió apresuradamente del edificio, bajando la cabeza en todos los dinteles.

Armitage oyó los salvajes ladridos del gran perro guardián, y observó los pasos goriloides de Whateley mientras este cruzaba la franja de terreno visible desde la ventana. Pensó en los espeluznantes relatos que había oído y se acordó de los viejos artículos dominicales aparecidos en el *Advertiser*; y también de las leyendas que los campesinos y aldeanos de Dunwich le habían contado durante su única visita a ese lugar. Seres invisibles que no eran de esta Tierra —o, por lo menos, no eran de la Tierra tridimensional— poblaban con su mal olor las cañadas de Nueva Inglaterra y se reunían en las cimas de las montañas. Ya hacía largo tiempo que estaba convencido de esto. Ahora le parecía sentir una presencia cercana de alguna horrible parte del molesto terror y contemplar un diabólico avance en el negro dominio de la antigua y, hasta entonces, pasiva pesadilla. Volvió a encerrar el *Necronomicón* con un estremecimiento de repugnancia, pero la habitación siguió impregnada por un hedor tremendo y no identificable. «Vosotros Los reconoceréis por su pestilencia», recitó mentalmente. Sí, el olor era el mismo que le había mareado en la granja Whateley hacía menos de tres años. Pensó otra vez en Wilbur, cabruno y ominoso, y se rio burlonamente al acordarse de los rumores que circulaban por el pueblo sobre su paternidad.

—¿Endogamia? —murmuró Armitage, medio en voz alta y medio para sí mismo—. ¡Gran Dios, qué bobalicones! ¡Enséñales el Gran Dios Pan de Arthur Machen y lo considerarán un escándalo de Dunwich! Pero ¿qué tipo de criatura —qué tipo de amorfa influencia maldita en esta Tierra tridimensional— era el padre de Wilbur Whateley? Había nacido el día de la Candelaria, nueve meses después del Primero de Mayo de 1912, cuando las habladurías acerca de los extraños ruidos terrestres llegaron incluso a Arkham. ¿Qué pasaba en las montañas aquella noche de mayo? ¿Qué nuevo horror se abatió sobre el mundo con carne y sangre semihumana?

Durante las semanas que rigieron el doctor Armitage empezó a recoger todos los datos posibles acerca de Wilbur Whateley y las informes presencias que danzaban en torno a Dunwich. Se puso en comunicación con el doctor Houghton de Aylesbury, el mismo que había atendido al viejo Whateley en su última enfermedad, y encontró mucho sobre lo que meditar en las palabras finales del anciano que le repitió el médico. Una visita al pueblo de Dunwich no contribuyó a aumentar sus conocimientos sobre la materia; pero un detallado estudio del *Necronomicón*, en aquellas partes que Wilbur había buscado tan ávidamente, pareció suministrarle nuevas y terribles pistas respecto a la naturaleza, métodos y deseos del extraño mal que amenazaba tan vagamente al planeta. Sus conversaciones con varios estudiosos de leyendas populares en Boston, y las cartas que envió a muchos otros de distintos enclaves, le produjeron un creciente asombro que pasó lentamente por varios grados de alarma hasta alcanzar un estado de miedo espiritual en verdad agudo. A medida que el verano se acercaba, más se convencía de que era necesario hacer algo con relación a los ocultos terrores del valle superior del Miskatonic y al monstruoso ser conocido por el mundo humano como Wilbur Whateley.

# VI

El verdadero horror de Dunwich tuvo lugar entre la fiesta del primero de agosto y el equinoccio de 1928, y el doctor Armitage se encontraba entre los que fueron testigos de su monstruoso prólogo. Mientras tanto, se había enterado del grotesco viaje que Whateley realizó a Cambridge y de sus desesperados esfuerzos para que le prestaran un ejemplar del *Necronomicón* en la Widener Library. Estos esfuerzos fueron inútiles, ya que Armitage había avisado a todos los bibliotecarios que poseían el temible volumen. Wilbur se había mostrado muy nervioso en Cambridge; ansioso por conseguir el libro, pero igualmente ansioso por regresar a su casa, como si temiera las consecuencias de una larga ausencia.

A primeros de agosto ocurrió lo que ya se esperaba, y, en la madrugada del día 3, el doctor Armitage se despertó bruscamente al oír los salvajes y feroces ladridos del fiero perro guardián que custodiaba del campus universitario. Profundos y terribles, los gruñidos y ladridos continuaron y fueron subiendo de volumen, pero con pausas espantosamente significativas. Después se oyó un alarido que pertenecía a una garganta completamente distinta —un alarido tal que despertó a la mitad de los habitantes de Arkham y atormentó sus sueños durante el resto de sus vidas—, un alarido que no podía provenir de un ser nacido de la Tierra, o, al menos, no del todo.

Armitage, tras vestirse apresuradamente y cruzar a toda prisa la calle y el jardín que le separaban de los edificios universitarios, vio que otros se le habían adelantado; y oyó los ecos de la alarma contra robos que estaba instalada en la biblioteca. Una de las ventanas se destacaba, negra y abierta, a la luz de la luna. El presunto ladrón había conseguido entrar; pues los ladridos y gritos, que ahora degeneraban hacia una mezcla de amortiguados gruñidos y lamentaciones, procedían inequívocamente del interior. De manera instintiva Armitage advirtió que lo que allí se estaba desarrollando no era cosa que todo el mundo pudiera ver, así que hizo retroceder autoritariamente a la multitud mientras abría la puerta del vestíbulo. Entre la multitud, vio al profesor Warren Rice y al doctor Francis Morgan, a quienes había explicado algunas de sus conjeturas y recelos, y les hizo señas de que lo acompañaran al interior. Los sonidos procedentes de dentro, a excepción del monótono gemido del perro, ya habían cesado casi del todo; pero Armitage se dio cuenta, con un repentino sobresalto, que un estridente coro de chotacabras escondidas entre los matorrales había iniciado un cántico terriblemente rítmico que parecía corear las últimas inspiraciones de un moribundo.

El edificio estaba impregnado de un espantoso hedor que el doctor Armitage reconoció a la perfección, y los tres hombres echaron a correr por el vestíbulo para dirigirse hacia la sala de lectura, que era de donde procedía el monótono gemido. Durante un segundo nadie se atrevió a encender la luz, hasta que Armitage se armó de valor y accionó el interruptor. Uno de los tres —no se sabe cuál— lanzó un grito al ver lo que se extendía ante ellos entre las desordenadas mesas y las sillas volcadas. El profesor Rice afirma que durante unos instantes perdió totalmente el conocimiento, aunque no se tambaleó ni se cayó.

La criatura que yacía medio inclinada de costado en un fétido charco de icor amarillo-verdoso y de una viscosidad alquitranada medía alrededor de dos metros y medio de estatura, y el perro le había desgarrado la ropa y parte de la piel. No estaba completamente muerta, pues se retorcía silenciosa y espasmódicamente mientras su pecho se alzaba en un monstruoso compás con los dementes cánticos de las expectantes chotacabras del exterior. Trozos de cuero de los zapatos y fragmentos de ropa llenaban la estancia, y, al lado mismo de la ventana, se veía una bolsa de lona vacía, donde sin duda había sido tirada. Cerca de la mesa central se hallaba un revólver, cuyo abollado cartucho explicó posteriormente la razón de que no hubiera sido disparado. Sin embargo, la criatura en sí borraba todas las demás imágenes. Sería trivial y no totalmente exacto decir que ninguna pluma humana podría describirla, pero uno puede afirmar sin miedo a equivocarse que nadie, cuyas ideas sobre el aspecto y contorno estuvieran demasiado arraigadas en las formas vivientes habituales de este planeta y en las tres dimensiones conocidas, habría podido imaginársela tal como realmente era. Era en parte humana, de eso no hay duda, con manos y cabeza muy similares a las de un hombre, y el rostro cabruno y sin barbilla presentaba el sello de los Whateley. Pero el tórax y las partes inferiores del cuerpo eran teratológicamente fabulosos, de forma que solo un traje muy holgado le habría permitido andar por la Tierra sin llamar la atención.

Por encima de la cintura era semiantropomorfo; aunque el pecho, donde las desgarradoras patas seguían vigilantemente apoyadas, presentaba la forma reticular propia de la piel de un cocodrilo o caimán. La espalda estaba moteada de amarillo y negro, y un poco sugería el pellejo escamoso de ciertas serpientes. Sin embargo, por debajo de la cintura, era peor; ahí terminaba todo parecido humano y empezaba la más fabulosa fantasía. La piel estaba totalmente cubierta por un áspero pelaje negro, y a partir del abdomen sobresalía fláccidamente una docena de largos tentáculos de un gris verdoso con bocas rojas en forma de ventosa. Su disposición era extraña, y parecía obedecer a las simetrías de alguna geometría cósmica desconocida en la Tierra y el sistema solar. En cada una de las caderas, profundamente introducido en una especie de rosada órbita ciliada, había lo que parecía ser un ojo rudimentario; mientras que en lugar de cola tenía cierta clase de palpo o antena con marcas anulares de color púrpura, y muchos indicios de ser una boca o cuello sin desarrollar. Las extremidades, aparte de su pelaje negro, se parecían ligeramente a las patas traseras de algún gigantesco saurio de la prehistoria terrestre, y terminaban en una especie de pies muy venosos que no eran ni cascos ni garras. Cuando la criatura respiraba, la cola y los tentáculos cambiaban rítmicamente de color, como si se debiera a alguna causa circulatoria normal de aquella tonalidad verdosa tan poco humana, mientras que en la cola se manifestaba en un matiz amarillento que alternaba con un espantoso blanco grisáceo en los espacios existentes entre las anillas púrpuras. No había trazas de verdadera sangre; solo el fétido icor de un amarillo verdoso que se escurría por el suelo pintado hasta más allá del radio de viscosidad, y dejaba una curiosa mancha por allí donde pasaba.

La presencia de los tres hombres parecía alterar a la criatura moribunda, que empezó a murmurar sin volverse ni levantar la cabeza. El doctor Armitage no hizo un informe escrito de sus articulaciones, pero declaró confidencialmente que no pronunció ni un sonido en inglés. Al principio, las sílabas contravenían toda relación con lenguaje terrestre alguno, pero hacia el final articuló algunos fragmentos incoherentes que evidentemente procedían del *Necronomicón*, esa monstruosa blasfemia en cuya búsqueda había perecido la criatura. Estos fragmentos, tal como Armitage los recuerda, eran algo así: «N'gai, n'gha' ghaa, bugg-shoggog, y'hah: Yog-Sothoth, Yog-Sothoth...». Se desvanecieron en la nada al mismo tiempo que las chotacabras gritaban en rítmicos crescendos de impías esperanzas.

Después se produjo un cese en la respiración, y el perro alzó la cabeza en un largo y siniestro aullido. Se observó un cambio en el rostro amarillo y cabruno de la criatura postrada, y los grandes ojos negros se cerraron súbitamente. Junto a la ventana, los chillidos de las chotacabras habían cesado de pronto, y por encima de los murmullos del gentío reunido llegó el sonido de un aleteo y zumbido causado por el pánico. Enormes nubes de centinelas con plumas se recortaron sobre la luna al alzar el vuelo para luego desaparecer a toda prisa, desesperados por no haber conseguido su presa.

De pronto el perro se levantó, lanzó un ladrido atemorizado y saltó nerviosamente por la ventana a través de la cual había entrado. Un grito se elevó entre la multitud, y el doctor Armitage gritó a los hombres del exterior que nadie debía entrar hasta que llegaran la policía y el forense. Se alegró de que las ventanas fueran demasiado altas para que se pudiera curiosear por ellas, y corrió del todo las cortinas. En aquel momento llegaron dos policías; y el doctor Morgan, que los recibió en el vestíbulo, les aconsejó que por su propio bien retrasaran su entrada en la pestilente sala de lectura hasta que el forense hubiera realizado su examen y cubierto el extraño ser allí postrado.

Mientras tanto, horribles cambios tenían lugar en el suelo. No es posible describir la clase y velocidad del encogimiento y desintegración que ocurrió ante los ojos del doctor Armitage y del profesor Rice; pero está permitido decir que, aparte del aspecto externo del rostro y las manos, el elemento realmente humano de Wilbur Whateley debía de ser muy escaso. Cuando el forense llegó, solo había una viscosa masa blanquecina sobre los listones pintados y el monstruoso olor casi había desaparecido. Aparentemente, Whateley no tenía cráneo ni esqueleto óseo, por lo menos, en un sentido verdadero o permanente. Se había ido tras las huellas de su desconocido padre.

# VII

Sin embargo, todo esto no fue más que el prólogo del verdadero horror de Dunwich. Funcionarios estupefactos tuvieron a su cargo las formalidades, sobre cuyos insólitos detalles no se informó a la prensa ni al público, y se enviaron varios hombres a Dunwich y a Aylesbury para ver la cuantía de los bienes y notificar a los posibles herederos del difunto Wilbur Whateley. Se toparon con una gran agitación en toda la zona, tanto a causa de los ruidos sordos cada vez mayores que procedían de las colinas, como del inusitado hedor y los misteriosos sonidos que llenaban la gran cáscara vacía formada por la entablada granja de los Whateley. Earl Sawyer, que cuidó al caballo y al ganado durante la ausencia de Wilbur, sufría de una aguda crisis nerviosa. Los funcionarios se inventaron una excusa para no entrar en la extraña casa; y se limitaron alegremente a restringir el examen de la morada del difunto, los cobertizos recién arreglados, a una sola visita. Compilaron un voluminoso informe en el palacio de Justicia de Aylesbury, y se dice que aún prosiguen los litigios respecto a la herencia entre los innumerables Whateley, afectados o no por la degeneración física, del valle superior del Miskatonic.

Un manuscrito casi interminable de extraños caracteres, escrito en un gran libro y considerado una especie de diario a causa de los intervalos y variaciones en la tinta y caligrafía, supuso un insoluble misterio para los que lo encontraron en la cómoda que servía de mesa a su dueño. Al cabo de una semana de debates fue enviado a la Universidad de Miskatonic, junto con la colección de extraños libros pertenecientes al difunto, a fin de poder ser estudiado y traducido; pero ni siquiera los mejores lingüistas fueron capaces de descifrarlo. Hasta el momento no se había descubierto nada acerca del oro antiguo con el que Wilbur y el viejo Whateley siempre pagaban sus deudas.

Fue durante la noche del 9 de septiembre cuando se desató el verdadero horror. Los ruidos de la colina habían sido muy fuertes durante el atardecer, y los perros ladraron furiosamente a lo largo de toda la noche. Los madrugadores del día 10 percibieron un insólito hedor en el aire. Hacia las siete, Luther Brown, el muchacho que prestaba sus servicios en casa de George Corey, entre Cold Spring Glen y el pueblo, regresó corriendo frenéticamente de su excursión matinal a la pradera de cuatro hectáreas con las vacas. Cuando se precipitó en la cocina, estaba casi convulsionado por el terror entrar precipitadamente en la cocina; y, en el patio exterior, el no menos asustado rebaño escarbaba y mugía lastimeramente, tras seguir al muchacho con el mismo pánico que él. Jadeando, Luther trató de contar su historia a la señora Corey.

—Allá arriba de la carretera, después de la cañada, señora Corey... ¡allá ha pasado algo! Huele a truenos, y todos los matorrales y arbolillos están como apartados de la carretera, igual que si hubieran trasladado una casa entera por allí. Y eso no es lo peor, ni hablar. Hay huellas en el camino, señora Corey... huellas grandes y redondas tan grandes como la tapa de un tonel, y todas muy hundidas, como si hubiera pasado un elefante, ¡solo que ni un metro habría podido hacerlas! He mirado una o dos antes de echar a correr, y he visto que cada una estaba cubierta de líneas que salían de un sitio, como un abanico enorme de hojas de palmera (dos o tres veces más grande que una normal) que hubieran arrastrado por el suelo. Y el olor era horroroso, como el que hay por la vieja casa del brujo Whateley...

Aquí se interrumpió, y pareció estremecerse de nuevo debido al terror que le había hecho regresar corriendo. La señora Corey, incapaz de extraerle más informaciones, empezó a telefonear a los vecinos; así se inició en los alrededores la oleada de pánico que anunciaba mayores terrores. Cuando se puso en contacto con Sally Sawyer, el ama de llaves de Seth Bishop, la casa más próxima a la granja de los Whateley, le tocó el turno de escuchar en vez de hablar; pues el hijo de Sally, Chauncey, había dormido muy mal aquella noche y había decidido dar un paseo por la colina en dirección a la granja Whateley, del que regresó aterrado tras lanzar un vistazo a la casa y al prado, donde las vacas del señor Bishop habían pasado toda la noche.

—Sí, señora Corey —dijo la trémula voz de Sally a través del hilo telefónico—, Chauncey ha vuelto sin aliento, ¡y del susto que llevaba no podía ni hablar! Dice que la casa del viejo Whateley está toda doblada para arriba, con trozos de madera por todos lados, como si hubieran dinamitado la casa por dentro; solo queda el piso de abajo, pero está lleno de una especie de cosa que huele a demonios y que gotea desde las paredes hasta el suelo y que el viento ha arrastrado hasta los trozos de madera. Y en el patio hay una especie de huellas espantosas, por si fuera poco... huellas grandes y redondas, mayores que una cabeza de cerdo, y esa cosa pegajosa está en toda la casa, que ha explotado. Chauncey dice que van hacia la pradera, y que toda la hierba de allí, que es más amplia que un establo, está como aplastada, y todos los muros de piedra se han desplomado en todos los sitios por donde ha pasado.

»Y verá lo que dice. Él dice, señora Corey, que aun así buscó las vacas de Seth, asustado como estaba, y las encontró en el prado de arriba casi tocando al Campo de Saltos del Diablo y en un estado horrible. La mitad ha desaparecido, y a casi la mitad de las que quedan les han chupado la sangre hasta dejarlas secas, con las mismas llagas que las que tenía el ganado de Whateley desde que nació el rapazuelo negro de Lavinia. Seth ha salido ahora para verlas, pero ¡le juro que no se acercará a casa del brujo Whateley! Chauncey no miró bien, así que no vio si el césped aplastado llegaba hasta donde dejó las vacas, pero dice que le parece que las huellas van por el camino de la cañada que lleva al pueblo.

»Lo que le digo, señora Corey; ahí fuera hay algo que no tendría que haber, y lo que yo pienso es que ese negro de Wilbur Whateley, como se ve por el mal final que ha tenido, está muy metido en todo esto. No era del todo humano, y así se lo he dicho siempre a todo el mundo; y lo que pienso es que el viejo Whateley y él debían de criar algo en esa casa toda tapiada que era aún menos humano que el muchacho. Siempre ha habido cosas invisibles por aquí, por Dunwich, cosas vivas, que no eran ni humanas ni buenas para los hombres como Dios manda.

»La tierra ha estado hablando toda la noche, y hacia la mañana Chauncey ha oído las chotacabras tan alto en Cold Spring Glen que no ha pegado ojo. Después le ha parecido que oía otro sonido más débil por la casa del brujo Whateley... como si rompieran la madera, como si estuvieran abriendo una caja grande o algo así. La cosa es que con esto y aquello no ha dormido ni un poco hasta el amanecer, y no se ha levantado hasta entonces, pero él tenía que ir a la granja Whateley y ver lo que pasaba. ¡Ya le digo yo que ha visto bastante! Esto no quiere decir nada bueno, y creo que todos los hombres tendrían que hacer una partida y ponerse en marcha. Estoy segura de que va a pasar algo horrible, y me parece que mi final está cerca, aunque solo Dios sabe por qué.

»¿Le ha contado Luther hacia dónde iban esas huellas tan enormes? ¿No? Bueno, señora Corey, si estaban en la carretera de la cañada y de este lado de la cañada, y aún no han llegado a su casa, supongo que deben de ir a la cañada. Puede ser. Siempre he dicho que Cold Spring Glen no era un sitio bueno. Las chotacabras y luciérnagas de por allí nunca se portan como si fueran criaturas de Dios, y hay quien dice que se oyen cosas que corren y hablan en el aire por allá abajo si estás en el sitio justo, entre los desprendimientos de rocas y la Morada del Oso».

Cerca del mediodía, más de las tres cuartas partes de hombres y muchachos de Dunwich deambulaban por los caminos y praderas existentes entre las nuevas ruinas de la granja Whateley y Cold Spring Glen, examinando con horror las enormes y monstruosas huellas, el ganado mutilado de Bishop, los extraños destrozos en la granja y la aplastada vegetación de los campos y el borde del camino. Fuera lo que fuese aquello que se había abatido sobre el mundo, resultaba evidente que se encontraba en el fondo del gran y siniestro barranco; pues todos los árboles de ambas márgenes estaban doblados y rotos, y se había abierto una gran avenida entre los matorrales que bordeaban el precipicio. Era como si una casa, impulsada por una avalancha, se hubiera deslizado a través de la enmarañada vegetación de la pendiente casi vertical. No se oía ningún sonido procedente del fondo, sino únicamente un lejano e indefinible zumbido, y no es de extrañar que los hombres prefiriesen quedarse junto al borde y discutir que bajar y hacer frente al desconocido horror ciclópeo que se ocultaba en su guarida. Los tres perros que acompañaban al grupo habían ladrado furiosamente al principio, pero dieron muestras de acobardarse y querer retroceder cuando se hallaron cerca del barranco. Alguien telefoneó al *Aylesbury Transcript* para comunicar la noticia; pero el editor, acostumbrado a las misteriosas historias de Dunwich, no hizo más que redactar un párrafo humorístico acerca del nuevo relato; artículo que poco después fue reproducido por la Associated Press.

Aquella noche todo el mundo regresó a su hogar, y todas las casas y los establos se cerraron con llaves y candados. Innecesario decir que no quedó ni una sola cabeza de ganado en los pastizales. Hacia las dos de la madrugada una horrible pestilencia y el salvaje ladrido de los perros despertó a todos los ocupantes de la casa de Elmer Frye, en el borde oriental de Cold Spring Glen, y todos oyeron una especie de silbido ahogado procedente del exterior. La señora Frye propuso telefonear a los vecinos, y Elmer estaba a punto de acceder a su deseo cuando el ruido de una madera hecha astillas interrumpió sus deliberaciones. Al parecer, venía del establo; y fue rápidamente seguido por espantosos chillidos y coces del ganado. Los perros babearon y se acurrucaron a los pies de la familia inmovilizada por el miedo. Frye encendió una linterna gracias a la fuerza de la costumbre, pero comprendió que salir al oscuro patio de la granja significaría la muerte. Los niños y las mujeres lloriqueaban, absteniéndose de gritar debido a algún oscuro y rudimentario instinto de conservación que les avisaba de que sus vidas dependían del silencio. Al fin, el ruido de ganado dio paso a un lastimero gemido, y después se oyó un gran estruendo de chasquidos, detonaciones y crujidos. Los Frye, reunidos en la sala de estar, no se atrevieron a moverse hasta que los últimos ecos se apagaron en las profundidades de Cold Spring Glen. Entonces, entre los lúgubres gemidos procedentes del establo y del demoniaco gorjeo de tardías chotacabras en la cañada, Selina Frye se dirigió tambaleándose hacia el teléfono y difundió todas las novedades que pudo acerca de la segunda fase del horror.

Al día siguiente toda la región estaba invadida por el pánico; y grupos tan silenciosos como acobardados iban y venían de donde ocurriera el espantoso suceso. Dos titánicas muestras de destrucción se extendían desde la cañada hasta la granja de los Frye, y un lado del viejo establo rojo se había derrumbado completamente. Del ganado, solo una cuarta parte pudo ser hallada e identificada. Algunas cabezas estaban reducidas a curiosos fragmentos, y todos los animales que sobrevivieron tuvieron que ser sacrificados. Earl Sawyer sugirió pedir ayuda a Aylesbury o a Arkham, pero otros sostuvieron que resultaría inútil. El viejo Zebulon Whateley, perteneciente a una rama que oscilaba entre la cordura y la degradación, hizo desagradables sugerencias acerca de unos ritos que debían practicarse en la cima de la colina. Pertenecía a un linaje en el que la tradición era muy importante, y sus recuerdos de cánticos en los grandes círculos de piedra no estaban del todo relacionados con Wilbur y su abuelo.

La oscuridad se cernió sobre unos abatidos campesinos demasiado pasivos para organizar una verdadera defensa. En unos cuantos casos, familias estrechamente emparentadas decidieron agruparse y vigilar en la oscuridad bajo un solo techo; pero en general solo se produjo una repetición de las insuficientes medidas tomadas la noche anterior, así como un fútil e infructuoso gesto de cargar los mosquetones y preparar las horquillas. Sin embargo, no ocurrió nada a excepción de algunos ruidos en la colina; y, cuando llegó el nuevo día, hubo muchos que creyeron que el horror se había ido tan rápidamente como había venido. Incluso hubo almas intrépidas que propusieron una expedición ofensiva hacia la cañada, aunque no se aventuraron a dar ejemplo ante la mayoría aún reacia.

Cuando se hizo de nuevo de noche, se repitieron las mismas medidas, pero las familias regresaron a sus casas. Por la mañana, los miembros de la granja de los Frye y de Seth Bishop observaron una gran excitación por parte de los perros y vagos sonidos y pestilencias lejanos, mientras que exploradores madrugadores vieron con horror una nueva hilera de monstruosas huellas en la carretera que bordeaba la colina Sentinel. Tal como antes, los bordes del camino mostraban el aplastante peso del gigantesco causante del horror, mientras que la disposición de las huellas parecía indicar un pasaje en dos direcciones, como si la montaña en movimiento hubiera venido de Cold Spring Glen y regresado a ella por el mismo camino. En la base de la colina, un espacio de matorrales aplastados que debía de medir unos nueve metros conducía directamente hacia arriba, y los exploradores se sobresaltaron al ver que ni siquiera los lugares más perpendiculares alteraban la dirección del inexorable sendero. Cualquiera que fuese el horror, podía escalar un empinado precipicio rocoso de verticalidad casi absoluta; y, mientras aquellos hombres trepaban hacia la cumbre de la colina por rutas más seguras, vieron que el sendero terminaba —o, mejor dicho, empezaba en sentido inverso— justamente allí.

Allí era donde los Whateley solían encender sus diabólicas fogatas y celebrar con sus cantos sus diabólicos rituales, junto a la piedra en forma de mesa, la víspera del Primero de Mayo y el día de Todos los Santos. Aquella misma piedra formaba el centro de un gran espacio aplastado por el monstruoso horror, mientras que encima de la superficie ligeramente cóncava se hallaba un grueso y fétido depósito de la misma viscosidad alquitranada que se había observado en el suelo de los restos de la granja Whateley cuando se desató el terror. Los hombres se miraron unos a otros y murmuraron. Después miraron hacia la parte baja de la colina. Al parecer, el horror había bajado por una ruta muy parecida a la de su ascenso. Especular era inútil. La razón, la lógica y las ideas sobre motivaciones normales no podían aplicarse en aquel caso. Solo el viejo Zebulon, que no estaba con el grupo, habría podido hacer justicia a la situación o dar una posible explicación.

La noche del jueves se inició como las demás, pero concluyó menos felizmente. Las chotacabras de la cañada gritaron con una persistencia tan insólita que muchos no pudieron dormir, y hacia las tres de la madrugada los teléfonos de los componentes del grupo sonaron trémulamente. Aquellos que descolgaron el receptor oyeron una voz enloquecida por el terror que decía: «¡Socorro, oh, Dios mío...!», y a algunos les pareció oír un crujido, tras lo cual se cortó la comunicación. Nada más. Nadie se atrevió a hacer nada, y hasta la mañana siguiente nadie supo de dónde procedía la llamada. Entonces, todos los que la habían recibido se pusieron en contacto con los demás, y descubrieron que los Frye eran los únicos en no contestar. La verdad se averiguó una hora más tarde, cuando un grupo de hombres armados rápidamente constituido se personó en la granja de los Frye al borde de la cañada. Fue horrible, y sin embargo no se sorprendieron. Había una gran extensión de hierba aplastada y monstruosas huellas, pero no quedaba casa alguna. Se había derrumbado como una cáscara de huevo, y no se pudo descubrir a ninguna criatura viva ni muerta entre las ruinas. Solo una espantosa pestilencia y una viscosidad alquitranada. La familia de Elmer Frye había sido borrada de Dunwich.

# VIII

Mientras tanto, una nueva fase de horror más silenciosa, aunque incluso más intensa espiritualmente, se había desarrollado tras la puerta cerrada de una estancia llena de libros en Arkham. El curioso informe o diario manuscrito de Wilbur Whateley, entregado a la Universidad de Miskatonic para su traducción, había ocasionado inquietud y estupefacción en los expertos en lenguas tanto antiguas como modernas; el mismo alfabeto, a pesar de su vaga semejanza con el utilizado en Mesopotamia, resultaba por completo desconocido para todas las autoridades en la materia. La conclusión final de los lingüistas fue que el texto representaba un alfabeto artificial que sugería el empleo de una clave; pero ninguno de los métodos habituales de solución criptográfica pareció suministrar ninguna pista, ni siquiera aplicándolos sobre la base de todas las lenguas que el escritor habría podido usar. Los libros antiguos procedentes de la vivienda de Whateley, aunque muy interesantes y en algunos casos prometedores de nuevas y terribles líneas de investigación entre filósofos y hombres de ciencia, no fueron de ninguna ayuda en este asunto. Uno de ellos, un voluminoso tomo con una hebilla de hierro, estaba redactado en otro alfabeto desconocido; este era de muy distintas características, y se parecía más al sánscrito que a cualquier otra cosa. El viejo libro fue entregado finalmente al doctor Armitage, tanto a causa del peculiar interés que este experimentaba por el caso Whateley, como por sus amplios conocimientos lingüísticos y habilidad en las místicas fórmulas de la Antigüedad y la Edad Media.

Armitage abrigaba la idea de que el alfabeto podía ser algo esotéricamente empleado por ciertos cultos prohibidos que quizá procedieran de tiempos remotos, y que habrían heredado muchas formas y tradiciones de los brujos pertenecientes al mundo sarraceno. Sin embargo, no creyó que eso fuera vital; ya que sería innecesario conocer el origen de los símbolos en el caso de que, tal como él sospechaba, se hubieran utilizado como una clave en una lengua moderna. Él creía que, considerando la gran magnitud de los textos implicados, el escritor no debía de haberse tomado la molestia de utilizar otro idioma que el suyo, excepto en ciertas fórmulas y encantamientos especiales. Por lo tanto, inició el estudio del manuscrito basándose en la suposición preliminar de que se había empleado principalmente la lengua inglesa.

El doctor Armitage sabía, por los repetidos fracasos de sus colegas, que el enigma era profundo y complejo; por lo que resultaba inútil recurrir a un sencillo método de investigación. Durante toda la segunda mitad de agosto se estuvo documentando acerca de la criptografía; recurrió a todas las fuentes de su propia biblioteca, y pasó una noche tras otra entre los misterios del *Polygraphia*, de Trithemius, el *De Furtivis Literarum Notis*, de Giambattista della Porta, el *Traité des Chiffres*, de De Vigenère, el *Cryptomenysis Patefacta*, de Falconer, los tratados del siglo XVIII escritos por Davys y Thicknesse, y autoridades relativamente modernas como Blair, Von Marten y el mismo Klüber, y después se convenció de que debía enfrentarse con uno de los criptogramas más sutiles e ingeniosos que jamás había visto, en el cual muchas listas separadas de letras correspondientes están dispuestas como la tabla de multiplicar, y el mensaje elaborado con arbitrarias palabras clave únicamente conocidas por los iniciados. Los expertos más antiguos en la materia le resultaron de mayor utilidad que los modernos, y Armitage llegó a la conclusión de que la clave del manuscrito era de una gran antigüedad, y sin duda había sido transmitida a través de una larga serie de experimentadores místicos. Varias veces creyó estar cerca de la solución, pero siempre se vio frenado por algún obstáculo imprevisto. Después, a medida que se aproximaba septiembre, las nubes empezaron a alejarse. Algunas letras, según su empleo en ciertas partes del manuscrito, se revelaron con definitiva e inequívoca claridad; y se convenció de que el texto estaba realmente escrito en inglés.

Hacia el atardecer del 2 de septiembre cedió la última gran barrera, y el doctor Armitage leyó por vez primera un pasaje de los anales de Wilbur Whateley. Era en verdad un diario, tal como todos pensaban, y estaba redactado en un estilo que mostraba claramente la ignota erudición y general incultura del extraño ser que lo había escrito. Casi todo el primer pasaje que descifró Armitage, una anotación fechada el 26 de noviembre de 1916, resultó sumamente asombroso e inquietante. Recordó que había sido redactado por un niño de tres años y medio que aparentaba ser un muchacho de doce o trece. Decía:

Hoy aprendo el Aklo para el Sabaoth, que no me ha gustado, ya que lo contestan de la colina y no del aire. Está mucho más arriba de lo que yo había pensado, y no tiene mucho cerebro terrestre. He matado de un tiro a Jack, el collie de Elam Hutchins, porque me iba a morder, y Elam dice que me habría matado si hubiera podido. No me lo creo. El abuelo me hizo repetir la fórmula Dho anoche, y creo que vi la ciudad interna en los dos polos magnéticos. Yo iré a esos polos cuando la Tierra se disuelva, si no puedo abrirme paso con la fórmula Dho-Hna cuando la ponga en práctica. Los del aire me dijeron en el sabbat que pasarán muchos años antes de que pueda disolver la Tierra, y supongo que entonces el abuelo ya estará muerto, así que tengo que aprender todos los ángulos de los planos y todas las fórmulas entre la Yr y la Nhhngr. Los de fuera me ayudarán, pero no pueden tomar el cuerpo sin sangre humana. Lo de arriba parece que tendrá el aspecto correcto. Lo veo un poco cuando hago el signo Voorish o soplo el polvo de Ibn Ghazi, y se parece mucho a ellos la víspera del Primero de Mayo en la colina. La otra cara puede borrarse un poco. Me gustaría saber cómo seré cuando la Tierra se haya disuelto y no haya en ella ningún ser terrestre. El que vino con el Aklo Sabaoth dijo que puedo transfigurarme para seguir trabajando.

La mañana sorprendió al doctor Armitage bañado en un sudor frío ocasionado por el terror y un frenesí debido a una intensa concentración. Se había pasado toda la noche leyendo el manuscrito, sentado a su escritorio y bajo la luz eléctrica, pasando una página tras otra con manos temblorosas a medida que descifraba el misterioso texto. Había telefoneado con voz nerviosa a su esposa para decirle que no iría a casa, y cuando ella le llevó el desayuno al despacho apenas fue capaz de probar un bocado. Siguió leyendo durante todo el día, interrumpiéndose de vez en cuando siempre que era necesaria la reaplicación de la complicada clave. Le llevaron el almuerzo y la cena, pero apenas comió. Hacia la mitad de la noche siguiente se quedó adormilado en el sillón, pero no tardó en despertarse tras tener unas pesadillas caóticas casi tan espantosas como las verdades y amenazas para la existencia del hombre que había descubierto.

La mañana del 4 de septiembre, el profesor Rice y el doctor Morgan insistieron en verle un rato, y se marcharon temblorosos y pálidos. Aquella noche Armitage se acostó, pero durmió mal. El miércoles —el día siguiente— volvió a concentrarse en el manuscrito, y empezó a tomar abundantes notas tanto de los fragmentos que leía como de aquellos que ya había descifrado. A primeras horas de la madrugada de aquella noche durmió un poco en un sillón de su despacho, pero se encontraba nuevamente ante el manuscrito al amanecer. Hacia el mediodía su médico, el doctor Hartwell, fue a verle e insistió en que dejara el trabajo. Armitage se negó; le aseguró que para él era de vital importancia terminar la lectura del diario y le prometió darle una explicación a su debido tiempo. Aquel atardecer, poco después de la puesta del sol, concluyó su terrible lectura y se recostó exhausto en el sillón. Su esposa, al llevarle la cena, lo encontró en un estado semicomatoso; pero se hallaba lo bastante consciente como para apartarla con una imperiosa exclamación al ver que posaba la mirada en las notas que él había tomado. Se levantó trabajosamente, reunió los papeles garabateados y los selló en un gran sobre que de inmediato se metió en el bolsillo interior de la americana. Aún le restaba suficiente energía para regresar a su casa, pero requería tan urgentemente asistencia médica que se llamó enseguida al doctor Hartwell. Mientras el médico le ayudaba a meterse en cama, solo murmuraba una y otra vez: «Pero, en nombre de Dios, ¿qué podemos hacer nosotros?».

El doctor Armitage consiguió dormirse, pero deliró bastante al día siguiente. No dio ninguna explicación a Hartwell, pero en sus momentos de tranquilidad habló de la imperativa necesidad de mantener una larga conferencia con Rice y Morgan. Lo que constituía su delirio era realmente asombroso, ya que hablaba de que alguien debía destruir algo en una granja cerrada, y hacía fantásticas referencias a un plan encaminado a la destrucción de toda la raza humana y de toda la vida animal y vegetal de la Tierra por parte de una terrible raza de seres pertenecientes a otra dimensión. Gritaba que el mundo estaba en peligro, ya que los Antiguos querían destruirlo y apartarlo del sistema solar y del cosmos de la materia para hundirlo en algún otro plano o fase de entidad del que ya había caído una vez, muchos millones de eones atrás. Otras veces hablaba del temible *Necronomicón* y el *Daemonolatreia* de Remigius, en los cuales parecía abrigar la esperanza de descubrir alguna fórmula para evitar el peligro que evocaba.

—¡Hay que detenerlos, hay que detenerlos! —gritaba—. ¡Esos Whateley querían dejarlos entrar, y queda el peor de todos! Decidles a Rice y a Morgan que debemos hacer algo..., es un asunto complicado, pero yo sé hacer el polvo... No lo han alimentado desde el 2 de agosto, cuando Wilbur encontró aquí la muerte, y a ese ritmo...

Pero Armitage tenía un físico resistente a pesar de sus setenta y tres años, y aquella noche venció su enfermedad durmiendo y no tuvo fiebre. Se despertó a última hora del viernes, completamente despejado, aunque dominado por un horrible miedo y un tremendo sentido de responsabilidad. El sábado por la tarde se sintió capaz de ir a la biblioteca y de reunir a Rice y a Morgan para una conferencia, y durante el resto del día los tres hombres se torturaron el cerebro en las mayores especulaciones y el más desesperado debate. Consultaron extraños y terribles libros conservados en los estantes más altos y lugares seguros; y copiaron diagramas y fórmulas con un apresuramiento febril y en grandes y asombrosas cantidades. El escepticismo brillaba por su ausencia. Los tres habían visto el cuerpo de Wilbur Whateley tumbado en el suelo de una estancia de aquel mismo edificio, y a partir de entonces ni uno solo de ellos pudo sentirse ni siquiera ligeramente inclinado a tratar el diario como el desvarío de un loco.

Las opiniones concernientes para informar a la Policía Estatal de Massachusetts estaban divididas, y la negativa acabó por triunfar. En aquel asunto había cosas que resultaban imposibles de creer para todo el que no hubiera visto una muestra, como realmente se demostró durante ciertas investigaciones posteriores. La conferencia se disolvió a altas horas de la noche sin haber elaborado un plan definitivo, pero, a lo largo de todo el día del domingo, Armitage estuvo ocupado comparando fórmulas y mezclas químicas obtenidas en el laboratorio de la facultad. Cuanto más reflexionaba acerca del diabólico diario, más inclinado se sentía a dudar de la eficacia de cualquier agente material para destruir la entidad que Wilbur Whateley había dejado tras de sí, la entidad que amenazaba al mundo y que, sin él saberlo, aparecería a las pocas horas a fin de convertirse en el memorable horror de Dunwich.

El lunes supuso una repetición del domingo para el doctor Armitage, pues la tarea que le ocupaba requería infinidad de experimentos e investigaciones. Nuevas consultas con el monstruoso diario produjeron diversos cambios de planes, y él estaba convencido de que incluso al final quedaría una gran cantidad de incertidumbre. El martes ya había ideado una línea de acción definitiva, y pensó hacer un viaje a Dunwich al cabo de una semana. Después, el miércoles, se produjo una gran conmoción. Medio oculto en una esquina del *Arkham Advertiser*, se hallaba un breve artículo humorístico de Associated Press, que describía al monstruo capaz de batir todos los récords que el whisky de Dunwich había inventado. Armitage, realmente aturdido, solo pudo telefonear a Rice y a Morgan. Estuvieron hablando hasta muy avanzada la noche, y al día siguiente todos ellos se entregaron a un verdadero torbellino de preparaciones. Armitage sabía que se enfrentarían a terribles poderes, pero no se le ocurrió ningún otro medio para anular las intromisiones más profundas y malignas que otros habían perpetrado antes que él.

# IX

El viernes por la mañana Armitage, Rice y Morgan partieron por carretera con dirección a Dunwich; llegaron al pueblo alrededor de la una de la tarde. El día era agradable, pero incluso bajo la radiante luz del sol una especie de oculto temor y vagos presagios parecían cernirse en torno a las colinas extrañamente redondeadas y los profundos y oscuros barrancos de la región afectada. De vez en cuando, en la cima de alguna montaña se divisaba un solitario círculo de piedras recortado contra el cielo. Por el ambiente de temor reprimido que había en la tienda de Osborn supieron que algo espantoso había ocurrido, y pronto se enteraron de la aniquilación de la casa y de la familia de Elmer Frye. Deambularon por Dunwich a lo largo de toda aquella tarde, interrogando a sus habitantes acerca de lo que había sucedido y viendo con crecientes punzadas de terror las lóbregas ruinas de la granja Frye con las huellas de la viscosidad alquitranada, las aterradoras pisadas en el jardín de los Frye, el ganado herido de Seth Bishop y las enormes extensiones de vegetación aplastada en diversos lugares. El sendero que ascendía y descendía de la colina Sentinel le pareció a Armitage de una importancia siniestra, ya que conducía a la destrucción total, y contempló largo rato la lúgubre piedra en forma de altar que había en la cumbre.

Los visitantes, informados de que un destacamento de la Policía Estatal había llegado aquella mañana de Aylesbury en respuesta a los primeros informes telefónicos sobre la tragedia de los Frye, decidieron ir en busca de los oficiales para contrastar sus respectivas anotaciones en la medida de lo posible. Sin embargo, les resultó más fácil planearlo que realizarlo, ya que no se halló en ninguna parte ni rastro del destacamento, el cual se componía de cinco hombres que iban en un automóvil. Pero ahora este se hallaba vacío junto a las ruinas de la granja Frye. Las personas que habían hablado con los policías dieron, al principio, la impresión de estar tan sorprendidos como Armitage y sus compañeros. De repente el viejo Sam Hutchins pensó en algo que le hizo palidecer, dio un codazo a Fred Farr y señaló hacia el húmedo y profundo hueco que se abría no lejos de allí.

—Dios mío —balbuceó—, bien que se lo dije que no bajaran a la cañada, y que me ahorquen si pensé que lo harían con todas esas huellas y el mal olor y las chotacabras que no paraban de gritar ahí abajo en pleno día...

Un estremecimiento sacudió por igual a nativos y visitantes, y todos parecieron aguzar el oído en una reacción instintiva e inconsciente. Armitage, ahora que se había encontrado con el horror y su monstruoso trabajo, tembló a causa de la responsabilidad que consideraba suya. Pronto llegaría la noche, cuando la gigantesca blasfemia realizaba sus horribles acciones. *Negotium perambulans in tenebris...* El anciano bibliotecario recordó la fórmula que había aprendido de memoria, y asió el papel que contenía la otra que no había aprendido. Comprobó que su linterna funcionara. Rice, que estaba a su lado, extrajo de una maleta un pulverizador de metal parecido a los empleados para combatir los insectos, mientras que Morgan preparó el rifle de caza mayor en el cual confiaba a pesar de las advertencias de sus colegas respecto a la inutilidad de cualquier arma material.

Armitage, que había leído el aterrador diario, era dolorosamente consciente de la clase de manifestación que debía esperar; pero no quiso acrecentar el miedo de los habitantes de Dunwich con insinuaciones o detalles. Confiaba en poder eliminarlo sin revelar al mundo la naturaleza del monstruoso ser que lo amenazaba. A medida que oscurecía, los nativos empezaron a dispersarse hacia sus hogares, ansiosos por encerrarse dentro, a pesar de la concluyente evidencia de que todos los cerrojos y candados humanos eran inútiles ante una fuerza que podía doblar árboles y arrasar casas si así lo deseaba. Negaron con la cabeza al enterarse de que los visitantes pensaban montar guardia en las ruinas de la granja Frye, tan cercana a la cañada; y, al marcharse, tenían la casi absoluta seguridad de que no volverían a verlos.

Aquella noche se oyó un gran estrépito bajo las colinas, y las chotacabras silbaron amenazadoramente. De vez en cuando, el viento que procedía de Cold Spring Glen llenaba el aire nocturno de una indescriptible pestilencia; la misma pestilencia que los tres centinelas habían olido una vez, cuando se hallaban junto a una criatura moribunda que durante quince años y medio había pasado por un ser humano. Pero el esperado terror no llegó. Cualquiera que fuese el ser que se hallaba en la cañada, estaba aguardando su oportunidad, y Armitage dijo a sus colegas que sería un suicidio intentar atacarlo en la oscuridad.

Poco a poco empezó a amanecer, y los sonidos nocturnos cesaron. El día era gris y triste, y de vez en cuando caían unas gotas de lluvia; las nubes fueron amontonándose detrás de las colinas y en dirección al noroeste. Los hombres de Arkham no sabían qué hacer. Tras refugiarse de la creciente lluvia bajo uno de los edificios auxiliares de la granja Frye, discutieron acerca de la conveniencia de esperar o bien de lanzarse al ataque y bajar a la cañada en busca de su indescriptible y monstruosa presa. La intensidad del chaparrón aumentó, y el distante fragor de los truenos se dejó oír procedente de lejanos horizontes. Un relámpago difuso brilló tenuemente, y un rayo bifurcado centelleó allí mismo, como si descendiera a la maldita cañada. El cielo se encapotó aún más, y los centinelas pensaron que sería una tormenta corta e intensa y que luego escamparía.

Todavía estaba horriblemente oscuro cuando, no mucho más de una hora después, se oyó un confuso torbellino de voces en la carretera. Al cabo de un momento apareció un atemorizado grupo de más de una docena de hombres, corriendo, gritando e incluso lloriqueando histéricamente. Uno de los que iba en cabeza empezó a tartamudear, y los hombres de Arkham se sobresaltaron con violencia cuando sus palabras tomaron una forma coherente.

—¡Oh, Dios mío, Dios mío! —balbuceó—. Vuelve de nuevo, ¡y esta vez de día! ¡Ha salido..., ha salido y en este mismo instante está moviéndose y solo Dios sabe cuándo caerá sobre todos nosotros!

El que hablaba se sumió en el silencio, pero otro prosiguió su relato:

—Hace como una hora, Zeb Whateley oye el teléfono que suena, y era la señora Corey, la mujer de George, que vive allá abajo por el cruce. Le dice que Luther, el chico que les ayuda, había salido para buscar a las vacas después de aquel rayo tan grande, y entonces ve todos los árboles doblados al borde de la cañada, al otro lado de aquí, y huele el mismo olor asqueroso que olió cuando encontró las huellas aquellas tan enormes el lunes pasado por la mañana. Y ella le dice que él dice que ha oído un ruido como de silbidos y crujidos, pero que los árboles doblados y los matorrales no podían hacerlos, y, de repente, los árboles que hay a los lados del camino empiezan a separarse, y entonces va y oye un chapoteo en el barro. Pero Luther no vio nada de nada, solo los árboles y los matorrales aplastados.

»Después, más adelante, donde el arroyo de Bishop va por abajo del camino, oye unos espantosos crujidos en el puente, y dice que oyó el ruido de la madera al partirse y hacerse astillas. Y en ningún momento ve nada, solo los árboles y los matorrales aplastados. Y, cuando esos ruidos como silbidos se alejaron por el camino que va a la casa del brujo Whateley y a la colina Sentinel, Luther va y tiene las agallas de acercarse a donde lo ha oído primero con la idea de mirar el suelo. Solo había barro y agua, y el cielo estaba muy oscuro y la lluvia borraba todas las huellas de por allá con una velocidad increíble; pero en el borde de la cañada, donde los árboles se habían movido, aún había algunas de esas espantosas huellas tan grandes como barriles, iguales a las que había visto el lunes.

En ese momento, el que había hablado en primer lugar le interrumpió:

—Pero ahora lo malo no es esto..., esto solo es el principio. Aquí, Zeb, estaba reuniendo a la gente y todo el mundo estaba escuchándole cuando recibieron una llamada de Seth Bishop. Su ama de llaves, Sally, había salido a matar un pollo... De repente ve que los árboles del camino se doblan, y dice que hubo un ruido sordo, como un elefante resoplando y andando hacia la casa. Entonces olió un olor horrible, y dice que su mocoso, Chauncey, estaba chillando que era lo mismo igualito que él olió en las ruinas de la granja Whateley el lunes por la mañana. Y los perros estaban ladrando y aullando de una manera horrible.

»Y entonces ella soltó un alarido terrible, y dice que el cobertizo del camino se derrumbó como si la tormenta lo hubiera hecho caer, solo que el viento no era bastante fuerte para hacer una cosa así. Todo el mundo estaba escuchando, y muchos nos hemos llamado por teléfono para contárnoslo todo. De repente, Sally vuelve a chillar, y dice que la valla de estacas del patio se había desmoronado, aunque ella no vio ni rastro de quien pudo hacerlo. Entonces todos oímos gritar también a Chauncey y al viejo Seth Bishop, y Sally empezó a chillar que una cosa muy pesada había caído sobre la casa... No un relámpago, ni nada de eso, sino una cosa pesada encima de la parte delantera, y que siguió golpeando una y otra vez, aunque nadie viese nada por las ventanas de delante. Y entonces... entonces...

La expresión de miedo se hizo más profunda en todas las caras, y Armitage, aterrado como estaba, apeló a toda su serenidad para rogar al hombre que prosiguiera.

—Y entonces... Sally va y grita: «¡Oh, socorro, la casa se está derrumbando...», y en aquel momento oímos un estruendo horroroso y un montón de chillidos..., igual que cuando lo de la casa de Elmer Frye, solo que peor...

El hombre hizo una pausa, y otro tomó la palabra.

—Eso es todo. Después no hubo ni un ruido ni un grito más. Solo silencio. Los que lo oímos hemos cogido enseguida los coches y las camionetas y hemos reunido a todos los hombres capaces que había en casa de Corey, y hemos venido para saber qué es lo que ustedes piensan que hay que hacer. Lo que yo creo es que esto es el castigo del Señor por todas nuestras iniquidades, porque ningún pecado queda sin castigo.

Armitage comprendió que había llegado el momento de tomar una resolución, y habló en un tono tajante se dirigió al numeroso grupo de asustados campesinos.

—Tenemos que seguirlo, muchachos. —Intentó conferir a su voz la mayor tranquilidad posible—. Creo que hay una posibilidad de eliminarlo. Todos saben que los Whateley eran hechiceros... Bien, esa criatura es un producto de la brujería, y tiene que ser destruida por los mismos medios. Yo he leído el diario de Wilbur Whateley y también algunos de los extraños libros antiguos que él mismo leía; y creo saber el conjuro que se debe recitar para que la criatura desaparezca. Naturalmente, no podemos estar seguros, pero debemos intentarlo. Es invisible, ya lo sabía, pero en este pulverizador de largo alcance hay unos polvos que tal vez permitan que lo veamos por un segundo. Después lo probaremos. Es horrible que esta criatura esté viva, pero no es peor que lo que Wilbur habría hecho si aún viviera. Ustedes nunca sabrán el peligro que el mundo corría. Ahora solo tenemos que luchar contra esta extraña criatura, y lo bueno es que no puede multiplicarse. Sin embargo, sí que puede hacernos mucho daño; así que no debemos vacilar a la hora de librar a la comunidad de ese monstruo.

»Tenemos que seguirlo, y la mejor forma de empezar es ir al sitio que acaba de destruir. Que alguien nos muestre el camino; yo no conozco demasiado esta región, pero me imagino que debe de haber un atajo a través del campo. ¿Qué les parece?

Los hombres vacilaron un momento, y después Earl Sawyer tomó la iniciativa, señalando con un mugriento dedo a través de la lluvia cada vez más débil.

—Supongo que la manera más rápida de llegar a casa de Seth Bishop es cruzando por esa pradera de allá, vadeando el arroyo en la parte menos honda, y subiendo por la propiedad de Carrier. Entonces se llega al camino y muy cerca de la granja de Seth, que está al otro lado.

Armitage, con Rice y Morgan, echaron a andar en la dirección indicada, y la mayoría de los nativos les siguieron lentamente. El cielo empezaba a despejarse y parecía que la tormenta se alejaba de manera gradual. Una vez que Armitage se desvió del camino señalado, Joe Osborn le llamó la atención y se puso a la cabeza para mostrarle la ruta que seguir. El valor y la confianza aumentaban por momentos, aunque la sombra de la frondosa colina casi perpendicular que se alzaba al final del corto atajo, y entre cuyos fantásticos y antiquísimos árboles tuvieron que encaramarse como si de una escalerilla se tratara, pusiera a prueba dichas cualidades.

Al fin llegaron a un fangoso camino justo en el instante que salía el sol. Se encontraban a poca distancia de la casa de Seth Bishop, y los árboles doblados y huellas espantosamente inequívocas mostraban lo que había pasado por allí. Solo perdieron unos momentos inspeccionando las ruinas que había junto a la curva. Era una repetición exacta de lo ocurrido en la granja de los Frye, y no se halló nada vivo ni muerto entre los restos de lo que había sido la casa y el establo de Bishop. Nadie quería permanecer más del tiempo estrictamente necesario entre aquella pestilencia y esa viscosidad alquitranada, así que todos se volvieron instintivamente hacia la línea de horribles huellas que conducían hacia la granja derruida de los Whateley y las laderas coronadas por el altar de la colina Sentinel.

Cuando los hombres pasaron frente a la vivienda de Wilbur Whateley se estremecieron visiblemente, y de nuevo parecía que se debatían entre la vacilación y el valor. No era cosa de broma seguir las huellas de algo tan grande como una casa que nadie podía ver, pero que tenía toda la viciosa maldad de un demonio. Las huellas se apartaban del camino no lejos de la base de la colina Sentinel, y había nuevos árboles recién doblados y matorrales aplastados a lo largo del ancho sendero que marcaba la anterior ruta del monstruo hacia y desde la cumbre.

Armitage sacó un telescopio portátil de considerable aumento y escudriñó la pronunciada ladera de la colina. Después entregó el instrumento a Morgan, que tenía mejor vista. Al cabo de un momento, este lanzó una aguda exclamación, y pasó el telescopio a Earl Sawyer, indicando cierto punto de la ladera con un dedo. Sawyer, torpe como todos los que no están acostumbrados al empleo de aparatos ópticos, trató de enfocar el instrumento y solo lo logró con la ayuda de Armitage. Entonces, la exclamación que lanzó fue aún más estridente que la de Morgan.

—¡Por Dios Todopoderoso, la hierba y los arbustos se mueven! ¡Está subiendo... despacio...! ¡Está arrastrándose hacia la cumbre en este mismo instante, solo Dios sabe para qué!

Entonces la semilla del pánico hizo presa en los buscadores. Una cosa era perseguir a la indescriptible entidad y otra muy distinta encontrarla. Los conjuros estaban muy bien, pero ¿y si no daban resultado? Varias voces empezaron a interrogar a Armitage respecto a lo que sabía de la criatura, y ninguna respuesta pareció satisfacerles del todo. Todos creían encontrarse muy próximos a unas fases de la naturaleza terminantemente prohibidas y completamente ajenas a las experiencias normales de la humanidad.

# X

Al final, los tres hombres de Arkham, el anciano Armitage, el corpulento profesor Rice y el joven doctor Morgan ascendieron la montaña solos. Tras una paciente instrucción respecto a su enfoque y uso, dejaron el telescopio en poder del atemorizado grupo, que permaneció en el camino; y, mientras trepaban por la montaña, aquel que tenía el catalejo en ese momento los observaba con mucha atención. Era una ascensión difícil, y Armitage tuvo que pedir ayuda más de una vez. Más arriba de donde ellos estaban, la gran senda temblaba a medida que el monstruo continuaba subiendo. Los perseguidores ganaban terreno.

Curtis Whateley —de la rama no degenerada— se hallaba en poder del telescopio cuando el grupo de Arkham se apartó radicalmente del camino. Dijo a la multitud que era que evidente los hombres se proponían llegar a una cumbre desde donde se viera la senda en un punto considerablemente más arriba de donde la vegetación se movía en aquel momento. Eso fue justamente lo que hicieron, y se vio que el grupo alcanzaba el montículo poco después de que la invisible infamia hubiera pasado por allí.

Entonces, Wesley Corey, que había cogido el telescopio, exclamó que Armitage estaba preparando el pulverizador que

Rice sostenía y que no tardaría en suceder alguna cosa. La multitud se removió inquieta al recordar que este pulverizador debía aportar un momento de visibilidad a aquel horror invisible. Dos o tres hombres cerraron los ojos, pero Curtis Whateley recuperó el telescopio y aguzó la vista todo lo que pudo. Vio que Rice, desde el ventajoso lugar donde se hallaba el grupo encima y detrás de la entidad, tenía una excelente posibilidad de esparcir los polvos de efectos prodigiosos.

Aquellos que no tenían el catalejo solo vieron un destello fugaz de nubes grises —unas del mismo tamaño que un edificio moderadamente grande— cerca de la cumbre de la montaña. Curtis, que tenía el instrumento, lo dejó caer con un estridente chillido sobre el profundo barro del sendero. Se tambaleó y se habría desplomado si dos o tres de sus compañeros no le hubieran sostenido. Lo único que hizo fue gemir con voz casi inaudible:

—Oh, oh. Dios Todopoderoso... eso... eso...

Se produjo un verdadero torbellino de preguntas, y solo Henry Wheeler pensó en rescatar el telescopio del suelo y limpiar el barro que lo cubría. Curtis era incapaz de coordinar sus ideas, e incluso una respuesta aislada constituía demasiado para él.

—Más grande que un establo..., todo hecho de cuerdas retorcidas..., una cosa con forma de un huevo de gallina, más grande que nada y con docenas de piernas como cabezas de cerdos que se doblan al andar... No tiene nada sólido. Es todo como gelatina, y está hecho con cuerdas retorcidas puestas muy juntas..., ojos saltones y enormes por todos lados..., diez o veinte bocas o antenas que salen por los costados..., grandes como cañerías y todas se abren y se cierran... Todo gris, con una especie de anillas azules o púrpuras... ¡Y Dios nos asista, su cara es humana en la parte arriba...!

Esta última característica, fuera lo que fuese, resultó demasiado para el pobre Curtis, quien se desmayó antes de poder decir una sola palabra más. Fred Farr y Will Hutchins lo llevaron al borde del camino y lo tumbaron sobre la hierba mojada. Henry Wheeler, temblando, enfocó el telescopio, que habían recogido del suelo, en dirección a la montaña para intentar ver algo. A través de la lente se discernían tres minúsculas figuras, que al parecer corrían hacia la cumbre con toda la rapidez que la escarpada pendiente les permitía. Solo eso, nada más. Entonces todos oyeron un ruido realmente inaudito en el profundo valle que se abría a sus espaldas, e incluso entre la vegetación de la misma colina Sentinel. Eran los gorjeos de innumerables chotacabras, en cuyo estridente coro parecía esconderse una nota de expectación tensa y malvada.

Earl Sawyer cogió el telescopio y comunicó que las tres figuras se hallaban en la cima más alta, al mismo nivel que el altar de piedra, pero a considerable distancia de él. Dijo que una de las figuras parecía agitar las manos por encima de la cabeza a intervalos rítmicos; y, mientras Sawyer comentaba este hecho, la multitud creyó oír un débil sonido musical muy lejano, como si un fuerte cántico acompañara los gestos. La misteriosa silueta en aquella remota cima debió de constituir un espectáculo de infinita extravagancia y solemnidad, pero ninguno de los observadores se hallaba en estado de apreciar el carácter estético de la escena. «Supongo que está recitando el conjuro», susurró Wheeler, mientras volvía a apoderarse del telescopio. Las chotacabras gorjeaban fortísimamente y con un ritmo irregular muy distinto al del ritual visible.

De repente, el sol pareció oscurecerse sin la intervención de ninguna nube discernible. Era un fenómeno muy peculiar, y todos lo observaron. Un ruido sordo empezó a retumbar debajo de las colinas, unido a otro ruido parecido que indudablemente procedía del cielo. Un relámpago centelleó en lo alto, y la sorprendida multitud buscó en vano los portentos de la tormenta. El cántico que entonaban los hombres de Arkham ya resultaba inequívoco, y Wheeler vio a través de la lente que todos alzaban los brazos al compás del rítmico encantamiento. Desde una granja remota se oyeron los furiosos ladridos de los perros.

El cambio producido en la luz diurna se acrecentó, y la multitud contempló el horizonte con estupefacción. Una oscuridad de color púrpura, ocasionada por un espectral ensombrecimiento del azul del cielo, se cernió sobre las ruidosas colinas. El relámpago centelleó de nuevo, con renovada intensidad, y la multitud creyó observar cierta nebulosidad en torno al altar de piedra de las distantes alturas. Sin embargo, en aquel momento nadie hacía uso del telescopio. Las chotacabras proseguían con su latido irregular, y los hombres de Dunwich se prepararon para alguna imponderable amenaza con la que la atmósfera parecía estar sobrecargada.

Sin previo aviso se oyeron aquellos profundos, roncos y discontinuos sonidos vocales que ninguno de los componentes del grupo podría olvidar jamás. No salían de una garganta humana, pues los órganos del hombre no producen tales depravaciones acústicas. Uno habría dicho que salían del mismo barranco, si no fuese tan evidente que su origen provenía del altar de piedra que se elevaba en la cumbre. No se les podía denominar «sonidos», puesto que su espantoso timbre infrabajo hablaba a oscuras profundidades de la conciencia y del terror mucho más sutiles que el oído; pero uno debía llamarlos así, ya que la forma que adquirían eran la de palabras semiarticuladas. Eran fuertes —fuertes como los zumbidos y el trueno por encima de los cuales resonaron—, pero no procedían de ningún ser visible. Y, como la imaginación puede sugerir un origen conjetural en el mundo de los seres invisibles, la apretujada multitud en la base de la colina se apretujó todavía más y entornó los ojos como si esperara recibir un golpe.

«Ygnaiih... ygnaiih... thflthkh'nga... Yog-Sothoth —articulaba la espantosa voz del espacio—. Y'btnnk... h'ehye... n'grkdl'lh...».

El impulso que había llevado a aquel ser a hablar pareció titubear en este punto, como si se estuviera desarrollando alguna lucha física. Henry Wheeler se llevó el telescopio a los ojos, pero solo vio a las tres figuras humanas grotescamente recortadas en la cima, moviendo los brazos en extraños gestos mientras su encantamiento se aproximaba a la culminación. ¿De qué negros abismos de infernales temores o sentimientos, de qué insondables profundidades de conciencia extracósmica o herencia oscura y latente procedían aquellos atronadores sonidos semiarticulados? En aquel instante parecieron empezar a ganar una renovada fuerza y coherencia mientras se intensificaban hasta alcanzar su máximo frenesí, total y definitivo.

«Eh-ya-ya-ya-yahaah... eyayayaaaa... ngh'aaaaa... ngh'aaa... h'yuh... h'yuh... ¡SOCORRO! ¡SOCORRO! Ff-ff-ff... ¡PADRE! ¡PADRE! ¡YOG-SOTHOTH...!».

Pero eso fue todo. El pálido grupo que aguardaba en el camino, aún aturdido por las sílabas indiscutiblemente inglesas articuladas por la desolada vacuidad que se hallaba junto al altar de piedra, no oirían nunca más dichas sílabas. En cambio, se sobresaltaron violentamente ante el terrorífico estampido que pareció rasgar las colinas; ningún oyente fue capaz de situar el origen del ensordecedor y catastrófico estruendo, proveniente del interior de la tierra o del cielo. Un único rayo que partió del cénit púrpura se abatió sobre la piedra en forma de altar, y una gran oleada de invisible fuerza e indescriptible hedor descendió de la colina e invadió los alrededores. Árboles, hierba y vegetación fueron azotados por una gran furia; y la atemorizada multitud en la base de la montaña, debilitada por la letal pestilencia que parecía a punto de asfixiarla, a punto estuvo de desmayarse. Los perros aullaban a lo lejos, la hierba y el follaje verdes adquirieron un curioso tono amarillo grisáceo, y sobre el campo y el bosque aparecieron los cuerpos diseminados de chotacabras muertos.

La pestilencia se evaporó rápidamente, pero la vegetación no volvió a recobrar su aspecto normal. Desde entonces, ha habido algo misterioso e impío en los matorrales que cubren y rodean esa temible colina. Curtis Whateley empezaba a recuperar el conocimiento cuando los hombres de Arkham descendían lentamente la montaña bajo los rayos de un sol que relucía de nuevo. Tenían una expresión grave y solemne, y parecían trastornados por recuerdos y reflexiones aún más terribles que las que habían reducido al grupo de nativos a un estado de atemorizado estremecimiento. En contestación a una infinidad de preguntas, se limitaron a negar con la cabeza y a reafirmar un hecho vital.

—La criatura ha desaparecido para siempre —dijo Armitage—. Se ha fraccionado en lo que la componía originariamente, y no podrá volver a existir. Era una cosa imposible en un mundo anormal; solo una mínima fracción podía considerarse verdadera materia en el sentido que nosotros la conocemos. Era como su padre, y la mayor parte ha ido a reunirse con él en un reino desconocido o en una dimensión fuera de nuestro universo material; un abismo desconocido del cual solo los más detestables ritos de la blasfemia humana pudieron atraerle a las colinas.

Hubo un breve silencio, y en esta pausa los disipados sentidos del pobre Curtis Whateley empezaron a unirse en una especie de continuidad; así que se llevó las manos a la cabeza con un gemido. Los recuerdos parecieron ocupar el lugar que habían dejado, y el horror de la visión que le había trastornado le invadió nuevamente.

—Oh, oh, Dios mío, esa media cara..., esa cara humana en la parte de arriba..., esa cara con los ojos rojos y el áspero cabello albino, y sin barbilla, como los Whateley... Era una especie de pulpo, ciempiés o araña, pero tenía media cara de hombre encima de todo, y se parecía a la del brujo Whateley, solo que mucho peor...

Se interrumpió, exhausto, mientras todo el grupo de nativos le contemplaba con una estupefacción que aún no había cristalizado en un nuevo terror. Solo el viejo Zebulon Whateley, que había estado recordando hechos pasados, pero que había guardado silencio hasta ese momento, comentó:

—Ya han pasado quince años —divagó—, pero yo oí decir al viejo Whateley que un buen día nosotros oiríamos al hijo de Lavinia llamando a su padre en la cumbre de la colina Sentinel...

Pero Joe Osborn le interrumpió para formular una nueva pregunta a los hombres de Arkham:

—En cualquier caso, ¿qué era, y cómo lo atrajo el joven brujo Whateley del aire de donde viene?

Armitage escogió cuidadosamente las palabras.

—Era..., bueno, en su mayor parte era una especie de fuerza que no pertenece a nuestra zona del espacio; una fuerza que actúa, crece y toma forma por medio de otras leyes que las de nuestra naturaleza. No nos corresponde a nosotros atraer a tales criaturas del exterior, y solo gente muy perversa o cultos muy perversos lo han intentado alguna vez. Había algo de ello en el propio Wilbur Whateley, bastante para convertirlo en un diabólico y precoz monstruo, y para hacer de su muerte una visión realmente terrible. Voy a quemar su maldito diario, y, si todos ustedes saben lo que hacen, no vacilarán en dinamitar esa piedra en forma de altar que hay allí arriba y en destruir todos los círculos de piedras de las otras colinas. Cosas como estas atrajeron a los seres que los Whateley tanto protegían..., los seres que se disponían a dejar entrar para borrar la raza humana y arrastrar a la Tierra hacia algún indescriptible lugar con alguna finalidad indescriptible.

»Pero, en cuanto a este ser que acabamos de enviar a su lugar de origen..., los Whateley lo criaron para que tomara una parte horrible en los sucesos que debían ocurrir. Se desarrolló muy deprisa por la misma razón que Wilbur también se desarrolló muy deprisa, pero le venció porque en su interior había una mayor parte de exterioridad. Es inútil preguntarse la razón de que Wilbur lo llamara. No lo llamó. Era su hermano gemelo, pero este se parecía a su padre mucho más que él.

# En las montañas de la locura

# I

Me veo forzado a hablar porque los científicos se niegan a seguir mis consejos sin saber por qué deben hacerlo. Declarar las
razones por las que me opongo a esa proyectada invasión de la
región antártica —con su vasta búsqueda de fósiles, sus perforaciones y su deshielo a gran escala— es algo por completo
contrario a mi voluntad, y lo peor de todo es que mis advertencias podrían ser en vano. Las dudas que suscitarán los hechos
que me dispongo a revelar son inevitables, pero, si suprimiera
de mi relato todo aquello que pudiera parecer extravagante e
increíble, no quedaría nada. Las fotografías que hasta ahora no
he mostrado al público, tomadas tanto en tierra como desde el
aire, hablarán en mi favor, pues son detestablemente claras y
explícitas, pero serán puestas en duda debido a la existencia de
hábiles y convincentes falsificaciones. Los dibujos a tinta, por
supuesto, serán objeto de burla y considerados obvios fraudes,
aunque la extrañeza de su técnica quizá interese y desconcier-
te a los expertos en arte.

En último término, debo confiar en el juicio y la reputación
de unos pocos científicos prominentes, aquellos que poseen,
por una parte, suficiente independencia de criterio para sopesar
mis datos —bien según sus persuasivos y espantosos méritos,

bien a la luz de ciertos ciclos míticos primigenios y desconcertantes— y, por otra, suficiente autoridad para dirigirse al mundo de la exploración y disuadirlo de llevar a cabo cualquier plan imprudente y demasiado ambicioso en la región de las montañas de la locura. Por desgracia, tanto yo como mis compañeros, hombres más bien desconocidos y pertenecientes a una pequeña universidad, tenemos pocas posibilidades de ejercer influencia en lo tocante a asuntos tan extravagantes y controvertidos.

Otro factor que juega en nuestra contra es que, en puridad, no somos especialistas en los principales campos de conocimiento que afectan al caso presente. Como geólogo, mi objetivo al dirigir la expedición de la Universidad de Miskatonic era tan solo obtener especímenes de roca y tierra de estratos profundos en varias partes del continente antártico con ayuda del extraordinario barreno diseñado por el profesor Frank H. Pabodie, de nuestro departamento de ingeniería. No tenía la intención de ser pionero en ningún otro campo, y mi única esperanza era que este nuevo dispositivo mecánico pudiera extraer materiales inasequibles mediante los métodos habituales en ciertos puntos de varias rutas ya exploradas con anterioridad. El barreno de Pabodie, como el público ya sabe gracias a nuestros informes, era único y radical en cuanto a ligereza y portabilidad, además de por su capacidad para combinar el funcionamiento de una perforadora para pozos artesianos y el de un pequeño barreno circular para roca y, de esa forma, abrirse paso con rapidez a través de estratos de diferente dureza. Todos sus componentes —cabezal de acero, varas articuladas, motor de gasolina, torre de perforación plegable, parafernalia para dinamitar, cables, barrena para eliminar material de desecho y cilindros desmontables para perforaciones de trece centímetros de diámetro y de hasta treinta metros de profundidad—, junto con los accesorios necesarios, podían transportarse en siete trineos tirados por perros. Esto era posible gracias a la ingeniosa aleación de aluminio de casi todas las partes metálicas. Cuatro grandes aeroplanos Dornier, diseñados especialmente para la tremenda altitud a la que es necesario volar sobre la meseta antártica, a los que se añadieron dispositivos diseñados por Pabodie para calentar el combustible y para la puesta en marcha de los motores, podían transportar a toda nuestra expedición desde una base en el extremo de la gran barrera de hielo hasta varios puntos convenientes tierra adentro. Desde esos puntos, una cantidad suficiente de perros sería suficiente.

Planeábamos cubrir un área lo más amplia que nos permitiera una sola temporada antártica —aunque podríamos quedarnos más de una si fuera necesario— y centrarnos en las cordilleras y en la meseta al sur del mar de Ross, regiones exploradas en mayor o menor medida por Shackleton, Amundsen, Scott y Byrd. Gracias a frecuentes cambios de campamento, realizados en avión y a distancias lo bastante grandes como para tener relevancia geológica, esperábamos desenterrar una cantidad sin precedentes de material, sobre todo en los estratos precámbricos, en los cuales hasta entonces se había hallado una diversidad muy limitada de especímenes antárticos. También queríamos obtener una variedad lo más grande posible de rocas fosilíferas superiores, pues la historia primigenia de ese desolado reino de hielo y muerte es de la mayor importancia para nuestro conocimiento del pasado terrestre. Es algo bien sabido que el continente antártico poseyó hace mucho tiempo un clima templado e incluso tropical, y que contaba con una abundante vida animal y vegetal, de la cual los únicos supervivientes son los líquenes, la fauna marina, los arácnidos y los pingüinos de las costas. Nosotros esperábamos ampliar esa información en variedad, precisión y detalle. Cuando una sola perforación revelaba signos fosilíferos, agrandábamos la abertura con explosivos para obtener especímenes de un tamaño adecuado y en aceptables condiciones de conservación.

Nuestras perforaciones, de profundidad variable según lo que prometiera la tierra o la roca de superficie, se limitaban a terrenos desnudos, inevitablemente laderas y promontorios, pues las áreas de menor altitud están cubiertas por una capa de hielo macizo de entre mil quinientos y tres mil metros de grosor. No podíamos permitirnos desperdiciar profundidad de perforación en hielo de grosor excesivo, pero Pabodie había ideado un método que consistía en realizar múltiples perforaciones en un área reducida e introducir en ellas electrolitos de cobre para, de esa forma, derretir el hielo mediante la corriente de una dinamo a gasolina. Este método —que, en una expedición como la nuestra, llevamos a cabo tan solo de forma experimental— es el que se propone usar la futura expedición Starkweather-Moore a pesar de las advertencias que he publicado desde nuestro regreso de la región antártica.

El público tiene constancia de la expedición Miskatonic gracias tanto a nuestros frecuentes informes telegráficos al *Arkham Advertiser* y a Associated Press, como a los posteriores artículos escritos por Pabodie y por mí mismo. La expedición se componía de cuatro miembros de la universidad: Pabodie; Lake, del departamento de biología; Atwood, del departamento de física y también meteorólogo; yo mismo, que me ocupaba de la geología y era director nominal, y dieciséis ayudantes: siete estudiantes de doctorado de Miskatonic y nueve mecánicos expertos. De esos dieciséis, doce eran pilotos cualificados y, excepto dos de ellos, competentes operadores de telégrafo. Ocho dominaban la navegación con brújula y sextante, como Pabodie, Atwood y yo. Además, por supuesto, nuestros dos barcos —antiguos balleneros de madera, reforzados para navegar entre hielo y con motores de vapor auxiliares— contaban con tripulaciones completas. La Fundación Nathaniel Derby Pickman, con la ayuda de varias contribuciones especiales, financió la expedición, por lo que esta se preparó de manera muy exhaustiva, a pesar de la ausencia de una excesiva publicidad. Los perros, los trineos, las máquinas, los materiales para acampar y las piezas sin ensamblar de los cinco aviones llegaron a Boston, donde estibaron nuestros barcos. El equipamiento era perfecto para nuestros propósitos específicos, y en todo lo concerniente a provisiones, regimentación, transporte e instalación de campamentos aprendimos del excelente ejemplo de nuestros recientes y brillantísimos predecesores. Fueron la abundancia y la fama poco comunes de esos predecesores lo que hizo que el mundo en general tuviera tan poco en cuenta nuestra expedición, a pesar de su importancia.

Tal como se dijo en los periódicos, zarpamos del puerto de Boston el 2 de septiembre de 1930, seguimos sin prisa la costa hacia el sur, cruzamos el canal de Panamá e hicimos paradas en Samoa y en Hobart, Tasmania, donde nos aprovisionamos por última vez. Ninguno de los integrantes de la expedición había estado nunca en las regiones antárticas, por lo que dependíamos en gran medida de los capitanes de nuestros barcos: J. B. Douglas, al mando del bergantín Arkham y de la parte marítima de la expedición, y Georg Thorfinnssen, capitán del bricbarca Miskatonic, ambos veteranos de la caza de ballenas en aguas antárticas. Una vez dejamos atrás el mundo habitado, el sol descendía cada día más hacia el norte y se quedaba más tiempo por encima del horizonte. A los 62° de latitud sur aproximadamente, vimos los primeros icebergs —en forma de mesa, con lados verticales— y, justo antes de llegar al círculo polar ártico, que cruzamos el 20 de octubre con el acostumbrado y pintoresco ceremonial, el hielo empezó a convertirse en un problema. La bajada de las temperaturas fue para mí una importante incomodidad tras nuestro largo viaje por los trópicos, pero traté de prepararme para los rigores aún peores que nos esperaban. Los curiosos fenómenos atmosféricos que vimos en varias ocasiones me llenaron de maravilla, entre ellos un espejismo de impresionante claridad —el primero que vi de ese tipo— en el que los icebergs lejanos se convertían en murallas de inimaginables fortalezas cósmicas.

Tras abrirnos paso entre el hielo, que por fortuna no era ni muy extenso ni muy denso, salimos de nuevo a aguas abiertas a 67° de latitud sur y 175° de longitud este. En la mañana del 26 de octubre, un fuerte «destello de tierra» apareció hacia el sur, y antes de mediodía todos sentimos un estremecimiento de entusiasmo al divisar una extensa y elevada cadena montañosa cubierta de nieve que se fue desplegando hasta ocupar toda la vista ante nosotros. Por fin habíamos encontrado una avanzadilla del gran continente desconocido y de su misterioso mundo de helada muerte. Aquellos picos eran sin duda las montañas del Almirantazgo, descubiertas por Ross, de modo que ahora debíamos rodear el cabo Adare y navegar hacia el sur, junto a la costa este de Tierra Victoria, para finalmente desembarcar en el estrecho de McMurdo, donde planeábamos acampar al pie del volcán Erebus, a 77° 9' de latitud sur.

La última etapa de la travesía fue memorable y muy estimulante para la fantasía: grandes y yermos picos se alzaban imponentes y envueltos en misterio contra el oeste, mientras el sol de mediodía, muy bajo hacia el norte, o el de medianoche, más bajo aún y rozando al sur el horizonte, vertía sus neblinosos rayos rojizos sobre la blanca nieve, sobre los azulados hielos y canales de agua y sobre los negros puntos allí donde el granito quedaba expuesto en las laderas cubiertas de nieve. Entre las desoladas cumbres soplaban furiosas rachas intermitentes del terrible viento antártico, cuyas cadencias contenían a veces vagas evocaciones de un flauteo salvaje y diríase que consciente, con notas que se extendían en un amplio registro y que, por alguna razón mnemónica e instintiva, me parecían inquietantes y vagamente terribles. Algo de aquella escena me recordaba a las extrañas y turbadoras pinturas asiáticas de Nikolái Roerich y a las aún más extrañas y turbadoras descripciones de la meseta de Leng, de maligna leyenda, que aparecen en el temible *Necronomicón*, escrito por el árabe loco Abdul Alhazred. Más tarde, tuve tiempo de arrepentirme de haber abierto ese monstruoso libro en la biblioteca de la universidad.

El 7 de noviembre, tras haber perdido temporalmente de vista la cordillera al oeste, dejamos atrás la isla de Franklin y, al día siguiente, divisamos los conos volcánicos de los montes Erebus y Terror, en la isla de Ross, con la larga hilera de las montañas Parry detrás. Ahora veíamos extenderse hacia el este la línea achatada y blanca de la gran barrera de hielo, que se alza hasta una altura de sesenta metros, como los acantilados rocosos de Quebec, y marca el final de la navegación hacia el sur. Esa tarde entramos en el estrecho de McMurdo y navegamos alejados de la costa, a sotavento del humeante Erebus. El escoriáceo pico se elevaba hasta los tres mil ochocientos metros contra el cielo del este, como un grabado japonés del sagrado monte Fuji, y tras él se alzaba la eminencia blanca y espectral del monte Terror, de tres mil trescientos metros, extinto como volcán. Del Erebus salían de forma intermitente nubes de humo, y uno de los ayudantes —un brillante doctorando llamado Danforth— señaló lo que parecía lava en la blanca ladera y comentó que aquella montaña, descubierta en 1840, había sido sin duda la fuente de Poe cuando, siete años más tarde, escribió acerca de

*las lavas que descienden sin cesar
en corrientes sulfurosas por el monte Yaanek,
en la postrera región polar...
que gimen mientras fluyen por el monte Yaanek
en el reino del polo boreal.*

Danforth era un gran lector de material esotérico, y habló mucho de Poe. A mí me interesaba el tema debido a las escenas antárticas de la única novela de Poe, la turbadora y enigmática *Arthur Gordon Pym*. En la yerma orilla, así como en la elevada barrera de hielo al fondo, miles de grotescos pingüinos graznaban y agitaban sus aletas, y en el agua podía verse una multitud de rollizas focas, nadando o tendidas en grandes placas de hielo flotante.

En la madrugada del 9, después de la medianoche, llevamos a cabo un difícil desembarco en pequeños botes, tendiendo un cabo desde cada barco para descargar provisiones por medio de un sistema de andarivel. Nuestras sensaciones al pisar por primera vez suelo antártico fueron emotivas y complejas, a pesar de que las expediciones de Scott y de Shackleton nos habían precedido. El campamento en la helada ladera del volcán era tan solo provisorio, pues nuestro cuartel general seguía estando a bordo del Arkham. Descargamos todo el equipo de perforación, así como perros, tiendas, víveres, tanques de gasolina, el sistema experimental de deshielo, cámaras —tanto normales como aéreas—, las piezas de los aeroplanos y otros accesorios, entre ellos tres pequeños equipos de telégrafo portátiles —aparte de los que pertenecían a los aviones— capaces de comunicarse con el gran receptor del Arkham desde cualquier punto del continente antártico al que pudiéramos llegar. El telégrafo del barco, que tenía comunicación con el mundo exterior, enviaría informes de prensa a la potente estación de telégrafo del *Arkham's Advertiser* en Kingsport Head, Massachusetts. Esperábamos completar nuestra tarea en el curso de un solo verano antártico, pero, si eso resultaba imposible, el plan era pasar el invierno en el Arkham y, antes de que se helase el mar, enviar el Miskatonic hacia el norte con la intención de traer provisiones para otro verano.

No necesito repetir lo que los periódicos ya han publicado sobre nuestros primeros trabajos: el ascenso al monte Erebus; las exitosas perforaciones en busca de minerales en varios puntos de la isla de Ross; la singular rapidez de la máquina de Pabodie para perforar incluso a través de capas de roca maciza; el peligroso ascenso a la gran barrera con trineos y provisiones, y, por último, el ensamblaje de los cinco enormes aeroplanos en el campamento que instalamos sobre la barrera. La salud de nuestra comitiva de tierra —veinte hombres y cincuenta y cinco perros de Alaska— era excelente, aunque, claro está, no habíamos sufrido ni vientos muy fuertes ni temperaturas verdaderamente destructivas. En general, el termómetro oscilaba entre -18 ºC de mínima y -7 ºC o -4 ºC de máxima, y nuestra experiencia con los inviernos de Nueva Inglaterra nos había acostumbrado a rigores de este tipo. El campamento de la barrera era semipermanente, y la idea era convertirlo en un depósito de gasolina, víveres, dinamita y otras provisiones. Solo hacían falta cuatro de los aviones para llevar el material de exploración en sí. El quinto debía quedarse junto al depósito de provisiones, con un piloto y dos tripulantes de los barcos, para que pudiera venir en nuestra ayuda en caso de necesitar todos nuestros aviones de exploración. Más tarde, cuando no estuviéramos usando todos los demás para trasladar equipamiento, emplearíamos uno o dos como enlace entre el depósito de provisiones y otra base permanente en la gran meseta sita entre novecientos sesenta y mil doscientos kilómetros al sur, más allá del glaciar Beardmore. A pesar de los relatos casi unánimes sobre atroces vientos y tempestades en la meseta, decidimos prescindir de bases intermedias, asumiendo el riesgo en aras de la economía y la eficiencia.

En nuestros informes telegráficos ya hablamos del espectacular vuelo de cuatro horas sin paradas que realizó nuestro escuadrón el 21 de noviembre por encima de la alta barrera de hielo, con inmensos picos elevándose hacia el oeste y nuestros motores resonando en los silencios insondables. El viento supuso tan solo un problema moderado, y nuestros radiogoniómetros nos permitieron orientarnos cuando, en una ocasión, nos topamos con una espesa niebla. Cuando vimos alzarse ante nosotros vastas elevaciones, entre los 83º y los 84º de latitud, supimos que habíamos llegado al glaciar Beardmore, el más extenso del mundo, y que el mar helado dejaba paso a una adusta y escarpada línea costera. Por fin entrábamos en el blanco mundo muerto durante eones del más remoto sur, y en ese momento apareció al este, en la lejanía, el pico del monte Nansen, con sus casi cuatro mil quinientos metros de altitud.

El exitoso establecimiento de la base sur sobre el glaciar, a 86º 7' de latitud y 174º 23' de longitud este, y la fenomenal rapidez de las perforaciones y voladuras que realizamos en varias localizaciones, a donde nos desplazamos en trineo o realizando breves vuelos, son ya parte de la historia, así como el arduo y triunfal ascenso al monte Nansen, entre el 13 y el 15 de diciembre, por parte de Pabodie y dos de los ayudantes: Gedney y Carroll. Nos encontrábamos a unos dos mil quinientos metros sobre el nivel del mar, y, cuando las primeras perforaciones revelaron en ciertos lugares tierra sólida a tan solo cuatro metros bajo la nieve y el hielo, hicimos un uso considerable del pequeño dispositivo de deshielo y realizamos multitud de perforaciones y voladuras en lugares donde a ningún explorador anterior se le habría ni siquiera ocurrido obtener muestras minerales. Los granitos precámbricos y las areniscas Beacon que obtuvimos confirmaron nuestra creencia de que esa meseta es homogénea con la gran masa del continente al oeste, pero que es en cierto sentido diferente de las áreas que se encuentran hacia el este por debajo de Sudamérica, las cuales pensábamos que constituían un continente aparte y más pequeño, separado del más grande por la confluencia helada de los mares de Ross y de Weddell, aunque más tarde Byrd ha refutado esta hipótesis.

En algunas de las areniscas, dinamitadas y partidas a martillo después de que las perforaciones revelasen su naturaleza, encontramos marcas y fragmentos de fósiles de gran interés, sobre todo helechos, algas, trilobites, crinoideos y moluscos tales como lingulados y gasterópodos, todos ellos de gran relevancia para la historia primigenia de la región. Había también una extraña marca triangular y estriada, de unos treinta centímetros de diámetro en su parte más ancha, que Lake descubrió uniendo tres fragmentos de pizarra provenientes de una voladura de profundidad al oeste, cerca de la cordillera Reina Alexandra. A Lake, como biólogo, aquella curiosa marca le pareció desconcertante y sugerente en extremo, aunque, según mis ojos de geólogo, se parecía mucho a esos efectos ondulantes tan comunes en muchas rocas sedimentarias. Debido a que la pizarra es una formación metamórfica contra la que un estrato sedimentario ejerce presión, y a que la presión misma produce extraños efectos de distorsión en cualquier marca que pueda existir con anterioridad, no vi ninguna razón de asombro ante aquella depresión estriada.

El 6 de enero de 1931, Lake, Pabodie, Danforth, los seis estudiantes, cuatro mecánicos y yo mismo volamos directamente sobre el polo sur en dos de los grandes aviones, aunque nos vimos obligados a descender debido a un súbito viento de altitud que, por fortuna, no se convirtió en tormenta. Como informaron los periódicos, se trataba de uno de nuestros vuelos de reconocimiento para intentar discernir nuevas características topográficas en áreas a las que no habían llegado anteriores exploradores. Los primeros vuelos fueron decepcionantes en este sentido, aunque nos aportaron magníficos ejemplos de los suntuosos y fantásticos espejismos de las regiones polares, de los cuales nuestra travesía por mar nos había ofrecido algunos breves aperitivos. Montañas lejanas flotaban en el cielo como ciudades encantadas, y a menudo, en la magia del sol rasante de medianoche, todo aquel mundo blanco se disolvía en un país de oro, plata y escarlata, en sueños dunsanianos y en promesas de aventura. Cuando el tiempo estaba nublado, teníamos serios problemas para volar, debido a la tendencia de la tierra nevada y del cielo a fundirse en un solo vacío místico y opalescente sin horizonte visible.

Finalmente, decidimos llevar a cabo nuestro plan original de volar ochocientos kilómetros hacia el este con los cuatro aviones de exploración y establecer una nueva base secundaria en un punto que, como erróneamente creíamos, debía de estar en la división continental más pequeña. Las muestras recogidas allí serían útiles para establecer comparaciones. Nuestra salud, de momento, seguía siendo excelente: contrarrestábamos con zumo de lima la monótona dieta de comida enlatada y en salmuera, y las temperaturas, casi siempre por encima de los -17 °C, no nos obligaban a ponernos nuestras pieles más gruesas. Estábamos en mitad del verano; trabajando deprisa y con cuidado, pretendíamos terminar los trabajos para marzo y, de esa forma, ahorrarnos el tedio de invernar en la larga noche antártica. Varios brutales vendavales se nos habían echado encima desde el oeste, pero no habíamos sufrido daños gracias a la habilidad de Atwood para improvisar rudimentarios cortavientos y refugios para los aviones con pesados bloques de nieve, y para reforzar con nieve los edificios del campamento principal. Nuestra suerte y nuestra eficiencia parecían casi milagrosas.

El mundo exterior, por supuesto, conocía nuestros proyectos, y también informamos de la extraña y terca insistencia de Lake en hacer un viaje de prospección hacia el oeste —o más bien el noroeste— antes de nuestro traslado a la nueva base. Según parece, había reflexionado mucho, y con alarmante audacia, sobre aquella marca triangular y estriada en la pizarra, y creía ver ciertas contradicciones en su naturaleza y periodo geológico que excitaban al máximo su curiosidad y lo volvían ávido de practicar más perforaciones y voladuras en aquellas montañas al oeste a las que pertenecían los fragmentos. Estaba extrañamente convencido de que la marca pertenecía a un organismo voluminoso, desconocido, radicalmente inclasificable y muy evolucionado, a pesar de que la inmensa antigüedad de la roca —cámbrica o, incluso, precámbrica— descartaba la existencia no solo de vida evolucionada, sino de cualquier vida por encima de los organismos unicelulares o, como mucho, del nivel de los trilobites. Aquellos fragmentos, con su extraña marca, debían de tener entre quinientos millones y mil millones de años de antigüedad.

# II

La imaginación popular, según tengo entendido, respondió de forma activa a nuestros informes telegráficos sobre la expedición de Lake al noroeste, el cual se internó en regiones donde nunca había pisado el hombre ni penetrado la imaginación humana, aunque evitamos mencionar sus descabellados proyectos de revolucionar por completo la biología y la geología. De su viaje preliminar de perforación del 11 al 18 de enero, en el cual lo acompañaron Pabodie y otras cinco personas —viaje malogrado en parte por la pérdida de dos perros al volcar un trineo mientras cruzaban una gran cresta de presión en el hielo—, regresaron con una gran cantidad de pizarra arcaica, y hasta yo sentí interés por la singular profusión de evidentes marcas fósiles en aquel estrato de antigüedad inimaginable. Las marcas, sin embargo, pertenecían a formas de vida muy primitivas y no suponían ninguna paradoja, excepto por la mera existencia de vestigios de vida en rocas claramente precámbricas, de ahí que yo siguiera sin ver sensata la petición por parte de Lake de un paréntesis en nuestro plan —concebido, recuérdese, para ahorrar tiempo—, un paréntesis que requería el uso de los cuatro aviones, de numerosos hombres y de la totalidad del equipamiento mecánico de la expedición. Sin embargo, no veté su propuesta, aunque decidí no acompañarlo, a pesar de sus ruegos de que lo asesorara como geólogo. En su ausencia, Pabodie, cinco hombres y yo nos encargaríamos de los preparativos para nuestro traslado al este. En previsión de ese traslado, uno de los aviones ya había empezado a traer un buen aprovisionamiento de gasolina desde el estrecho de McMurdo, pero esos vuelos podían suspenderse por un tiempo. Me quedé con un trineo y nueve perros, pues no es aconsejable permanecer sin medio de transporte en medio de un mundo que ha estado muerto durante eones.

La expedición de Lake a lo desconocido, como todo el mundo recordará, enviaba sus propios informes por medio de transmisores de onda corta desde los aviones, informes que eran recibidos simultáneamente por nuestro equipo telegráfico de la base sur y por el Arkham, anclado en el estrecho de McMurdo, desde donde se emitían al resto del mundo en longitudes de onda de hasta cincuenta metros. La expedición partió el 22 de enero a las cuatro de la madrugada, y tan solo dos horas después recibimos la primera transmisión. En ella, Lake nos informaba de su decisión de descender y comenzar una operación de deshielo y perforación a pequeña escala en un lugar a unos cuatrocientos ochenta kilómetros de nosotros. Seis horas después, una segunda transmisión, llena de excitación, relataba la frenética y sistemática labor de excavar y dinamitar una perforación superficial que culminó con el descubrimiento de fragmentos de pizarra con varias marcas parecidas a aquella que había causado la perplejidad inicial. Tres horas después, un breve comunicado anunció que despegaban de nuevo a pesar de un fuerte y cortante vendaval, y, cuando envié un mensaje protestando contra la asunción de nuevos riesgos, Lake replicó de forma cortante que las nuevas muestras hacían que valiera la pena exponerse a cualquier cosa. Me di cuenta de que su entusiasmo había alcanzado el nivel de amotinamiento y de que yo no podía hacer nada para frenar su temeridad, la cual ponía en peligro el éxito de toda la expedición. Aun así, era terrible pensar en Lake adentrándose más y más en aquella traicionera y siniestra inmensidad blanca de tempestades y de insondables misterios que se extendía dos mil quinientos kilómetros hasta las costas —mitad conocidas y mitad conjeturadas— de las tierras de la Reina Mary y de Knox.

Y, entonces, una hora y media después, llegó aquel nerviosísimo mensaje desde el avión de Lake, que me hizo cambiar de opinión y desear haberlos acompañado:

> 22.05. En vuelo. Tras tormenta de nieve, divisada ante nosotros cordillera, más alta que nada que hayamos visto. Podría igualar Himalaya, contando con altitud de meseta. Probablemente 76° 15' latitud, 113° 10' longitud E. Hasta donde alcanza la vista a derecha y a izquierda. Me parece ver dos conos humeantes. Todas las cumbres negras y libres de hielo. Un vendaval que sopla desde esa dirección frena nuestro avance.

Después de esto, Pabodie, los hombres y yo permanecimos expectantes junto al receptor. Pensar en aquella titánica muralla de montañas a mil doscientos kilómetros de allí inflamaba nuestro más profundo sentido de la aventura, y nos alegrábamos de que la hubieran descubierto miembros de nuestra expedición, aunque no fuéramos nosotros. Media hora más tarde, Lake se comunicó de nuevo:

> Avión de Moulton forzado a descender en meseta de las estribaciones, pero sin heridos y posible reparar. Trasladaremos provisiones esenciales a los otros tres para regresar o para nuevos desplazamientos si fuera necesario. De momento no necesitamos viajar en aviones pesados. Las montañas sobrepa-

san todo lo que se pueda imaginar. Inicio vuelo de reconocimiento en el avión de Carroll, sin carga. No podéis imaginar esto. Los picos más altos tienen quizá más de diez mil quinientos metros. El Everest queda fuera de competición. Atwood va a calcular altitud con teodolito mientras Carroll y yo nos acercamos en aeroplano. Probablemente equivocado sobre vulcanismo, pues las formaciones parecen estratificadas. Supongo que pizarra precámbrica con otros estratos mezclados. Insólitos efectos en la línea del horizonte: secciones de cubos regulares adheridas a los picos más altos. Toda la escena prodigiosa a la luz roja y dorada del sol bajo. Como una tierra misteriosa salida de un sueño o un portal a un mundo prohibido de inexploradas maravillas. Ojalá estuvierais aquí para estudiarlo.

Aunque era técnicamente la hora de dormir, a ninguno se nos ocurrió ni por un instante retirarnos. En el estrecho de McMurdo, donde, tanto en el depósito de provisiones como en el Arkham, también se recibían las transmisiones, debía de ocurrir lo mismo, pues el capitán Douglas envió un mensaje felicitándonos a todos por el importante descubrimiento, y Sherman, el encargado del depósito, secundó su enhorabuena. Por supuesto, lamentábamos la avería del aeroplano, pero esperábamos que pudiera arreglarse fácilmente. Después, a las once de la noche, llegó otro comunicado de Lake:

Con Carroll por encima de las estribaciones más altas. No nos atrevemos a acercarnos a los picos más altos con este tiempo, más tarde sí. Terriblemente complicado el ascenso del avión, muy trabajoso a esta altitud, pero merece la pena. La gran cordillera no tiene casi huecos, por lo que no se puede ver qué hay detrás. Muchas cumbres, más altas que el Himalaya y muy extrañas. La cordillera parece de pizarra precámbrica, con signos evidentes de muchos otros estratos levantados. Me equivoqué sobre el vulcanismo. Se extiende a un lado y a otro hasta donde alcanza la vista. Picos libres de nieve por encima de los seis mil cuatrocientos metros. Extrañas formaciones en las laderas de las montañas más altas. Grandes bloques rectilíneos, oblongos, de paredes perfectamente verticales, y filas rectangulares de fortificaciones verticales y bajas, como las antiguas fortalezas asiáticas adheridas a abruptas montañas en las pinturas de Roerich. Vistas de lejos, estas formaciones son impresionantes. Volamos cerca de algunas, y a Carroll le parecieron compuestas de partes más pequeñas, pero debe de tratarse de erosión por los elementos. La mayoría de las esquinas derruidas y redondeadas, como expuestas a tormentas y a cambios climáticos durante millones de años. Algunas partes, especialmente de las zonas superiores, parecen hechas de piedra más clara que los estratos visibles en las laderas, por tanto, evidente origen cristalino. Al volar cerca, vemos muchas entradas de cuevas, algunas de forma inusualmente regular: cuadradas o semicirculares. Tenéis que venir a investigar esto. Me parece ver una fortificación directamente encima de uno de los picos. Altitud quizá entre nueve mil y diez mil quinientos metros. Yo, a seis mil cuatrocientos metros, con un frío cortante y endemoniado. El viento silba y canta en los desfiladeros y en las cuevas, pero de momento se puede volar sin peligro.

Lake continuó durante media hora con una rápida andanada de comentarios y expresó su intención de escalar algunos de los picos a pie. Le contesté que partiría tan pronto como pudiera enviarme un avión, y que Pabodie y yo idearíamos el plan de racionamiento de gasolina más adecuado, es decir, dónde y cómo concentrar nuestro suministro en vista del cambio de rumbo de la expedición. Obviamente, las perforaciones de Lake, además de sus vuelos en aeroplano, exigirían una gran cantidad de combustible en la nueva base que pensaba establecer al pie de las montañas, y era posible que, de todas maneras, no pudiéramos volar hacia el este aquella temporada. Por esta razón, telegrafié al capitán Douglas para pedirle que sacara todo lo que le fuera posible de los barcos y lo llevase al campamento de la barrera con la única traílla de perros que habíamos dejado allí. Lo que debíamos hacer era establecer una ruta directa entre Lake y el estrecho de McMurdo a través de la región desconocida.

Lake telegrafió más tarde y dijo que había decidido instalar el campamento en el lugar del aterrizaje forzoso de Moulton, cuyas reparaciones habían avanzado algo. La capa de hielo era muy fina, y el suelo negro era visible aquí y allá, por lo que Lake pretendía realizar perforaciones y voladuras allí mismo antes de hacer ninguna expedición en trineo o de escalar las montañas. Me habló de la inefable majestad de toda la escena, y de sus extrañas sensaciones al encontrarse al abrigo de aquellos vastos y silenciosos pináculos, cuyas filas se alzaban como un muro que llegase hasta el cielo en el extremo del mundo. Las mediciones del teodolito de Atwood arrojaban una altitud, para los cinco picos más altos, de entre nueve mil y diez mil trescientos metros. Las características del suelo, que parecía barrido por el viento, preocupaban a Lake, pues podían indicar la existencia ocasional de prodigiosos vendavales, más violentos que nada que hubiéramos visto. Su campamento se encontraba a unos ochocientos kilómetros de donde comenzaban las estribaciones montañosas más altas. Me pareció percibir una nota de alarma inconsciente en sus palabras —que llegaban a mí disparadas a través de un vacío glacial de mil cien kilómetros— al instarme a que nos diésemos prisa para así salir cuanto antes de aquella extraña y nueva región. Ahora se disponía a descansar tras un día entero de ininterrumpido trabajo de rapidez, intensidad y resultados sin precedentes.

Por la mañana tuve una conversación telegráfica a tres bandas con Lake y con el capitán Douglas, cuyas bases se encontraban extremadamente alejadas entre sí. Acordamos que uno de los aviones de Lake vendría a la base para recogernos a Pabodie, a cinco hombres y a mí mismo, y para llevar todo el combustible que fuera posible. En cuanto al resto del combustible, podíamos esperar unos días para tomar una decisión, dependiendo de nuestra determinación de avanzar hacia el este o no, pues Lake aún disponía de bastante para hacer perforaciones y para calentar el campamento. Tarde o temprano habría que reabastecer la vieja base del sur, pero si posponíamos el traslado hacia el este no tendríamos que usarla hasta el verano siguiente y, mientras tanto, Lake necesitaba enviar un avión para buscar una ruta directa entre las nuevas montañas y el estrecho de McMurdo.

Pabodie y yo nos preparamos para clausurar nuestra base por un periodo variable según lo que decidiéramos más tarde. Si resolvíamos pasar el invierno en la Antártida, seguramente podríamos volar directamente desde la base de Lake hasta el Arkham sin regresar a la base. Ya habíamos reforzado varias de nuestras tiendas cónicas con bloques de nieve endurecida, y ahora decidimos terminar la tarea de crear un asentamiento permanente. Debido a la gran abundancia de tiendas que habíamos traído, Lake tenía todo lo que podía necesitar su base, incluso después de que llegásemos nosotros. Le telegrafié que Pabodie y yo estaríamos preparados para reunirnos con él en el noroeste tras una jornada de trabajo y una noche de descanso.

Sin embargo, a partir de las cuatro, nuestro trabajo se vio interrumpido sin cesar, pues en torno a esa hora Lake comenzó a enviar mensajes extraordinarios y de extrema agitación. Su jornada había comenzado de manera adversa, pues un reconocimiento aéreo de las zonas expuestas en los alrededores mostró una total ausencia de esos primigenios estratos del Arcaico que buscaba y que formaban una parte tan importante de aquellos colosales picos que se elevaban a tentadora distancia del campamento. La mayoría de las rocas que vio eran en apariencia areniscas del Jurásico y del Comanchiense,* además de esquistos del Pérmico y del Triásico y, aquí y allá, afloramientos negros y bruñidos que sugerían carbón duro y pizarroso. Esto lo desanimó bastante, pues sus planes dependían de hallar muestras al menos quinientos millones de años más antiguas. Estaba claro que, para seguir estudiando la veta de pizarra en la que había encontrado las extrañas marcas, debía emprender un largo viaje en trineo desde las estribaciones hasta las abruptas laderas de las gigantescas montañas.

Aun así, había decidido realizar algunas perforaciones locales como parte del programa general de la expedición, por lo que instaló el barreno y puso a cinco hombres a trabajar en él mientras el resto terminaba de instalar el campamento y de reparar el aeroplano estropeado. Eligió en primer lugar la roca visible más blanda, una arenisca a unos cuatrocientos metros del campamento, y el barreno hizo excelentes progresos sin necesidad de dinamitar demasiado. Unas tres horas más tarde, tras la primera voladura de verdadera importancia, se oyeron gritos de los operarios del barreno, y el joven Gedney —que actuaba como capataz— entró corriendo en el campamento.

Habían encontrado una cueva. Al poco de comenzar la perforación, la arenisca había dado lugar a una veta de caliza comanchiense llena de diminutos fósiles de cefalópodos, corales, equinoideos y espiríferos, con indicios ocasionales de esponjas silíceas y de huesos de vertebrados marinos (probablemente de teleósteos, tiburones y ganoideos). Esto en sí ya era importante, pues era la primera vez que la expedición encon-

* Término raro y en desuso para designar el Cretácico inferior, hace unos 135-96 millones de años. (N. del T.)

traba fósiles de vertebrados, pero, cuando poco después el cabezal del barreno se hundió a través del estrato y quedó colgando en el vacío, una nueva oleada de excitación se extendió entre los excavadores. Mediante una potente voladura, dejaron al descubierto el secreto subterráneo y, a través de una abertura irregular de aproximadamente un metro y medio de largo y noventa centímetros de ancho, pudieron ver una sección de una cavidad poco profunda en la piedra caliza, formada por una corriente de aguas subterráneas que había existido en el extinto mundo tropical.

El estrato hueco no tenía más de dos metros o dos metros y medio de profundidad, pero parecía extenderse de forma indefinida en todas direcciones y exhalaba aire fresco y levemente móvil, lo que sugería que debía de pertenecer a una extensa red subterránea. El techo y el suelo estaban repletos de estalactitas y estalagmitas, algunas de las cuales se unían formando columnas. Pero lo más importante era el vasto depósito de conchas y huesos, que en algunos lugares casi impedían el paso. Aquella amalgama ósea, arrastrada por las aguas desde ignotas selvas mesozoicas de hongos y helechos arbóreos, desde bosques terciarios de cícadas, palmeras de abanico y primitivas angiospermas, contenía representantes de más especies animales del Cretácico, del Eoceno y de otros periodos geológicos de las que sería capaz de contar o clasificar en un año el mejor paleontólogo. Moluscos, caparazones de crustáceos, peces, anfibios, reptiles, aves y mamíferos primigenios... Grandes y pequeños, conocidos y desconocidos. No es de extrañar que Gedney volviera corriendo y dando gritos al campamento, ni que todo el mundo dejase lo que estaba haciendo y se lanzase a la carrera, en medio del cortante frío, hasta la alta torre de perforación, que señalaba un nuevo portal a los secretos del interior de la tierra y de eones extintos.

Una vez Lake hubo calmado la primera punzada de curiosidad, garrapateó un mensaje en su libreta e hizo que Moulton corriera hasta el campamento para telegrafiarlo. Aquella fue mi primera noticia del descubrimiento. En el mensaje se mencionaba la identificación de moluscos primigenios, huesos de ganoideos y placodermos, vestigios de laberintodontes y tecodontes, grandes fragmentos de cráneos de mosasaurios, vértebras y placas coriáceas de dinosaurios, dientes y huesos alares de pterodáctilos, restos de arqueópterix, dientes de tiburones miocenos, cráneos de aves primitivas y huesos de mamíferos arcaicos como paleotéridos, xifodóntidos, eopideos, oredontes y titanotéridos. No había restos más recientes, como mastodontes, elefantes, camellos, cérvidos o bovinos, por lo que Lake concluyó que los últimos depósitos habían tenido lugar durante el Oligoceno, y que aquel estrato hueco llevaba seco, muerto y sellado al menos treinta millones de años.

Por otro lado, el predominio de formas de vida muy tempranas era singular en extremo. Aunque la formación de roca caliza era innegablemente comanchiense —según la evidencia de típicos fósiles incrustados como ventriculítidos—, en los fragmentos sueltos había una proporción sorprendente de organismos hasta entonces considerados propios de periodos mucho más antiguos, por ejemplo, de peces rudimentarios y de moluscos y corales de épocas tan remotas como el Silúrico y el Ordovícico. La inferencia inevitable era que en aquella parte del mundo se había producido una continuidad extraordinaria y única entre la vida de hace trescientos millones de años y la de hace tan solo treinta. Si esa continuidad había seguido existiendo después del Oligoceno, tras cerrarse la caverna, era algo que no podíamos saber. En cualquier caso, la llegada del temible hielo durante el Pleistoceno, hace quinientos mil años —un mero parpadeo comparado con la antigüedad de la cavidad—, debió de acabar con todas las formas de vida primigenias que habían logrado sobrevivir en el lugar.

Lake, no contento con su primer mensaje, hizo escribir y enviar a través de la nieve otro comunicado aun antes de que Moulton estuviera de vuelta. Después, este se quedó junto al telégrafo de uno de los aviones y fue transmitiéndome a mí —y al Arkham para que los difundiese al resto del mundo— los frecuentes añadidos que le hacía llegar Lake por medio de una sucesión de mensajeros. Quienes siguieron los periódicos entonces recordarán la excitación creada por los informes de esa tarde, informes que, después de todos estos años, han llevado a la organización de la expedición Starkweather-Moore, de la que tan ansioso estoy por disuadir a sus responsables. Lo mejor será que reproduzca los mensajes tal como los envió Lake y tal como McTighe, el operador de telégrafo de nuestra base, los tradujo a partir de su transcripción a lápiz:

Fowler hace descubrimiento de suprema importancia en los fragmentos de arenisca y caliza de las voladuras. Varias marcas triangulares y estriadas como las encontradas en la pizarra arcaica, lo que demuestra que el organismo sobrevivió más de seiscientos millones de años al periodo comanchiense sin sufrir más que moderados cambios morfológicos y una disminución del tamaño medio. Las marcas del Comanchiense son en todo caso más rudimentarias o decadentes que las más antiguas. Enfatizar importancia del descubrimiento en la prensa. Significará para la biología lo que Einstein ha significado para las matemáticas y la física. Concuerda con mis anteriores trabajos y amplifica mis conclusiones. Parece indicar, como sospechaba, que en la Tierra se dio todo un ciclo de vida orgánica antes del ya conocido que comienza con las células arqueozoicas. Evolucionó y se especializó hace más de mil millones de años, cuando el planeta era joven e inhabitable para cualquier forma de vida de estructura protoplasmática normal. Surgen las preguntas de cuándo, dónde y cómo se produjo el desarrollo.

Más tarde. Al examinar ciertos fragmentos esqueléticos de grandes saurios terrestres y marinos, encuentro singulares heridas o lesiones en la estructura ósea que no parecen atribuibles a depredador o carnívoro de ningún periodo. Dos tipos: perforaciones rectas y profundas y lo que parecen incisiones de hacha. Uno o dos casos de huesos seccionados limpiamente. No hay muchos especímenes afectados. He enviado hombres al campamento a por linternas eléctricas. Voy a cortar estalactitas para extender el área de búsqueda bajo el suelo.

Más tarde. Encontrado un peculiar fragmento de esteatita de quince centímetros de largo por cuatro centímetros de ancho, muy diferente a cualquier formación visible de los alrededores. Verdoso, aunque sin indicios que ayuden a datarlo. Sorprendentes tersura y regularidad. Forma de estrella de cinco puntas con extremos rotos y signos de otras escisiones en ángulos internos y en superficie central. Pequeña depresión suave en centro de superficie, que es de una pieza. Gran curiosidad en cuanto a procedencia y erosión. Probablemente anomalía por acción del agua. Carroll, con ayuda de una lente de aumento, cree detectar marcas adicionales de relevancia geológica. Grupos de diminutos puntos en formaciones regulares. Perros cada vez más intranquilos mientras trabajamos, parecen odiar la esteatita. Debo comprobar si tiene algún olor peculiar. Informaré de nuevo cuando Mills regrese con las linternas y comencemos exploración de área subterránea.

22.15. Importante descubrimiento. Orrendorf y Watkins, a las 21.45, trabajando con luz bajo tierra, encuentran un gigantesco fósil en forma de barril de origen completamente desconocido, probablemente vegetal, o ejemplar aberrante de radiado marino desconocido. Tejidos evidentemente preservados por sales minerales. Fuertes como cuero, pero asombrosa flexibilidad en algunos puntos. Marcas de partes rotas en extremos y por los lados. Un metro ochenta de largo, un metro de diámetro por el centro, que se ahúsa hasta los treinta centímetros en los extremos. Como un barril con cinco abultadas protuberancias longitudinales en lugar de duelas. Brotes laterales de una especie de tallos delgados en el ecuador de las protuberancias. En los surcos entre las crestas, curiosas excrecencias: crestas o alas que se pliegan y se despliegan como abanicos. Todas muy dañadas excepto una, que da una longitud alar de más de dos metros. La disposición recuerda a ciertos monstruos de mitos primitivos, especialmente los legendarios Antiguos del *Necronomicón*. Las alas son membranosas y poseen una estructura de tubos glandulares. En los tubos, diminutos orificios al final de las alas. Extremos del cuerpo marchitos y arrugados, sin indicios acerca del interior o de partes ausentes. Hay que diseccionar cuando regresemos al campamento. Indeciso acerca de si animal o vegetal. Muchos rasgos increíblemente rudimentarios. He puesto a todos los hombres a cortar estalactitas y a buscar más especímenes. Encontrados más huesos con marcas, pero eso tendrá que esperar. Problemas con los perros. No pueden soportar la presencia del nuevo espécimen, y probablemente lo harían pedazos si no los mantuviéramos a distancia.

23.30. Atención, Dyer, Pabodie, Douglas. Asunto de la mayor importancia y trascendencia. Arkham debe transmitir de inmediato a la estación de Kingsport Head. El extraño bulbo en forma de barril es la criatura del Arcaico que dejó las huellas. Mills, Boudreau y Fowler descubren cúmulo de trece especímenes más en un punto bajo tierra a doce metros de la abertura. Mezclados con fragmentos de esteatita extrañamente redondeados y moldeados, más pequeños que el anterior: forma de estrella, sin signos de rotura excepto en algunas puntas. En cuanto a especímenes orgánicos, ocho en apariencia completos, con todos sus apéndices. Los hemos subido todos a la superficie tras alejar a los perros, que no pueden soportar a esas criaturas. Prestad cuidadosa atención a la descripción y repetidla para asegurarme de que es correcta. Es importante que los periódicos lo digan tal cual.

Cada objeto mide dos metros y medio en total. Torso de un metro y ocho centímetros en forma de barril y con cinco protuberancias alargadas, un metro de diámetro central y treinta centímetros de diámetro en los extremos. Gris oscuro, flexibles, infinitamente resistentes. Alas membranosas de más de dos metros de envergadura, del mismo color, plegadas, se despliegan desde los surcos entre las protuberancias longitudinales. Estructura de las alas tubular o glandular, gris más claro, con orificios en los extremos. Las alas extendidas tienen bordes serrados. En torno al ecuador cinco conjuntos de brazos o tentáculos flexibles de color gris claro, uno en cada ápice central de las cinco protuberancias longitudinales, plegados contra el torso, se pueden desplegar más de noventa centímetros. Como brazos de crinoideos primitivos. Cada tallo, de unos ocho centímetros de diámetro, se ramifica al cabo de quince centímetros en cinco tallos secundarios, cada uno de los cuales, al cabo de veinte centímetros, se ramifica a su vez en cinco pequeños y puntiagudos tentáculos o zarcillos, lo que supone veinticinco tentáculos en cada tallo.

En lo alto del torso, un cuello corto y bulboso de color gris oscuro con órganos parecidos a agallas sostiene lo que podría ser la cabeza, amarillenta, en forma de estrella de mar de cinco puntas, cubierta de duros cilios de siete centímetros y medio y de varios colores iridiscentes. Cabeza gruesa y como hinchada, unos sesenta centímetros de punta a punta, tres flexibles tubos amarillentos emergiendo de cada punta. Ranura en el centro exacto de la parte superior, probablemente abertura de respiración. En el extremo de cada tubo, expansión esférica en la que la membrana amarillenta se puede retraer con la mano, revelando globo vítreo con iris rojo, sin duda un ojo. Cinco tubos rojizos un poco más largos surgen de los ángulos internos de la cabeza estrellada, rematados por tumefacciones del mismo color parecidos a bolsas en las que, al presionarlas, se abren dos orificios en forma de campana, seguramente bocas, con un diámetro máximo de cinco centímetros y revestidos por dentro de prominencias blancas y afiladas parecidas a dientes. Tubos, cilios y puntas de la cabeza estrellada firmemente plegados, los tubos y las puntas sujetos al bulboso cuello y al torso. Sorprendente flexibilidad a pesar de la inaudita dureza.

En el otro extremo del torso, partes más o menos equivalentes a los órganos de la cabeza, aunque con diferentes funciones. De bulboso pseudocuello gris claro —desprovisto de lo que en el otro cuello parecen agallas— surge estructura verdosa en forma de estrella de mar de cinco puntas. Tentáculos resistentes y musculosos de un metro veinte, que se ahúsan desde los diecinueve centímetros de la base hasta unos seis centímetros y treinta milímetros en la punta. Cada punta rematada por un triángulo membranoso de color verde pálido surcado de finas venas, de unos veinte centímetros de largo y quince de ancho en la base. Este es el zagual, la aleta o el pseudopié que dejó marcas en la roca hace entre mil millones de años y cincuenta o sesenta millones de años. De ángulos internos de esta segunda estructura en forma de estrella de mar, surgen conductos rojizos de sesenta centímetros que se ahúsan desde los ocho centímetros de diámetro de la base hasta los dos centímetros y cinco milímetros del extremo. Orificios en los extremos. Todas estas partes infinitamente resistentes y correosas, pero muy flexibles. Los tentáculos de un metro veinte con membranas triangulares usados sin duda para locomoción de algún tipo, marina o no. Al manipularlas, se aprecia exagerada musculatura. Todas las partes plegadas de manera firme contra pseudocuello y parte inferior del torso, como las proyecciones de la parte superior.

Aún no seguro de reino animal o vegetal, pero me inclino por animal. Probable evolución increíblemente avanzada de radiados que conservan ciertas características primitivas. Inconfundibles semejanzas con equinodermos, a pesar de evidencias aisladas de lo contrario. Estructura alar desconcierta en vista del probable hábitat marino, pero pudieron usarse para desplazamiento acuático. La simetría, rasgo curiosamente vegetal, sugiere la estructura esencial de las plantas de arriba abajo en lugar de la típica estructura animal de delante a atrás. Evolución fabulosamente temprana —precede incluso a los más simples protozoos del Arcaico—, imposible cualquier conjetura sobre su origen.

La inquietante semejanza con criaturas de ciertos mitos primitivos hace pensar que debieron de existir fuera de la Antártida. Dyer y Pabodie han leído el *Necronomicón* y visto las horripilantes ilustraciones de Clark Ashton basadas en el texto, y entenderán lo que digo si menciono a los llamados Antiguos, los cuales crearon en broma o por error la vida en la Tierra. Los estudiosos piensan que el concepto está basado en un tratamiento mórbido e imaginativo de antiguos radiados tropicales. También parecido con temas de folclore prehistórico de Wilmarth: ramificaciones del culto a Cthulhu, etc.

Se abre un vasto campo de estudio. Depósitos probablemente del Cretácico superior o del Eoceno inferior, a juzgar por especímenes asociados. Tremendas estalagmitas sobre ellos. Es un trabajo duro sacarlos a fuerza de escoplo, pero su resistencia impide daños. Estado de conservación milagroso, sin duda por acción de la piedra caliza. No más hallados por ahora, más tarde seguiremos buscando. La tarea ahora es trasladar al campamento catorce enormes especímenes sin perros, que ladran con furia y que no podemos dejar que se acerquen. Con nueve hombres —tres se quedan a cuidar de los perros— deberíamos poder arrastrar los trineos, a pesar de que el viento es muy fuerte. Necesario establecer canal aéreo con estrecho de McMurdo para empezar a enviar material. Pero he de diseccionar una de estas cosas antes de irme a dormir. Ojalá tuviera aquí un laboratorio de verdad. Dyer ya puede darse una patada por haber intentado impedir esta expedición. Primero las montañas más altas del mundo, y ahora esto. Si esto último no es el punto culminante de la expedición, no sé qué podría serlo. Como científicos, estamos consagrados. Felicidades, Pabodie, por el barreno con el que abrimos la cueva. Ahora, por favor, ¿podría el Arkham repetir la descripción?

Mis sensaciones y las de Pabodie al recibir esto casi no pueden describirse, y nuestros compañeros tampoco se quedaron a la zaga en cuanto a entusiasmo. McTighe, que había transcrito apresuradamente algunos pasajes importantes mientras llegaban al zumbante receptor de telégrafo, copió el mensaje entero a partir de sus notas abreviadas en cuanto el operador de Lake cerró la conexión. Todos teníamos conciencia del significado histórico del descubrimiento y, tan pronto como el operador del Arkham hubo repetido las partes descriptivas según se le había pedido, envié mis felicitaciones a Lake, y tanto Sherman, desde su puesto en el estrecho de McMurdo, como el capitán Douglas, en el Arkham, siguieron mi ejemplo. Más tarde, como jefe de la expedición, añadí algunas observaciones para que se transmitieran al mundo a través del Arkham. Por supuesto, la idea de descansar se antojaba absurda en medio de toda aquella excitación, y mi único deseo era llegar al campamento de Lake tan pronto como fuera posible. Sentí una gran frustración cuando este nos comunicó que una creciente tempestad en las montañas hacía el viaje aéreo imposible.

Sin embargo, menos de una hora y media después, surgieron nuevos motivos de interés que desterraron la frustración. Lake envió varios comunicados para informarnos del exitoso traslado de los catorce grandes especímenes al campamento. Había sido duro arrastrarlos, pues eran sorprendentemente pesados, pero entre los nueve hombres lo habían logrado sin mayores problemas. Ahora, varios miembros de la expedición estaban construyendo a toda prisa un corral de nieve a una distancia segura del campamento para alimentar allí a los perros con mayor comodidad. Dejaron los especímenes sobre la nieve endurecida junto al campamento, excepto uno, con el que Lake estaba realizando rudimentarios intentos de disección.

Esa disección estaba siendo una tarea más complicada de lo que se podía esperar, pues, a pesar del calor de una estufa de gasolina en la recién instalada tienda que servía de laboratorio, los tejidos engañosamente flexibles del espécimen elegido —de corpulencia y estado de conservación notables— no perdían un ápice de su dureza, que era mayor que la del cuero. Lake no sabía cómo hacer las necesarias incisiones sin recurrir a una violencia que podría destruir las sutilezas estructurales que le interesaban. Es cierto que tenía otros siete especímenes perfectos, pero, mientras no se encontrase una cantidad ilimitada en la cueva, seguían siendo demasiado escasos como para tratarlos de forma imprudente. Llevó al exterior el espécimen perfecto y arrastró al laboratorio otro que, aunque conservaba restos de las estructuras en forma de estrella de ambos extremos, estaba severamente aplastado a lo largo de uno de los surcos entre las protuberancias longitudinales del torso, e incluso quizá en parte seccionado.

Los descubrimientos, que Lake se apresuró a comunicarnos por telégrafo, eran desde luego desconcertantes y sugerentes. La delicadeza y la precisión eran imposibles con instrumentos apenas capaces de cortar aquellos anómalos tejidos, pero lo poco que consiguió nos dejó asombrados y perplejos. La biología actual debía reescribirse por completo, pues aquello no era el producto de ninguna reproducción de células conocida por la ciencia. Apenas se había producido permineralización y, a pesar de una antigüedad de quizá cuarenta millones de años, los órganos internos estaban intactos. La textura correosa y casi indestructible era un atributo inherente a la forma de organización de aquel ser, el cual pertenecía a un ciclo de evolución de invertebrados del Paleoceno del que no sabíamos nada. Al principio, todo lo que veía Lake estaba seco, pero, a medida que el calor de la tienda producía su efecto, empezó a aparecer un líquido orgánico de olor penetrante y pestilente en la parte intacta del espécimen. No era sangre, sino un fluido espeso de color verde oscuro que cumplía el mismo cometido que la sangre. Para entonces, los treinta y siete perros habían sido trasladados al corral inacabado fuera del campamento, pero incluso a esa distancia ladraban salvajemente y daban muestras de una gran intranquilidad ante el penetrante y acre olor.

La disección provisional, lejos de ayudar a clasificar la extraña entidad, no hizo sino aumentar su misterio. Todas las suposiciones acerca de sus miembros exteriores eran correctas y, según esa evidencia, apenas se podía dudar a la hora de catalogarlo como animal, pero la inspección interna evidenciaba tantos rasgos vegetales que Lake se sintió perdido sin esperanza. La entidad poseía digestión y circulación, y eliminaba residuos por medio de los tubos rojizos en la base estrellada. A primera vista, podía decirse que su sistema respiratorio funcionaba con oxígeno y no con dióxido de carbono, y había extraños indicios de cámaras de almacenaje de aire y de métodos para cambiar la respiración del orificio externo por al menos dos sistemas respiratorios completamente desarrollados: agallas y poros. Sin duda, el ser era anfibio y probablemente estaba adaptado a largos periodos de hibernación sin aire. Había órganos vocales conectados con el sistema respiratorio principal, pero presentaban anomalías difíciles de resolver. El habla articulada, en cuanto a pronunciación silábica, parecía inconcebible, pero una especie de flauteo musical de amplio registro era muy probable. El sistema muscular estaba desarrollado de forma casi sobrenatural.

El sistema nervioso era tan complejo y estaba tan evolucionado que Lake quedó totalmente perplejo. Aquella cosa, aunque rudimentaria y arcaica en algunos aspectos, poseía un conjunto de núcleos y conexiones ganglionares que sugerían el más alto nivel de especialización. El cerebro, dividido en cinco lóbulos, estaba sorprendentemente avanzado, y había indicios de un equipamiento sensorial, localizado en parte en los duros cilios de la cabeza, que podía detectar factores inasequibles a cualquier otro organismo terrestre. Probablemente tenía más de cinco sentidos, por lo que era imposible usar analogías comunes para imaginar sus hábitos. Lake pensaba que debió de ser una criatura dotada de una aguda sensibilidad y de funciones delicadas y muy especializadas en su primigenio mundo, de forma parecida a las abejas y las hormigas actuales. Se reproducía como las plantas criptógamas, especialmente las pteridofitas, ya que poseía cápsulas de esporas en los extremos de las alas y era evidente que se desarrollaba a partir de un talo o protalo.

Era pronto para darle un nombre. Parecía un radiado, pero claramente era algo más. Era en parte vegetal, pero poseía tres cuartas partes de los rasgos esenciales de una estructura animal. Como indicaban su contorno simétrico y varios otros atributos, era de origen marino, pero resultaba difícil imaginar hasta dónde habían llegado sus adaptaciones posteriores. Las alas, al fin y al cabo, sugerían de forma persistente lo aéreo. La idea inconcebible de una evolución tan tremendamente compleja en una Tierra recién nacida y con tiempo suficiente para dejar huellas en rocas del Arcaico hizo que Lake recordara, de forma caprichosa, los primitivos mitos sobre los llamados Primigenios, que descendieron a nuestro planeta desde las estrellas y confeccionaron la vida como una broma o un error, así como los grotescos relatos, referidos por un colega folclorista del departamento de literatura, sobre seres llegados del espacio exterior en las colinas del valle del Miskatonic.

Naturalmente, consideró la posibilidad de que las huellas precámbricas hubieran sido causadas por un ancestro menos evolucionado, pero enseguida rechazó esta teoría demasiado fácil al considerar las avanzadas cualidades estructurales de los fósiles más antiguos. En todo caso, las marcas más modernas mostraban decadencia y no una mayor evolución. El tamaño de los pseudopiés había disminuido y la morfología general parecía más tosca y simplificada. Además, los nervios y órganos que acababa de examinar contenían curiosos indicios de regresión a partir de formas aún más complejas: abundaban las partes atrofiadas y vestigiales. En resumen, poco se había resuelto, y Lake recurrió a la mitología para bautizar sus hallazgos, de forma jocosa y provisional, como «los Antiguos».

En torno a las dos y media de la madrugada, tras interrumpir el trabajo para dormir un poco, cubrió el espécimen diseccionado con una lona, salió del laboratorio e inspeccionó los especímenes intactos con renovado interés. El incesante sol antártico había empezado a ablandar un poco los tejidos, y las puntas y los tubos cefálicos de los ejemplares dos y tres estaban desplegándose, pero, a una temperatura de -17 ºC, Lake no creía que hubiese ningún peligro inmediato de descomposición. Aun así, acercó unos a otros los especímenes no diseccionados y les echó por encima una tienda sobrante para mantenerlos a resguardo de los rayos solares. Eso, además, quizá mantendría su olor apartado de los perros, cuya hostil intranquilidad se estaba convirtiendo en un problema, a pesar de la distancia y de los muros de nieve más y más altos que un número cada vez mayor de hombres se apresuraba a levantar en torno a ellos. Lake sujetó las esquinas de la tienda de lona con pesados bloques de nieve endurecida, pues empezaba a levantarse viento, y las titánicas montañas parecían estar preparándose para enviar una severa tormenta. Revivieron los viejos temores acerca de los súbitos vendavales antárticos, y, bajo la supervisión de Atwood, los hombres protegieron las tiendas, el nuevo corral para los perros y los rudimentarios refugios para los aviones añadiendo más nieve del lado de las montañas. Estos refugios, que habían empezado a levantar con bloques de nieve compactada en los ratos libres, no eran aún todo lo altos que debían ser, de modo que Lake determinó que todos los hombres dejasen las demás tareas y se ocuparan de esto.

Eran más de las cuatro cuando Lake finalmente empezó a prepararse para irse a dormir y nos recomendó que descansáramos al mismo tiempo que sus hombres una vez estos terminaran de levantar un poco más los muros de los refugios. Mantuvo con Pabodie una amistosa charla a través del éter y repitió sus elogios del maravilloso barreno que le había ayudado a hacer su descubrimiento. Atwood también envió saludos y elogios. Por mi parte, transmití a Lake unas cálidas palabras de felicitación y admití que había tenido razón sobre la expedición al oeste, y después todos acordamos ponernos en contacto por telégrafo a las diez de la mañana. Si la tormenta había terminado para entonces, Lake enviaría un avión para recoger a la comitiva de mi base. Justo antes de retirarme, envié un último mensaje al Arkham con instrucciones de bajar el tono de las noticias dirigidas al mundo exterior, pues los detalles, hasta que pudieran fundamentarse mejor, eran lo bastante radicales como para despertar una ola de incredulidad entre el público.

# III

Ninguno de nosotros, supongo, durmió de forma profunda o continua aquella madrugada. Tanto el entusiasmo por el descubrimiento de Lake como la creciente furia del viento iban en contra del sueño. Las ráfagas eran tan salvajes, incluso donde nos encontrábamos nosotros, que no podíamos evitar preguntarnos cómo serían en el campamento de Lake, que se encontraba justo debajo de los inmensos y desconocidos picos que las engendraban y lanzaban. A las diez en punto, McTighe estaba ya despierto y trató de comunicarse con Lake por telégrafo, tal como habíamos acordado, pero, aparentemente, ciertas condiciones eléctricas de la turbulenta atmósfera al oeste lo hacían imposible. Aun así, pudimos contactar con el Arkham, y Douglas me dijo que también había intentado hablar con Lake, aunque en vano. No sabía nada del viento, pues en el estrecho de McMurdo apenas soplaba, a pesar de su persistente furia en nuestro campamento.

Durante todo el día esperamos con ansiedad junto al aparato y tratamos repetidas veces de ponernos en contacto con Lake, pero siempre sin resultado. Alrededor del mediodía, un auténtico frenesí de viento llegó en estampida desde el oeste e hizo que temiéramos por la seguridad del campamento, aunque finalmente amainó, a pesar de un breve empeoramiento a las dos de la tarde. Después de las tres, todo quedó en completa calma, y redoblamos nuestros esfuerzos para hablar con Lake. Teniendo en cuenta que este poseía cuatro aviones, cada uno de ellos equipado con un excelente aparato de onda corta, no podíamos imaginar qué podía haber anulado al mismo tiempo todos sus aparatos de telégrafo. Aun así, el pétreo silencio continuaba y, al pensar en la delirante fuerza que debió de alcanzar el viento en su campamento, era difícil no formar las más funestas conjeturas. A las seis, nuestros temores eran ya intensos y concretos, y, tras una consulta con Douglas y Thorfinnssen, decidí tomar medidas para investigar lo sucedido. El quinto aeroplano, que habíamos dejado, con Sherman y dos marineros, en el depósito de provisiones del estrecho de McMurdo se encontraba en buenas condiciones y listo para volar al instante. Todo indicaba que la emergencia para la cual lo habíamos reservado ya se había producido. Hablé con Sherman por telégrafo y le ordené que se reuniera conmigo en la base sur con el avión y los dos marineros tan pronto como le fuera posible, pues las condiciones atmosféricas parecían favorables. Después hubo conversaciones acerca de los componentes de la expedición de investigación, y decidimos incluir a todos los hombres junto con el trineo y los perros que yo me había reservado. Ni siquiera una carga tan grande sería excesiva para uno de aquellos enormes aparatos, construidos según nuestras especificaciones para transportar maquinaria pesada. Cada cierto tiempo intentaba contactar con Lake, pero sin éxito.

Sherman, junto con los marineros Gunnarsson y Larsen, despegó a las siete y media de la tarde y, a lo largo del trayecto, informó en varias ocasiones de un vuelo tranquilo. Llegaron a nuestra base a medianoche y todos nos pusimos a discutir sobre qué debíamos hacer a continuación. Volar sobre la Antártida en un solo aeroplano sin una línea de bases era un asunto peligroso, pero nadie negó que se trataba de una clara necesidad. Nos retiramos a las dos en punto para descansar, tras haber empezado a cargar el avión, y nos levantamos cuatro horas después para terminar de hacerlo.

A las siete y cuarto de la mañana del 25 de enero, con McTighe como piloto, despegamos en dirección noroeste con diez hombres, siete perros, un trineo, una provisión de combustible y víveres, además de otros objetos como el aparato de telégrafo del avión. La atmósfera estaba clara, tranquila y relativamente templada, y previmos que tendríamos pocos problemas en llegar a la latitud y longitud señaladas por Lake como la ubicación de su campamento. Nuestros miedos se centraban, en cambio, en lo que encontraríamos, o no, al final de nuestro viaje, pues el silencio era la única respuesta a todos los intentos de contactar con el campamento.

Cada incidente de aquel vuelo de cuatro horas y media está grabado a fuego en mi memoria debido a la posición crucial que ocupa en mi vida. Aquel fue el fin, a la edad de cincuenta y cuatro años, de toda la paz y el equilibrio que posee una mente normal gracias a su acostumbrada concepción de la naturaleza exterior y de sus leyes. A partir de ese momento, los diez —pero especialmente el estudiante Danforth y yo— íbamos a enfrentarnos a un mundo espantosamente amplificado de siniestros horrores que nada podrá borrar de nuestras emociones y que, si pudiéramos, nos abstendríamos de compartir con el resto de la humanidad. Los periódicos publicaron los informes que enviamos desde el avión, en los que relatábamos nuestro vuelo ininterrumpido, las dos batallas con traicioneros vendavales de altitud, nuestro avistamiento de la apertura en el suelo allí donde Lake había practicado una perforación a la mitad de su viaje, tres días antes, y nuestro vislumbre de un grupo de esos extraños y mullidos cilindros de nieve que Amundsen y Byrd vieron rodar con el viento a través de las infinitas extensiones de la meseta helada. Llegó un momento, sin embargo, en que nuestras sensaciones no pudieron expresarse con ninguna palabra comprensible por la prensa, y más tarde llegó otro momento en el que tuvimos que adoptar una política de estricta autocensura.

El marinero Larsen fue el primero en divisar a lo lejos la desigual línea de conos y pináculos, parecidos a sombreros de bruja, y sus gritos hicieron que todos fuésemos a mirar por las ventanas de la gran cabina. A pesar de nuestra velocidad, las montañas se acercaban lentamente, y por eso supimos que debían de encontrarse a una inmensa distancia y que solo podíamos verlas debido a su extraordinaria altitud. Aun así, poco a poco fueron alzándose sombrías en el cielo del oeste y nos permitieron ver sus varias cumbres, desnudas, desoladas y negras, y captar la insólita sensación de fantasía que sugerían bajo la rojiza luz antártica y contra el evocador trasfondo de nubes iridiscentes de hielo en polvo. En toda aquella escena se percibía la persistente y penetrante insinuación de un secreto formidable y de una revelación inminente. Era como si aquellos inhóspitos pináculos fuesen los pilonos* de una pavorosa entrada a las prohibidas esferas del sueño, a complejas simas hechas de tiempo remoto, de espacio y de ultradimensionalidad. No pude evitar sentir que eran objetos malignos, montañas de la locura cuyas laderas ulteriores se asomaban quizá a un abominable abismo final. Y aquel turbulento trasfondo de nubes semiluminosas contenía inefables insinuaciones de un vago y etéreo *más allá* de espacialidad distinta de la terrestre, y nos recordaba lo infinitamente remoto, solitario y desolado que era aquel inexplorado e inhóspito mundo austral que llevaba eones muerto.

* Un pilono o pilón es un tipo de pórtico monumental característico de algunos templos egipcios. *(N. del T.)*

Fue el joven Danforth quien llamó nuestra atención sobre las curiosas regularidades en las cumbres más altas, semejantes a fragmentos de cubos perfectos adheridos a los picos, tal y como Lake había mencionado en sus mensajes, y que realmente justificaban la comparación con las insinuaciones oníricas de primitivos templos en ruinas sobre brumosas cimas asiáticas que, de forma tan extraña y sutil, había pintado Roerich. Había, de hecho, algo inquietante y roerichiano en todo aquel portentoso continente de titánico misterio. Lo había sentido en octubre al divisar por primera vez Tierra Victoria y ahora lo sentía de nuevo con claridad. Percibí también otra oleada de desasosiego al tomar conciencia de la semblanza de aquel lugar con ciertos mitos arcaicos, de la exactitud con que aquel reino letal se correspondía con la leyenda maligna de la meseta de Leng, tal como aparece en los textos antiguos. Los mitólogos han querido localizar Leng en Asia central, pero la memoria racial del hombre, o de sus ancestros, es larga, y es posible que ciertos relatos hayan llegado a nosotros desde tierras, montañas y templos de horror anteriores a Asia y a cualquier mundo humano conocido. Unos pocos místicos audaces han insinuado que los fragmentarios *Manuscritos Pnakóticos* tienen un origen anterior al Pleistoceno, y también que los adoradores de Tsathoggua eran tan poco humanos como el propio Tsathoggua. Leng, dondequiera que aceche en el tiempo y el espacio, no es una región a la que yo me acercaría de buen grado, y tampoco me entusiasmaba la cercanía de un mundo que había engendrado las ambiguas y arcaicas monstruosidades mencionadas por Lake. En aquel momento, me arrepentí vivamente de haber leído el aberrante *Necronomicón*, e incluso de haber hablado en la universidad con el folclorista Wilmarth, poseedor de una desagradable erudición.

Este estado de ánimo sin duda agravó mi reacción al extravagante espejismo que apareció ante nosotros en el cénit, cada vez más opalescente, a medida que nos acercábamos a las montañas y comenzábamos a ver en detalle las amontonadas sinuosidades de las estribaciones. Yo había visto docenas de espejismos polares en las semanas precedentes, algunos tan inquietantes y fantásticamente nítidos como aquel, pero este poseía una nueva y oscura cualidad simbólica y amenazante, y no pude evitar estremecerme ante el hormigueante laberinto de fabulosas murallas, torres y minaretes que emergió, formidable, de los tumultuosos vapores helados en lo alto del cielo.

El efecto era el de una ciclópea ciudad de arquitectura desconocida para el hombre, con vastas aglomeraciones de sillería negra como la noche dispuestas en monstruosas perversiones de las leyes geométricas. Había conos truncados, a veces aterrazados o acanalados, coronados por altos fustes cilíndricos ensanchados en bulbos aquí y allá y rematados por gradas de finos discos con bordes festoneados y por extrañas construcciones voladizas en forma de mesa que sugerían pilas de bloques rectangulares, de placas circulares o de estrellas de cinco puntas superpuestas unas sobre otras. Había conos y pirámides compuestos, bien solos o bien coronando estructuras cilíndricas, cúbicas o en forma de conos o pirámides truncados y achatados, así como ocasionales pináculos en forma de aguja en curiosas agrupaciones de cinco. Todas estas febriles estructuras parecían conectadas entre sí por puentes tubulares que cruzaban de unas a otras a distintas alturas vertiginosas, y la escala implícita del conjunto era terrorífica y opresiva por su mero gigantismo. El tipo general de espejismo no era muy distinto de las descabelladas formas que el ballenero Scoresby había observado y dibujado en 1820, pero en aquella hora y lugar, con aquellas oscuras montañas desconocidas elevándose portentosas ante nosotros, mientras pensábamos en los anómalos descubrimientos de Lake sobre el mundo arcaico, y con la mortaja de una probable catástrofe envolviendo a la mayor parte de nuestra expedición, a todos nos pareció ver en aquello un matiz de perversidad latente y de presagios malignos.

Me alegré cuando el espejismo comenzó por fin a desvanecerse, a pesar de que, mientras desaparecía, los diversos torreones y conos asumieron formas temporales y distorsionadas de una monstruosidad aún mayor. Al disolverse aquella ilusión en una turbia opalescencia, comenzamos a mirar de nuevo hacia abajo, y vimos que la meta de nuestro viaje ya no estaba lejos. Las montañas desconocidas se alzaban vertiginosamente ante nosotros, como una aterradora fortaleza de gigantes, y sus curiosas regularidades aparecían con singular claridad incluso sin ayuda de prismáticos. Sobrevolábamos ahora las estribaciones de menor altitud, y pudimos ver, entre la nieve, el hielo y las zonas desnudas de su meseta principal, un par de manchas oscuras que supusimos serían el campamento y la excavación de Lake. Las estribaciones más altas se alzaban a unos ocho o diez kilómetros, formando casi una cordillera independiente de los picos sobrehimalayos que se levantaban tras ellas. Finalmente, Ropes —el estudiante que había relevado a McTighe a los mandos— comenzó a descender hacia la mancha oscura de la izquierda, cuyo tamaño la delataba como el campamento. Mientras, McTighe envió el último comunicado no censurado de nuestra expedición.

Por supuesto, todo el mundo ha leído los breves e insatisfactorios informes del resto de nuestra expedición antártica. Unas horas después de aterrizar, enviamos un cauteloso comunicado describiendo la tragedia que nos encontramos allí y, con reticencia, atribuimos la aniquilación de toda la comitiva de Lake a los terribles vientos del día anterior o de dos noches atrás. Había once muertos identificados. El joven Gedney había desaparecido. La gente perdonó nuestra nebulosa falta de detalles debido a la obvia conmoción causada por los acontecimientos, y nos creyeron cuando explicamos que las mutilaciones causadas por el viento hacían imposible el transporte de ninguno de los once cuerpos. Me enorgullezco de que, incluso en medio de nuestra angustia, de nuestro total desconcierto y de un terror atenazante, apenas nos alejamos de la verdad en ninguna ocasión. Pero el verdadero y tremendo significado de lo que vimos se encuentra en aquello que no nos atrevimos a contar, aquello que yo no contaría de no ser por la obligación que siento de alejar a los demás de horrores innombrables.

Es verdad que el viento había causado terribles estragos, y se puede seriamente dudar de que Lake y sus hombres hubieran podido sobrevivir a aquel viento..., incluso sin lo otro. La tormenta, con su furia de enloquecidas partículas de hielo, debió de ser más terrible de lo que podíamos imaginar. Uno de los refugios para los aviones —refugios que se habían dejado en un estado endeble e inadecuado— estaba casi por completo pulverizado, y la torre de perforación en la cavidad recién descubierta, a cierta distancia de allí, estaba hecha pedazos. El metal expuesto de los aviones y de la maquinaria de perforación había quedado finamente pulido por la agresión de los elementos, y dos de las tiendas pequeñas estaban aplastadas a pesar de las protecciones de nieve. Las superficies de madera dejadas al aire libre estaban completamente picadas y despojadas de pintura, y todos los rastros y pisadas en la nieve habían sido borrados. También es cierto que el estado de los arcaicos especímenes biológicos tampoco hacía posible que nos pudiéramos llevar ninguno entero. Recogimos varios minerales de una enorme y desmoronada pila, entre ellos algunos de los fragmentos verdosos de esteatita, cuyas redondeadas cinco puntas y tenues agrupaciones de puntos provocaron tantas dudosas comparaciones, así como algunos huesos fósiles, entre ellos los especímenes más llamativos de aquellos que presentaban extrañas incisiones.

No sobrevivió ninguno de los perros, pues su corral de nieve fuera del campamento había quedado casi por completo destruido. El causante pudo ser el viento, aunque el boquete más grande, en la parte más cercana al campamento —que no era la parte de barlovento—, sugería que los frenéticos animales derribaron esa parte. Los tres trineos habían desaparecido, y nosotros tratamos de explicar que el viento sin duda los había arrastrado a lo desconocido... La maquinaria de perforación y de deshielo en el lugar de la excavación estaba demasiado dañada para poder salvar nada, de modo que la usamos a fin de bloquear la inquietante entrada al pasado que Lake había abierto con dinamita. También dejamos en el campamento los dos aviones más perjudicados, pues nuestra expedición de rescate contaba solo con cuatro pilotos —Sherman, Danforth, McTighe y Ropes—, y Danforth se encontraba en un estado de nerviosismo excesivo como para pilotar. Nos llevamos todos los libros, el equipo científico y el resto del material adicional que encontramos, aunque gran parte había desaparecido de forma inexplicable. Las tiendas y pieles sobrantes, o bien no aparecieron, o bien estaban en muy mal estado.

Aproximadamente a las cuatro de la tarde, después de un amplio vuelo de reconocimiento tras el que nos vimos forzados a dar por perdido a Gedney, enviamos nuestro cauteloso mensaje al Arkham para que lo retransmitiese, y creo que el tono calmo y evasivo que logramos mantener fue un acierto. Todo lo que dijimos acerca de cualquier inquietud concernía principalmente a los perros, cuyo frenético desasosiego al acercarse a los especímenes orgánicos era de esperar tras los informes del pobre Lake. No mencionamos, creo, su nerviosismo al olfatear las extrañas esteatitas verdosas y otros objetos de las áreas más caóticas tanto del campamento como de la excavación; objetos —como instrumentos científicos, aeroplanos y cierta maquinaria— cuyas piezas habían sido aflojadas, retiradas y manipuladas por vientos poseedores de una singular curiosidad científica.

En lo tocante a los catorce especímenes biológicos, como es lógico, fuimos ambiguos. Dijimos que los únicos que encontramos, aunque estaban dañados, demostraban que la descripción de Lake era completa y precisa. Fue difícil no reflejar en los informes nuestras emociones personales. No mencionamos el número de especímenes, ni cómo encontramos los que sí encontramos. Para entonces, habíamos acordado entre nosotros no transmitir nada que indicase locura por parte de los hombres de Lake. Desde luego, parecía producto de la locura encontrar seis de las monstruosidades dañadas en tumbas de tres metros de profundidad, en posición vertical, bajo túmulos en forma de estrella de cinco puntas, en los que habían perforado grupos de puntos como los de las esteatitas verdosas. En cuanto a los ocho especímenes intactos mencionados por Lake, habían desaparecido todos.

También por el deseo de no alterar la tranquilidad mental del público, Danforth y yo dijimos muy poco del aterrador viaje a las montañas que hicimos al día siguiente. Por suerte, fuimos solo nosotros, pues para cruzar una cordillera de esa altitud hacía falta un avión con el mínimo peso a bordo. Cuando regresamos, a la una de la madrugada, Danforth estaba casi histérico, pero mantuvo una admirable compostura. No hizo falta mucha persuasión por mi parte para que prometiera no enseñar a nadie ni nuestros bocetos ni el resto de las cosas que trajimos en los bolsillos, no decir a los demás nada aparte de lo acordado y esconder nuestros rollos de película fotográfica para revelarlos más tarde en privado. Por este motivo, buena parte de lo que voy a contar será nuevo para Pabodie, McTighe, Ropes, Sherman y el resto, como lo será para el público en general. De hecho, Danforth es aún más reservado que yo, pues él vio, o creyó ver, algo de lo que no quiere hablarme ni siquiera a mí.

Como todo el mundo sabe, nuestro informe incluía nuestro abrupto ascenso en avión; la confirmación del juicio de Lake de que los grandes picos están hechos de pizarra del Arcaico y de otros estratos plegados, muy antiguos, que no han cambiado al menos desde mediados del Comanchiense; un comentario convencional sobre la regularidad de las formaciones con apariencia de cubos y fortificaciones; la opinión de que las cuevas son el resultado de venas calcáreas disueltas; la conjetura de que ciertas laderas y desfiladeros permitirían a montañeros experimentados escalar y cruzar toda la cordillera, y la observación de que el misterioso lado ulterior de la cordillera consiste en una inmensa supermeseta de seis mil metros de altitud, tan antigua e inmutable como las propias montañas, con grotescas formaciones rocosas que emergen de una fina capa glacial, y con moderadas y graduales estribaciones entre la superficie central de la meseta y los escarpados precipicios de los picos más altos.

Esta serie de datos es verdadera y satisfizo por completo a los hombres del campamento. Atribuimos a una ficticia racha de vientos adversos nuestra ausencia de dieciséis horas —un periodo mucho mayor de lo que requería nuestro anunciado plan, que consistía en volar hasta allí, efectuar un reconocimiento y recoger muestras de roca—, y narramos fielmente nuestro aterrizaje en las estribaciones más lejanas. Por fortuna, nuestro viaje sonaba lo bastante realista y prosaico como para no tentar a los demás a emularlo. Si alguien lo hubiera intentado, me habría valido de todo mi poder de persuasión para impedírselo. Ignoro lo que habría hecho Danforth. En nuestra ausencia, Pabodie, Sherman, Ropes, McTighe y Williamson habían trabajado como castores en la puesta a punto de los dos mejores aviones de Lake y los habían dejado listos para volar, a pesar de las inexplicables manipulaciones que había sufrido su mecanismo operativo.

Decidimos cargar todos los aviones a la mañana siguiente y regresar a nuestra vieja base tan pronto como fuera posible. Aunque indirecta, esa era la manera más segura de alcanzar el estrecho de McMurdo, pues un vuelo en línea recta a través de la desolación inmemorial de aquel continente habría conllevado numerosos riesgos adicionales. Seguir explorando era claramente imposible en vista de la trágica merma de nuestro personal y de la ruina de la maquinaria de perforación. Las dudas y los horrores que nos rodeaban —y que no quisimos revelar— hacían que no deseáramos otra cosa que escapar lo antes posible de aquel espacio austral de siniestra locura y devastación.

Como bien sabe el público, nuestro regreso al mundo se efectuó sin mayores desastres. Tras un rápido trayecto sin escalas, todos los aviones llegaron a la vieja base en la tarde del día siguiente 27 de enero, y el 28 llegamos al estrecho de McMurdo en dos etapas, con una pausa muy breve, tras dejar atrás la gran meseta, ocasionada por el fallo de uno de los timones de cola en mitad de un furioso viento sobre la banquisa de hielo. Al cabo de cinco días, el Arkham y el Miskatonic, con toda la tripulación y el equipamiento a bordo, se alejaban ya del hielo cada vez más espeso del estrecho y se adentraban en el mar de Ross, con las burlonas montañas de Tierra Victoria alzándose al oeste contra un turbulento cielo antártico, las cuales convertían los aullidos del viento en un flauteo musical de amplio registro que me heló el alma hasta lo más profundo. Menos de quince días más tarde, dejamos atrás el último rastro de las tierras polares y dimos gracias al cielo por haber escapado de aquel reino embrujado y maldito donde la vida y la muerte, el espacio y el tiempo firmaron negras y blasfemas alianzas cuando la materia comenzó a pulular en la recién enfriada corteza de nuestro planeta.

Desde nuestro regreso, todos nosotros hemos trabajado sin descanso para disuadir de cualquier iniciativa de exploración antártica, y nos hemos guardado ciertas dudas y conjeturas con espléndida unanimidad y fidelidad. Incluso el joven Danforth, a pesar de su colapso nervioso, se ha mantenido imperturbable y no ha hablado de más con sus médicos... De hecho, como ya he mencionado, hay algo que solo él creyó ver y que ni siquiera me cuenta a mí, a pesar de que, en mi opinión, hacerlo aliviaría su estado psicológico. Pero, aunque esto pudiera aliviarle y explicar muchas cosas, quizá no fue sino la secuela ilusoria de una conmoción previa. Esa es mi impresión tras las raras e insensatas ocasiones en que me susurra cosas inconexas..., cosas que rechaza con vehemencia en cuanto recupera el dominio de sí mismo.

Será una dura tarea convencer a los demás de que no exploren el gran sur blanco, y, de hecho, algunos de nuestros esfuerzos podrían dañar directamente este propósito si ocasionan una curiosidad indebida. Debimos saber desde el principio que la curiosidad humana es imperecedera y que los resultados tangibles de la expedición serían suficientes para estimular a otros en la misma búsqueda secular de lo desconocido. Los informes de Lake sobre los monstruosos especímenes biológicos entusiasmaron en grado sumo a naturalistas y paleontólogos, aunque fuimos lo bastante sensatos de no mostrar ni las partes que recogimos de los ejemplares enterrados, ni las fotografías que les hicimos. También nos abstuvimos de mostrar los huesos con incisiones y las esteatitas verdosas, y Danforth y yo hemos guardado celosamente nuestras fotografías e ilustraciones de la supermeseta del otro lado de la cordillera, así como ciertos papeles arrugados que, en cierto momento, alisamos, estudiamos con terror y nos metimos en los bolsillos. Sin embargo, ahora que se está organizando la expedición Starkweather-Moore, y de forma mucho más exhaustiva que la nuestra... Si no logramos que cambien de opinión, llegarán al núcleo más profundo de la Antártida, y empezarán a deshelar y a perforar hasta sacar a la luz algo que podría suponer el fin del mundo que conocemos. Por esa razón, debo finalmente vencer todas mis reticencias..., incluso la relacionada con esa última cosa innombrable que se encuentra detrás de las montañas de la locura.

# IV

Solo con gran indecisión y repugnancia regreso con la memoria al campamento de Lake, a lo que realmente encontramos allí... y a aquella otra cosa tras la terrible muralla de las montañas. A menudo siento la tentación de pasar por alto los detalles y dejar que meras insinuaciones ocupen el lugar de los hechos reales y de las deducciones inevitables. Espero haber dicho ya lo suficiente para pasar deprisa por lo que resta por contar de los horrores del campamento. He hablado ya del terreno devastado por el viento, de la ruina de los refugios para aviones, de las alteraciones de la maquinaria, de la variada inquietud de nuestros perros, de los trineos y otros objetos desaparecidos, de las muertes de hombres y perros, de la ausencia de Gedney, de los seis especímenes biológicos demencialmente enterrados, provenientes de un mundo que murió hace cuarenta millones de años y extrañamente intactos en su exterior, a pesar de las lesiones estructurales. No recuerdo si he mencionado que, al contar los cadáveres caninos, vimos que faltaba un perro. No pensamos en ello hasta más tarde; de hecho, solo Danforth y yo pensamos en ello.

De entre las cosas que he ocultado sobre el campamento, lo principal concierne a los cadáveres y a ciertos aspectos sutiles que podrían dotar a aquel caos aparente de una lógica atroz e increíble. En aquel momento, traté de mantener la mente de los hombres apartada de esos aspectos, pues era mucho más sencillo —mucho más normal— achacarlo todo a un acceso de locura por parte de alguien del grupo de Lake. Según las apariencias, aquel viento demoniaco de las montañas debió de ser suficiente para volver loco a cualquiera que se encontrase en el centro de todo el misterio y la desolación de la tierra.

La suprema anomalía, por supuesto, era el estado de los cuerpos, tanto de hombres como de perros. Era evidente que se habían visto envueltos en alguna especie de contienda terrible y estaban desgarrados y mutilados de distintas maneras diabólicas y por completo inexplicables. En todos los casos, hasta donde pudimos juzgar, la muerte se produjo por estrangulamiento o por incisiones. Seguramente los perros habían dado comienzo al conflicto, pues el estado de su inepto corral indicaba que había sido derruido desde el interior. El equipo de Lake lo había levantado a cierta distancia del campamento debido al odio de los animales hacia aquellos infernales organismos arcaicos, pero la precaución parecía haber sido en vano. Sin duda, al quedarse solos en mitad de aquel viento monstruoso, protegidos por muros endebles y de altura insuficiente, habían salido todos en estampida, aunque es difícil saber si a causa del viento o de algún olor sutil y creciente emitido por los espeluznantes especímenes. Lake había cubierto esos especímenes con una lona, pero el sol rasante de la Antártida había incidido sin cesar en ella, y calor tendía a relajar y expandir los correosos tejidos de aquellas cosas, como ya había comentado el propio Lake. Quizá el viento había volado las lonas y zarandeado sus cuerpos, de forma que sus penetrantes cualidades olfativas se hicieron evidentes a pesar de su inimaginable antigüedad.

Fuera lo que fuese lo que había ocurrido, el resultado era espantoso y repulsivo. Pero lo mejor será que deje a un lado mis escrúpulos y cuente por fin lo peor..., aunque no sin antes expresar de forma categórica mi opinión de que, basándome en observaciones de primera mano y en rigurosas deducciones tanto de Danforth como mías, el entonces desaparecido Gedney no fue en modo alguno responsable de aquellos repugnantes horrores. He dicho ya que los cuerpos habían sufrido atroces mutilaciones. Ahora he de agregar que a algunos se les habían practicado incisiones y se les había extraído órganos de la manera más extraordinaria, despiadada e inhumana. Me refiero tanto a perros como a hombres. A todos los cuerpos más sanos y rollizos, cuadrúpedos o bípedos, les habían cortado y retirado los tejidos más firmes, como por obra de un cuidadoso carnicero, y a su alrededor vimos con extrañeza que habían espolvoreado sal —extraída de las destrozadas cajas de provisiones de los aviones—..., lo cual sugería las ideas más horribles. Aquello había ocurrido en uno de los rudimentarios refugios para aviones, del cual el avión parecía haber sido sacado a rastras... Después el viento había borrado todas las huellas que pudieran ofrecer una teoría plausible de lo sucedido. Los dispersos pedazos de ropa, burdamente cortados de aquellos cuerpos que presentaban incisiones, no aportaban ninguna pista. Apenas merece la pena mencionar ciertas tenues huellas entrevistas en la nieve de una esquina protegida del viento..., pues no parecían huellas humanas, y quizá en mi imaginación se mezclaban todos aquellos comunicados del pobre Lake sobre huellas fósiles. Había que tener cuidado con la propia imaginación al abrigo de aquellas amenazantes montañas de la locura.

Como ya he indicado, Gedney y uno de los perros habían desaparecido. Para cuando llegamos al refugio del que he hablado, faltaban, según nuestras cuentas, dos perros y dos hombres, pero, después de investigar las monstruosas tumbas, entramos a la tienda de disección, que se encontraba más o menos intacta, y allí nos esperaban varias revelaciones. No estaba como Lake la había dejado, pues las partes de la primitiva monstruosidad ya no se hallaban sobre la mesa de disección. En realidad, ya nos habíamos dado cuenta de que una de las seis demenciales tumbas que acabábamos de examinar contenía los trozos reunidos del espécimen imperfecto que Lake había intentado analizar, y que presentaba un olor particularmente repugnante. En la mesa de disección y alrededor de ella había otros objetos dispersos, y enseguida vimos que eran partes de un ser humano y de un perro, diseccionadas de forma extraña e inexperta. Por respeto a los sentimientos de los supervivientes, no mencionaré la identidad del hombre en cuestión. Faltaban los instrumentos anatómicos de Lake, pero había indicios de que alguien los había limpiado cuidadosamente. Tampoco estaba la estufa de gasolina, aunque en el lugar donde había estado encontramos un curioso caos de cerillas. Enterramos los restos humanos junto con los otros diez hombres, y los restos caninos junto con los otros treinta y cinco perros. En cuanto a las insólitas manchas que podían verse tanto en la mesa de disección como en las páginas de los maltratados manuales ilustrados amontonados junto a la mesa, nuestra conmoción era demasiado profunda como para hacer especulaciones.

Esto fue lo peor de los horrores del campamento, pero había otras circunstancias igualmente desconcertantes: el hecho de que hubieran desaparecido Gedney, uno de los perros, los ocho especímenes intactos, los tres trineos y ciertos instrumentos y manuales técnicos y científicos, además de materiales de escritura, linternas eléctricas, baterías, comida, combustible, estufas, tiendas de repuesto, pieles y otras cosas similares hacía imposible cualquier conjetura razonable. Y lo mismo se puede decir de las manchas de tinta bordeadas de salpicaduras que vimos en ciertas hojas de papel y de los indicios de singulares manipulaciones y misteriosos experimentos en los aviones y en los demás aparatos, tanto en el campamento como en la excavación. Los perros aborrecían aquel caos de maquinaria. Por otra parte, también estaba el desorden del almacén de provisiones, la desaparición de ciertos productos básicos y el cómico montón de latas de conserva que habían sido abiertas de las formas más improbables y por los lugares más insospechados. La profusión de cerillas esparcidas, intactas, rotas o quemadas constituía otro enigma menor, al igual que las dos o tres lonas de tiendas y pieles que encontramos con cortes peculiares, quizá debidos a torpes esfuerzos para realizar adaptaciones inimaginables. Los estragos de los cuerpos humanos y caninos, así como el demencial sepelio de los especímenes arcaicos dañados, parecían coherentes con aquella aparente locura destructora. En previsión de una eventualidad como la que ahora me ocupa, tomamos cuidadosas fotografías de las principales evidencias del demencial caos del campamento, y no tendremos reparos en usarlas para respaldar nuestra petición contra la proyectada expedición Starkweather-Moore.

Antes de entrar en la tienda laboratorio, lo primero que hicimos tras hallar los cuerpos en el refugio fue fotografiar la hilera de demenciales tumbas, con sus túmulos de nieve en forma de estrella de cinco puntas, y proceder a abrirlas. Era imposible no percibir el parecido entre esos grotescos túmulos, con sus agrupaciones de puntos, y las extrañas esteatitas verdosas descritas por el pobre Lake, y cuando encontramos las esteatitas en la gran pila de minerales pudimos ver que, en efecto, el parecido era exacto. Ha de quedar claro que las esteatitas poseían una abominable semejanza con la cabeza de las entidades arcaicas, y todos pensamos entonces que esa semejanza debió de actuar poderosamente sobre las sensibilizadas mentes de la crispada comitiva de Lake. Cuando por fin vimos con nuestros propios ojos las entidades enterradas, fue un momento espantoso. Pabodie y yo no pudimos evitar recordar ciertos estremecedores mitos primitivos. Todos coincidimos en que la visión y la presencia continuas de aquellas cosas, junto con la opresiva soledad polar y el viento demoniaco de las montañas, hicieron que los miembros de la comitiva de Lake se volvieran locos.

Desde luego la locura —centrándonos en Gedney, único posible superviviente— fue la explicación que adoptamos de forma espontánea, al menos de viva voz, aunque no podría negar que cada uno albergaba conjeturas que la sensatez prohibía formular. Por la tarde, Sherman, Pabodie y McTighe realizaron un exhaustivo reconocimiento aéreo de todo el territorio circundante, escrutando el horizonte con prismáticos en busca de Gedney y de los distintos objetos que faltaban, pero no encontraron nada. Los tripulantes del avión informaron de que la titánica cordillera se extendía interminablemente a izquierda y derecha, sin ninguna disminución en altitud o en estructura esencial, aunque en algunos picos las estructuras regulares en forma de cubos y fortificaciones eran aún más llamativas y visibles, y su fantástico parecido con las ruinas asiáticas de Roerich estaba doblemente acentuado. La distribución de las misteriosas cuevas en las cumbres libres de nieve parecía más o menos uniforme hasta donde pudieron ver.

A pesar de todos los horrores de la situación, aún nos quedaba fervor científico y deseo de aventuras como para preguntarnos por el misterioso territorio que se ocultaba tras aquellas montañas. Como afirmamos en nuestros cautos mensajes, a medianoche nos retiramos a dormir, tras un día de terror y desconcierto, aunque no sin haber trazado antes un plan provisional para realizar uno o más vuelos de altitud sobre la cordillera con una cámara aérea y equipamiento de geólogo. Se decidió que iríamos Danforth y yo, de modo que, al día siguiente, nos levantamos a las siete para salir temprano, pero los fuertes vientos —mencionados en un breve comunicado al mundo exterior— retrasaron la salida hasta casi las nueve en punto.

Ya he referido el evasivo relato que, a nuestro regreso dieciséis horas más tarde, comunicamos a los demás hombres del campamento y transmitimos al exterior. Ahora, mi terrible deber es amplificarlo llenando los piadosos espacios en blanco con indicios de lo que de verdad vimos en el oculto mundo tras las montañas..., indicios de las revelaciones que han conducido finalmente a Danforth a un colapso nervioso. Me gustaría que este añadiera una palabra sincera sobre aquello que solo él creyó ver —aunque se tratara de una alucinación nerviosa— y que fue, quizá, la gota que colmó el vaso de su cordura, pero él se opone de forma tajante. Lo único que puedo hacer es repetir los susurros inconexos que, más tarde, pronunció sobre esa cosa que le hizo gritar mientras volábamos sobre un desfiladero de montaña azotado por el viento, justo después de la conmoción real y tangible que yo compartí con él. Esos susurros serán las últimas palabras de este alegato. Si los palmarios indicios de la supervivencia de ciertas monstruosidades primigenias contenidos en lo que voy a declarar no fueran suficientes para impedir que otros se acerquen al interior de la Antártida —o al menos que curioseen demasiado bajo la superficie de ese remoto páramo de secretos prohibidos e inhumanos y de desolación para siempre maldita—, no será mía la responsabilidad de los males innombrables y quizá inconmensurables que resultarán de ello.

Tras estudiar las notas tomadas por Pabodie durante su vuelo de aquella tarde y de verificar los datos con un sextante, Danforth y yo calculamos que el desfiladero de menor altitud y más accesible se encontraba hacia nuestra derecha, a la vista del campamento y a unos siete mil o siete mil trescientos metros sobre el nivel del mar. Por tanto, hacia allí nos dirigimos en un avión sin carga. El propio campamento, instalado en las estribaciones que ascendían desde la alta meseta continental, se hallaba a unos tres mil seiscientos metros de altitud, por lo que el ascenso real no fue tan grande como pudiera parecer. Aun así, éramos agudamente conscientes del aire enrarecido y del intenso frío a medida que ascendíamos, pues, debido a las condiciones de visibilidad, tuvimos que dejar abiertas las ventanillas de la cabina. Por supuesto, llevábamos puestas nuestras pieles más pesadas.

A medida que nos acercábamos a los imponentes picos, que asomaban oscuros y siniestros por encima de la línea de nieve, cubiertos de fisuras y entreverados de glaciares, veíamos cada vez con mayor claridad las curiosas formaciones regulares adheridas a las laderas, y de nuevo nos vinieron a la mente las extrañas pinturas asiáticas de Nikolái Roerich. Los antiguos estratos, erosionados por el viento, coincidían con las descripciones de Lake y demostraban que aquellos pináculos no habían variado desde una época muy temprana de la historia de la Tierra, quizá desde hacía más de cincuenta millones de años. Era inútil hacer conjeturas acerca de la altitud que tenían entonces, pero todo en aquella extraña región apuntaba a oscuras condiciones atmosféricas desfavorables al cambio e idóneas para retrasar los procesos habituales de desintegración de la roca.

Pero lo que más nos fascinó y perturbó fue la confusión de cubos regulares, fortificaciones y cuevas que podía verse en las laderas. Mientras Danforth pilotaba, miré con unos prismáticos y tomé fotografías aéreas, y en varias ocasiones lo relevé a los controles —a pesar de que como piloto soy un mero aficionado— para que él también pudiera mirar con los binoculares. Podíamos ver que gran parte de las estructuras estaban hechas de una cuarcita arcaica de color claro, diferente de cualquier formación visible en las amplias áreas de superficie que dominábamos, y que su regularidad era extrema y asombrosa hasta un punto que el pobre Lake apenas había insinuado. Como él había dicho, los bordes se hallaban desmoronados y redondeados por la erosión de incontables eones, pero su sobrenatural solidez y la dureza de sus materiales los habían salvado de la destrucción. Muchas partes, especialmente las más cercanas a las laderas, parecían idénticas a la superficie rocosa circundante. El conjunto guardaba similitudes con las ruinas de Machu Picchu, en los Andes, y con los inmemoriales cimientos de Kish, desenterrados en 1929 por la expedición del Museo Field de Chicago y la Universidad de Oxford, y tanto Danforth como yo tuvimos ocasionalmente la impresión de que Lake había atribuido a su compañero de vuelo, Carroll, de que las estructuras estaban hechas de *bloques ciclópeos separados*. Encontrar una explicación para aquello en aquel lugar me resultó imposible, y me sentí extrañamente humillado como geólogo. Las formaciones ígneas presentan a menudo extrañas formaciones regulares (por ejemplo, la famosa Calzada de los Gigantes, en Irlanda), pero la estructura visible de aquella formidable cordillera, a pesar de las sospechas iniciales de Lake de que contenía conos humeantes, era sin duda metamórfica. Las curiosas cuevas, cerca de las cuales abundaban aún más las extrañas formaciones, presentaban otro enigma, aunque menor, debido a la regularidad de sus entradas. Como había declarado Lake en su informe, muchas eran más o menos cuadradas o semicirculares, como si una mano mágica hubiera dado una forma más simétrica a los orificios naturales. Su número y su amplia distribución eran notables y sugerían que toda la región estaba agujereada como un panal mediante túneles creado por la disolución de estratos calizos. Desde el avión era imposible ver el interior de las cavernas en profundidad, pero sí nos pareció que se encontraban libres de estalactitas y estalagmitas. En el exterior, las áreas adyacentes se veían en todos los casos lisas y regulares, y a Danforth le pareció que las ligeras grietas y muescas de la erosión rocosa presentaban disposiciones inusuales. Llena como estaba su mente de las monstruosidades y anomalías descubiertas en el campamento, llegó a insinuar que esas muescas mostraban un vago parecido con los desconcertantes grupos de puntos observados en las primitivas esteatitas verdosas y copiados de manera atroz en los dementes túmulos de nieve.

Habíamos ido ascendiendo gradualmente sobre las estribaciones más altas mientras volábamos en dirección al desfiladero de altitud relativamente menor que habíamos seleccionado. A medida que avanzábamos, mirábamos de vez en cuando la nieve y el hielo de la posible ruta terrestre y nos preguntábamos si habríamos intentado hacer aquel viaje con el equipamiento más simple de otros tiempos. Para nuestra sorpresa, vimos que, hasta cierto punto, el terreno distaba de ser difícil y que, a pesar de las grietas y otros lugares complicados, no habría detenido los trineos de un Scott, un Shackleton o un Amundsen. Algunos de los glaciares parecían conducir con inusual continuidad hacia los desfiladeros azotados por el viento, y, al llegar al que habíamos elegido, constatamos que no era una excepción.

Nuestras sensaciones de tensa expectación mientras nos preparábamos para traspasar el desfiladero y contemplar un mundo no pisado por el hombre difícilmente pueden plasmarse sobre el papel, a pesar de que no teníamos motivos para pensar que las regiones del otro lado de la cordillera fueran esencialmente diferentes de las que ya habíamos visto y recorrido. El misterio maléfico de aquella barrera montañosa y del hipnótico mar opalescente del cielo entre las cumbres era demasiado sutil y tenue para explicarlo con palabras literales. Era más bien una cuestión de vago simbolismo psicológico y de asociaciones estéticas, una mezcla de poesía y pintura exóticas y de mitos arcaicos que acechan en ciertos volúmenes temibles y prohibidos. Incluso la acometida del viento albergaba una peculiar tensión de malignidad consciente, y por un instante, al oír cómo la ventisca entraba y salía de las omnipresentes y resonantes cuevas, me pareció que aquel sonido compuesto contenía una especie de extraño silbido musical o de extraño flauteo de amplio registro. Había en ese sonido un nebuloso matiz de repulsión inconsciente, tan complejo y difícil de identificar como el resto de las oscuras impresiones de aquel lugar.

Tras un prolongado ascenso, nos encontrábamos a siete mil ciento ochenta metros de altitud, según el altímetro, y habíamos dejado ya muy abajo la región de las nieves permanentes. Allí arriba ya solo se veían laderas de roca oscura y desnuda y el nacimiento de rugosos y ondulados glaciares, además de los cubos, las fortificaciones y las cuevas, que parecían añadir presagios antinaturales, fantásticos y oníricos a la escena. Al mirar a lo largo de la línea de altas cumbres, creí ver aquella que había mencionado el pobre Lake, con una fortificación exactamente en lo más alto. Parecía a medias disuelta en una extraña neblina antártica, y pensé que quizá esa neblina era responsable de la prematura idea de Lake sobre el volcanismo de la cordillera. El desfiladero se alzaba exactamente delante de nosotros, liso y barrido por el viento entre sus dentados pilonos de aspecto adusto y maligno. Detrás, se veía un cielo agitado por vapores turbulentos e iluminado por el rasante sol polar..., el cielo de aquel reino de más allá de las montañas, que ningún ojo humano había visto.

Unos pocos metros de altitud más y lo veíamos con nuestros propios ojos. Danforth y yo, obligados a hablar a gritos por encima del estruendo de los motores y de los aullidos y silbidos del viento, intercambiamos una mirada significativa. Y entonces, tras ascender esos pocos metros, pudimos realmente ver los secretos inviolados de una tierra pretérita y por completo extraña.

# V

Creo que los dos gritamos al mismo tiempo con una mezcla de sobrecogimiento, asombro y terror, incapaces de dar crédito a nuestros sentidos, cuando por fin dejamos atrás el desfiladero y vimos lo que había al otro lado. Sin duda, en el fondo de nuestro cerebro, construimos alguna explicación natural que nos permitió conservar cierta cordura. Supongo que pensábamos en las piedras grotescamente erosionadas del Jardín de los Dioses, en Colorado, o en las rocas talladas en fantásticas simetrías por el viento en el desierto de Arizona. Quizá incluso creímos a medias que aquella visión era un espejismo como el que vimos al acercarnos por primera vez a las montañas de la locura. Debíamos de poseer ciertas ideas normales a las que recurrir mientras nuestros ojos recorrían aquella ilimitada meseta labrada por las tempestades y asimilaban el casi infinito laberinto de colosales masas de piedra, regulares y geométricamente eurítmicas, que elevaban sus desmoronadas y agujereadas cumbres por encima de una capa de hielo de no más de doce o trece metros, en algunos lugares obviamente más fina aún.

El efecto de aquella monstruosa visión fue indescriptible, pues era una diabólica violación de las leyes naturales conocidas. Allí, en un altiplano de más de seis mil metros de altitud, con un clima mortífero para cualquier forma de vida que perduraba desde una edad prehumana de no menos de quinientos mil años, se extendía, casi hasta donde alcanzaba la vista, una maraña de piedra ordenada que solo una desesperada defensa de la propia cordura podría atribuir a una causa no artificial. Antes, al preguntarnos por el origen de los cubos y las fortificaciones de las laderas, habíamos descartado cualquier teoría no naturalista, al menos hablando en serio. ¿Cómo podían no tener una causa natural si en el momento en que aquella región sucumbió al mortífero y continuo reinado de la glaciación, el propio ser humano apenas se distinguía de los grandes simios?

Sin embargo, ahora el domino de la razón había recibido un golpe mortal, pues las propiedades visibles de aquel ciclópeo laberinto de bloques cuadrados, curvos o angulosos impedían cualquier cómodo refugio mental. Se trataba claramente de la blasfema ciudad que habíamos visto en el espejismo, pero en la cruda, objetiva e ineludible realidad. Aquel terrorífico portento había tenido, después de todo, una base real: el estremecedor vestigio de piedra que se hallaba ante nosotros había proyectado su imagen, según las simples leyes de la reflexión, en algún estrato horizontal de hielo pulverizado de lo alto de la atmósfera. Por supuesto, la fata morgana había sido una imagen deformada y excesiva del modelo real, y había contenido elementos que este no poseía, pero, aun así, ahora que veíamos el modelo real, nos pareció aún más espantoso y amenazador que su proyección.

Solo la increíble e inhumana enormidad de aquellas torres y fortificaciones de piedra las había salvado de la completa aniquilación a lo largo de los cientos de miles —o quizá millones— de años durante los cuales había acechado entre las tempestades de aquel desolado altiplano. «*Corona mundi...* Techo del mundo...». Toda clase de expresiones fantásticas acudían a nuestros labios mientras contemplábamos llenos de vértigo aquel espectáculo inconcebible. De nuevo pensé en los feéricos mitos primigenios que de forma tan persistente me habían obsesionado desde el momento en que vi aquel muerto mundo antártico: en la demoniaca meseta de Lang; en los Mi-Go, o Abominables Hombres de las Nieves himalayos; en los *Manuscritos Pnakóticos*, con sus implicaciones prehumanas; en el culto a Cthulhu; en el *Necronomicón*; en las leyendas hiperbóreas del amorfo Tsathoggua y de los aún más horribles engendros estelares asociados a esa semientidad...

Aquello se extendía en todas direcciones durante incontables kilómetros, sin visos de disminuir. De hecho, cuando nuestros ojos seguían las estructuras a izquierda y a derecha, a lo largo de la base de las estribaciones bajas y graduales que separaban el altiplano de la cordillera en sí, nos pareció que no se interrumpía nunca excepto por un vacío a la izquierda del desfiladero por el que habíamos entrado. Al azar, habíamos descubierto una parte de algo de extensión incalculable. Las estribaciones montañosas presentaban una densidad menor de grotescas estructuras de piedra, las cuales conectaban la terrible ciudad con los ya conocidos cubos y bastiones de las montañas, que, evidentemente, constituían puestos de avanzada. Estos puestos de avanzada, así como las cuevas, eran tan abundantes en las laderas interiores como lo habían sido en las exteriores.

Aquel innominado laberinto de piedra constaba en su mayor parte de paredes que sobresalían del hielo entre tres y cuarenta y cinco metros y poseían un grosor de entre metro y medio y tres metros. Estaba construido principalmente con prodigiosos bloques de negra pizarra primordial, de esquisto y de arenisca —enormes bloques que en muchos casos medían 1,20 × 1,80 × 2,40 metros—, aunque en varios lugares las estructuras parecían talladas a partir de un lecho irregular de pizarra precámbrica. Los edificios estaban lejos de ser de tamaño uniforme, y podían verse formas de gran extensión, innumerables y perforadas como colmenas, y también estructuras independientes más pequeñas. La forma general de las edificaciones tendía a ser cónica, piramidal o aterrazada, aunque había muchos cilindros y cubos perfectos, cúmulos de cubos y otras formas rectangulares, así como, aquí y allá, edificios angulosos cuya planta de cinco puntas sugería la disposición de los modernos baluartes. Los arquitectos habían usado el principio del arco de forma constante y experta, y probablemente en otros tiempos allí se alzaban cúpulas.

Toda la confusión de edificaciones estaba monstruosamente erosionada, y la superficie helada de donde emergían se hallaba salpicada de bloques derruidos y de escombros inmemoriales. Allí donde el hielo era transparente, podían divisarse las partes inferiores de los gigantescos amontonamientos, y vimos puentes de piedra, preservados por la glaciación, que comunicaban las torres a diferentes alturas. En los muros libres de hielo se veía la piedra dañada allí donde habían existido puentes similares. Una inspección más detenida revelaba incontables ventanas de gran tamaño, algunas de las cuales estaban cerradas con un material petrificado que había sido originalmente madera, aunque la mayor parte eran negros huecos más bien siniestros y amenazantes. Muchas de las ruinas, por supuesto, no tenían cubierta, y los bordes superiores eran irregulares y habían sido redondeados por los elementos, mientras que otras ruinas, planteadas según un modelo cónico o piramidal, o bien protegidas por estructuras adyacentes de mayor altura, presentaban contornos intactos a pesar de los desmoronamientos y las muescas omnipresentes. Con los prismáticos, pudimos distinguir lo que parecían adornos escultóricos dispuestos en frisos horizontales, entre los cuales se veían esos curiosos grupos de puntos, cuya presencia en las antiguas esteatitas asumía ahora un nuevo significado.

En muchos lugares, los edificios se encontraban por completo en ruinas y la capa de hielo presentaba profundas hendiduras causadas por distintos eventos geológicos. En otros lugares, los sillares estaban desgastados hasta el nivel del suelo. Había una amplia franja, que llegaba desde el interior de la meseta hasta una fisura en las estribaciones a un kilómetro y medio del desfiladero que habíamos atravesado, totalmente libre de edificios y probablemente, según concluimos, correspondía al curso de algún gran río que, durante el Terciario —hace millones de años—, atravesaba la ciudad y vertía en algún prodigioso abismo subterráneo bajo la gran cordillera. Sin duda, aquella región era, por encima de todo, una región de cuevas, simas y secretos subterráneos más allá de la imaginación humana.

Al recordar nuestras sensaciones de entonces y el vértigo ante aquel vestigio procedente de eones prehumanos, no puedo sino maravillarme de que conserváramos al menos la apariencia de cordura. Por supuesto, sabíamos que algo —la cronología, la ciencia o nuestra propia percepción— estaba horriblemente equivocado, y aun así guardamos el aplomo suficiente para pilotar el avión, observar al detalle multitud de cosas y realizar una cuidadosa serie de fotografías que quizá ahora nos presten un servicio tanto a nosotros como al mundo. En mi caso, pudo ayudar mi arraigado hábito científico, pues, por encima de mi desconcierto y de mi sensación de desvalimiento, ardía una dominante curiosidad por sondear aquel inmemorial secreto, por saber qué tipo de seres habían construido y habitado aquel lugar desmesurado y qué relación pudo tener aquella extraordinaria concentración de vida con el mundo de su época o de otras épocas.

Pues es imposible que aquella fuera una ciudad normal. Debió de formar el núcleo primario de un capítulo arcaico e increíble de la historia de la Tierra, cuyas ramificaciones externas, recordadas tan solo de manera oscura en los mitos más ignotos y distorsionados, se había desvanecido por completo en el caos de las convulsiones terrestres mucho tiempo antes de que ninguna raza humana que conozcamos saliera arrastrándose de su condición de primates. En aquel lugar se extendía una megalópolis paleógena a cuyo lado las legendarias Atlántida y Lemuria, Commoriom y Uzuldarum, u Olathoë, en la tierra de Lomar, son asuntos de hoy mismo, ni siquiera de ayer; una megalópolis al nivel de esas susurradas blasfemias prehumanas que llamamos Valusia, R'lyeh, Ib de la tierra de Mnar y la Ciudad Innombrable de Arabia Deserta. Mientras volábamos por encima de la confusión de desnudas y titánicas torres, mi imaginación escapaba de sus límites y vagaba sin rumbo por reinos de fantásticas asociaciones, tejiendo incluso vínculos entre aquel mundo perdido y mis sueños más descabellados sobre el delirante horror del campamento.

En aras de una mayor ligereza, solo habíamos llenado a medias el depósito de combustible del avión, por lo que debíamos ejercer la cautela en nuestras exploraciones. Aun así, una vez descendimos hasta una altitud en la que el viento apenas soplaba, pudimos cubrir una enorme extensión de terreno, o, más bien, de aire. Así como la cadena montañosa parecía no tener límite, tampoco parecía tenerlo aquella espantosa ciudad de piedra que se extendía a lo largo de sus estribaciones interiores. Tras volar ochenta kilómetros en una dirección y otra, no vimos ningún cambio importante en aquel laberinto de roca y sillería, que parecía arrastrarse como una mano cadavérica a través del hielo eterno. Había, sin embargo, algunas particularidades muy interesantes en el cañón del ancho río que antes atravesaba las estribaciones montañosas y se encaminaba

a su lugar de hundimiento en la gran cordillera: los promontorios a la entrada del cauce habían sido tallados en forma de ciclópeos pilonos, y algo en su contorno en forma de barriles con
abultamientos longitudinales despertó en nosotros recuerdos
odiosos y confusos.

También divisamos varios espacios abiertos en forma de
estrella, evidentemente plazas públicas, y percibimos diversas
ondulaciones del terreno. Todos los promontorios rocosos habían sido ahuecados y convertidos en extensos edificios, pero
vimos al menos dos excepciones. Una era una elevada eminencia demasiado erosionada como para poder distinguir nada,
mientras que la otra era un fantástico monumento cónico tallado en la roca, vagamente parecido a la conocida Tumba de
las Serpientes, en el antiguo valle de Petra.

Al volar hacia el interior desde las montañas, descubrimos
que la ciudad no tenía una anchura infinita, a pesar de que su
extensión parecía inacabable a lo largo de las estribaciones. Al
cabo de unos cincuenta kilómetros, los grotescos edificios de
piedra comenzaban a escasear, y unos quince kilómetros después sobrevolamos un páramo uniforme, sin signos de objetos
artificiales. El curso del río en el exterior de la ciudad estaba
marcado por una amplia depresión lineal, y el terreno se volvía
más accidentado y parecía irse elevando ligeramente hacia el
brumoso oeste.

Abandonar aquella meseta sin intentar entrar en alguna de
las monstruosas estructuras habría sido inconcebible. Decidimos buscar un terreno homogéneo en las estribaciones, cerca
del desfiladero transitable, para aterrizar e iniciar una exploración a pie. Aunque aquellas inclinadas laderas estaban salpicadas de ruinas dispersas, al volar a baja altura descubrimos un
buen número de lugares convenientes. Elegimos el más cercano al desfiladero, ya que la siguiente vez que nos subiéramos al
avión sería para cruzar de nuevo la cordillera y regresar al cam-

pamento, y a las doce y media de la noche tomamos tierra en un área lisa, firme y cubierta de nieve, totalmente libre de obstáculos y muy adecuada para un rápido despegue.

No parecía necesario proteger el avión con una barrera de nieve, pues pensábamos ausentarnos tan solo por un breve tiempo y allí había una favorable ausencia de vientos de altitud, pero nos aseguramos de que los esquís de aterrizaje estuvieran alojados de forma segura y de que las partes vitales del mecanismo se encontraban protegidas del frío. Para nuestro trayecto a pie, nos deshicimos de las pesadas pieles que usábamos para volar y cargamos cada uno una pequeña mochila con una brújula de bolsillo, una cámara fotográfica de mano, algunos víveres, una buena cantidad de cuadernos y de papel, escoplo y martillo de geólogo, bolsas para muestras, un rollo de cuerda de escalada y potentes linternas eléctricas con baterías de recambio, para así tomar fotografías, realizar dibujos y croquis topográficos y obtener muestras de minerales en las laderas desnudas, en alguna formación rocosa o en las cuevas de las montañas. Afortunadamente, teníamos una provisión de papel suficiente para romperlo en pedazos y así valernos del antiguo principio de la liebre y los perros para orientarnos en cualquier laberinto. Nos lo llevamos todo en previsión de que encontráramos un sistema de cuevas con el aire lo bastante quieto como para permitir ese rápido y fácil método en lugar del procedimiento usual de dejar un rastro de trocitos de roca.

Mientras caminábamos ladera abajo sobre la nieve endurecida hacia el formidable laberinto de piedra, que se alzaba imponente contra el opalescente cielo del oeste, sentimos una sensación de inminente maravilla casi tan aguda como la que nos invadiera al acercarnos al misterioso desfiladero cuatro horas antes. Es cierto que nos habíamos familiarizado visualmente con el increíble secreto que ocultaban los picos de la cordillera, pero, aun así, la perspectiva de traspasar realmente aquellos muros primigenios, levantados por seres inteligentes hace quizá millones de años, antes de que existiera ninguna raza conocida de seres humanos, era aterradora y potencialmente terrible por la anormalidad cósmica que implicaba. Aunque lo enrarecido de la atmósfera a aquella altitud hacía cada esfuerzo un poco más difícil de lo normal, tanto Danforth como yo nos dimos cuenta de que soportábamos muy bien aquellas condiciones, y nos sentimos preparados para enfrentarnos a cualquier tarea. Bastaron unos pocos pasos para llegar hasta una ruina informe, desgastada hasta el nivel del hielo. A una distancia de entre cincuenta y setenta y cinco metros, había una gran fortificación sin techo, con muros de entre tres metros y tres metros y medio de alto, con su alzado de cinco aristas intacto. Nos encaminamos hacia allí y, cuando por fin pudimos tocar sus erosionados sillares ciclópeos, sentimos que establecíamos un vínculo inaudito y casi blasfematorio con eones olvidados y normalmente inaccesibles a nuestra especie.

Aquella fortificación, en forma de estrella y de unos noventa metros de punta a punta, estaba construida con bloques de arenisca jurásica de tamaño desigual, cada uno con una superficie media de dos metros por dos metros y medio. A lo largo de las puntas de la estrella y de sus ángulos internos, había una fila de aspilleras o ventanas arqueadas, de un metro y dos centímetros de ancho y de un metro y cinco centímetros metros de alto, espaciadas de forma simétrica y a un metro y dos centímetros de la superficie helada. Al asomarnos por esas ventanas, vimos que la sillería tenía un metro y medio de espesor, que dentro no quedaba en pie ningún tabique y que en las paredes interiores había frisos con restos de bajorrelieves, algo que ya nos había parecido ver al volar a baja altura junto a aquella fortificación y a otras similares. Las partes inferiores habían desaparecido bajo la profunda capa de hielo y nieve.

Nos introdujimos a gatas por una de las ventanas y tratamos en vano de descifrar las figuras casi borradas de los murales, pero no intentamos pisar el suelo helado. Nuestros vuelos de orientación nos habían confirmado que muchos edificios en la ciudad, ladera abajo, estaban menos invadidos por el hielo, por lo que suponíamos que, si entrábamos en aquellas estructuras que aún tenían cubierta, quizá pudiéramos encontrar interiores no congelados donde se viera el suelo original. Antes de abandonar la fortificación, la fotografiamos en detalle y estudiamos con gran desconcierto su ciclópea sillería desprovista de mortero. Habríamos deseado que Pabodie estuviera presente, pues sus conocimientos de ingeniería nos habrían ayudado a imaginar cómo se habían manipulado aquellos titánicos bloques en la edad increíblemente remota en que la ciudad y sus suburbios se habían construido.

Los detalles de la caminata de ochocientos metros ladera abajo hasta la ciudad, con los vientos lanzando salvajes alaridos en las alturas a través de los picos recortados contra el cielo, permanecerán para siempre grabados en mi memoria. Ningún ser humano, excepto Danforth y yo, podría concebir aquellos efectos ópticos, a no ser en fantásticas pesadillas. Aquella monstruosa confusión de oscuras torres de piedra yacía entre nosotros y los turbulentos vapores del cielo de poniente; sus formas estrambóticas e increíbles presentaban aspectos diferentes a medida que variaba nuestro ángulo de visión al avanzar. La ciudad era un espejismo de piedra sólida, y, si no fuera por las fotografías, aún dudaría de que algo así pueda existir. El tipo general de sillería era idéntico al de la fortificación que habíamos examinado, pero las extravagantes formas que adoptaba en sus manifestaciones urbanas estaban más allá de toda descripción.

Las fotografías que tomamos ilustran tan solo uno o dos aspectos de su infinita singularidad, su inagotable variedad, su enormidad preternatural y su exotismo completamente inhumano. Había formas geométricas para las que Euclides no habría encontrado nombre: conos de todos los grados de irregularidad y truncamiento; terrazas con variadas e inimaginables desproporciones; fustes con extraños engrosamientos bulbosos; columnas rotas dispuestas en peculiares agrupaciones, y grotescas y delirantes estructuras de cinco puntas o de cinco abultamientos. Al acercarnos, vimos, por debajo de partes transparentes en la capa de hielo, algunos de los puentes tubulares que conectaban a distintas alturas las construcciones dispersas. No parecía haber ninguna calle ordenada. La única franja amplia y abierta estaba a un kilómetro y medio hacia nuestra izquierda: allí donde el río había atravesado la ciudad en dirección a las montañas.

Nuestros prismáticos nos mostraban que eran frecuentes los frisos exteriores con relieves casi borrados y con agrupaciones de puntos, y casi pudimos imaginar cómo había sido una vez la ciudad, a pesar de que, sin duda, la mayoría de los tejados y de los remates de las torres había desaparecido. En general, debió de haber sido una compleja maraña de callejones y pasadizos retorcidos, todos ellos encajonados como hondos cañones y muchos reducidos a meros túneles debido a la sobresaliente sillería de los pisos superiores y a los puentes elevados. Ahora, extendida ante nosotros, la ciudad se alzaba como una fantasía onírica contra las brumas del oeste, a través de cuya parte norte el rojizo y rasante sol antártico de las primeras horas de la tarde trataba en vano de brillar. Cuando, por un instante, unas nubes obstruyeron el sol y la escena se sumergió en una sombra transitoria, se produjo un efecto de indefinida amenaza que sería incapaz de describir; incluso los lejanos aullidos y flauteos del viento en los desfiladeros a nuestra espalda asumieron un matiz más salvaje de malignidad consciente. La última etapa de nuestro descenso hacia la ciudad fue inusualmente empinada y abrupta, y un afloramiento de roca en la línea donde cambiaba la gradiente nos llevó a pensar que una vez existió allí una terraza artificial. Supusimos que, bajo el hielo, debía de haber un tramo de escaleras o algo equivalente.

Cuando por fin nos internamos en la ciudad laberíntica, trepando por sillares caídos y sintiendo la altura colosal de los desmoronados y rotos muros como una opresión íntima, nuestras sensaciones eran de tal naturaleza que ahora me maravillo del autocontrol que mostramos. Danforth estaba francamente nervioso, y comenzó a expresar especulaciones ofensivas e irrelevantes sobre los horrores del campamento, lo cual me molestó aún más porque no podía evitar compartir algunas de sus conclusiones, sugeridas por ciertos rasgos de aquellos mórbidos vestigios de una antigüedad de pesadilla. Y sus especulaciones también afectaron a su propia imaginación, pues en cierto momento —en un callejón lleno de escombros que trazaba una curva cerrada— insistió en haber visto unas tenues huellas que no le gustaron, y continuamente se detenía para escuchar un sutil sonido imaginario proveniente de algún punto indefinido: un ahogado flauteo musical, decía, parecido al del viento en las cuevas de las montañas, pero distinto de manera inquietante. La omnipresente forma de estrella de cinco puntas en la arquitectura circundante y en los pocos arabescos murales que podían distinguirse sugería siniestros pensamientos de los que no podíamos escapar, y nos instilaba una terrible certeza inconsciente acerca de las entidades primigenias que habían medrado y vivido en aquel lugar sacrílego.

A pesar de todo, nuestra alma científica y aventurera no estaba por completo muerta, y, de forma mecánica, llevamos a cabo nuestra planeada recogida muestras de roca de los diferentes tipos de sillares. Queríamos un conjunto completo para hacernos una idea precisa de la antigüedad de aquel lugar. En los grandes muros exteriores, nada parecía posterior al Jurásico o al Comanchiense, y en todo aquel lugar no había una sola piedra anterior al Plioceno. Podíamos estar bien seguros de que la muerte había ejercido su reinado en aquel lugar desde al menos quinientos mil años, y seguramente desde antes.

Avanzábamos a través del crepuscular laberinto de sombras pétreas y nos deteníamos en todas las aberturas para estudiar los interiores e investigar las posibilidades de entrada. Algunas estaban fuera de nuestro alcance, mientras que otras conducían solo a ruinas ahogadas por el hielo, carentes de techo y tan desoladas como la fortificación de ladera arriba. Uno de los vanos, aunque espacioso, daba a un abismo sin fondo visible, y no parecía haber medios para descender. Varias veces tuvimos oportunidad de examinar la madera petrificada de los postigos y quedamos impresionados por la fabulosa antigüedad que indicaban las vetas aún visibles. Era madera de gimnospermas y de coníferas del Mesozoico —especialmente, cícadas del Cretácico—, y de palmitos y angiospermas tempranas de época sin duda terciaria. No vimos nada claramente posterior al Plioceno. En cuanto a la colocación de los postigos —en cuyos bordes se apreciaban marcas de extraños goznes que habían desaparecido hacía mucho—, el uso variaba, pues algunos estaban fijados al exterior de las profundas aspilleras y otros en el interior. Parecía que habían quedado encajados al hueco, y por eso habían sobrevivido a sus antiguas sujeciones y bisagras, probablemente metálicas.

Después de algún tiempo, llegamos a una fila de ventanas —en los saledizos de un colosal cono recorrido por cinco abultamientos longitudinales y cuyo ápice no parecía dañado— que daban a una estancia vasta y bien conservada con suelo de losas de piedra, pero estaban demasiado altas para permitir el descenso sin ayuda de una cuerda. Habíamos traído una, pero no queríamos arriesgarnos a una caída de seis metros, sobre todo en la atmósfera enrarecida del altiplano, que exigía un mayor esfuerzo cardiaco. La enorme estancia era sin duda una especie de sala de actos o de reuniones, y nuestras linternas eléctricas iluminaron relieves audaces, distintivos y potencialmente alarmantes dispuestos en torno a las paredes en anchos frisos horizontales separados por franjas de la misma anchura que contenían arabescos convencionales. Tomamos cuidadosa nota de aquel lugar con la idea de entrar si no encontrábamos otro edificio más accesible.

Al final hallamos el tipo de abertura que buscábamos: una entrada en arco de unos dos metros de ancho y tres de alto en el extremo de un puente aéreo que cruzaba un callejón, a un metro y medio del nivel actual del hielo. Estas entradas en arco se encontraban al nivel del suelo de los pisos superiores, y en este caso el suelo aún existía. El edificio al que se entraba se componía de una serie de terrazas rectangulares que miraban hacia el oeste, a nuestra izquierda. Al otro lado del callejón, donde se abría la otra entrada, había un decrépito cilindro sin ventanas y con un curioso abultamiento a unos tres metros sobre la abertura. Por dentro, el cilindro estaba en total oscuridad, y la entrad parecía dar, de hecho, a un pozo de vacío inagotable.

Los escombros amontonados hicieron doblemente fácil la entrada al inmenso edificio de la izquierda. Sin embargo, por un instante dudamos antes de aprovechar la oportunidad, pues, aunque ya habíamos penetrado en aquella maraña de arcaico misterio, hacía falta una nueva resolución para poner los pies en el interior de un edificio que había sobrevivido entero a un fabuloso mundo primigenio cuya naturaleza nos resultaba cada vez más espantosamente evidente. Al final, sin embargo, dimos el paso y, trepando como pudimos por los escombros, entramos.

El suelo en el interior estaba hecho de grandes losas de pizarra y parecía constituir la salida de un corredor alto y largo con relieves en las paredes. Al ver las numerosas entradas en arco que daban al corredor, supusimos que el interior debía de tener una complejidad considerable, por lo que decidimos comenzar a dejar un rastro de papeles. Hasta entonces, nuestras brújulas y la frecuente visión de la cordillera entre las torres a nuestra espalda habían sido suficientes para no perder el rumbo, pero a partir de ese punto sería necesario un sustituto artificial. Por tanto, rompimos todo el papel sobrante en pedazos del tamaño adecuado, los metimos en una bolsa que llevaría Danforth y nos dispusimos a usarlos con la mayor economía posible. Aquel método se nos antojaba seguro, pues dentro de aquel primigenio edificio no parecía haber corrientes de aire fuertes. Si eso cambiara de pronto, o si se agotara nuestro suministro de papel, siempre podíamos recurrir al método más lento y tedioso de los trozos de roca.

Era imposible adivinar la extensión del territorio que se abría ante nosotros. La abundancia de conexiones entre los diferentes edificios significaba que seguramente podríamos cruzar de uno a otro mediante puentes bajo el hielo, ya que este no parecía haber penetrado demasiado en aquellas enormes construcciones. Casi todas las áreas de hielo transparente que veíamos revelaban ventanas sumergidas cerradas herméticamente, como si la ciudad hubiera quedado en ese estado uniforme hasta que la capa glacial cristalizó para siempre la parte inferior. De hecho, se tenía la impresión de que, durante un oscuro eón pretérito, sus habitantes habían clausurado y abandonado aquella ciudad de forma deliberada; de que no había sido víctima ni de una súbita calamidad ni de un deterioro gradual. ¿Habían previsto sus desconocidos moradores la llegada del hielo y la habían abandonado en masa para buscar otro hogar? Pero la elucidación de las precisas condiciones fisiográficas que acompañaron la formación del hielo tendría que esperar. Según la evidencia, no se había producido de golpe. Quizá la causa había sido la presión de la nieve acumulada, o quizá una inundación fluvial, o la rotura de una antigua presa glaciar en la gran cordillera. La imaginación podía concebir casi cualquier cosa respecto a aquel lugar.

# VI

Sería muy engorroso llevar a cabo un relato detallado y consecutivo de nuestros vagabundeos por el interior de aquella cavernosa colmena de primigenia sillería, aquella monstruosa guarida de secretos inmemoriales donde por primera vez resonaban pasos humanos y donde, desde hacía eones, reinaba la muerte. En particular porque gran parte de las dramáticas revelaciones que recibimos provinieron del mero examen de los relieves murales. Nuestras fotografías de esos relieves a la luz de las linternas contribuirán en gran medida a ratificar mis palabras, y solo lamento que no lleváramos más película. Cuando esta se nos agotó, al menos realizamos toscos bocetos de ciertas características notables.

El edificio, de gran tamaño y muy historiado, enseguida nos permitió hacernos una idea de la impresionante arquitectura de aquel pasado geológico sin nombre. A pesar de que los tabiques interiores tenían un grosor menor que los muros exteriores, en los niveles inferiores estaban muy bien conservados. El conjunto poseía una complejidad laberíntica que incluía curiosas irregularidades en el nivel del suelo, y sin duda nos habríamos perdido nada más empezar si no fuera por el rastro de papel. Decidimos explorar primero las partes superiores, peor conservadas, por lo que ascendimos unos treinta metros a través del laberinto, hasta donde el nivel más alto de estancias, nevadas y ruinosas, se abría al cielo polar. El ascenso se realizaba a través de empinadas rampas de piedra con nervaduras transversales, o bien de planos inclinados que servían de escaleras. Las habitaciones que encontramos tenían todas las formas y proporciones imaginables, desde estrellas de cinco puntas hasta triángulos y cubos perfectos. Podría decirse con certeza que su tamaño medio era de nueve por nueve metros de superficie y seis metros de altura, aunque había muchas estancias de mayor tamaño. Después de examinar minuciosamente las regiones superiores, descendimos piso por piso hasta la parte sumergida bajo el hielo, donde enseguida vimos que nos hallábamos en un laberinto continuo de cámaras y pasajes conectados que probablemente conducían a áreas ilimitadas fuera de aquel edificio en particular. El gigantismo ciclópeo de lo que nos rodeaba se volvió opresivo de forma peculiar. Había algo profundamente inhumano en los contornos, las dimensiones, las proporciones, las decoraciones y los matices arquitectónicos de aquella arcaica y blasfema sillería. Pronto nos dimos cuenta, gracias a los relieves, de que aquella monstruosa ciudad tenía muchos millones de años.

Aún no podemos explicar los principios de ingeniería usados para equilibrar y ajustar de forma tan anómala aquellas enormes masas de roca, pero era evidente que se recurría con suma frecuencia al principio del arco. Las estancias que visitamos no contenían ni un solo objeto portátil, circunstancia que sustentó nuestra teoría del abandono deliberado de la ciudad. El principal elemento decorativo eran las casi omnipresentes esculturas murales, que tendían a estar dispuestas en varios frisos continuos y horizontales de un metro de ancho alternados, desde el techo hasta el suelo, con franjas de igual anchura dedicadas a arabescos geométricos. Había excepciones a esta regla, pero su predominio era abrumador. Con cierta frecuencia podían verse, en el interior de las franjas de arabescos, series de cartuchos planos que contenían agrupaciones peculiares de puntos.

Como percibimos de inmediato, la técnica era madura, consumada y evolucionada estéticamente hasta el más alto grado de civilización y maestría, aunque también era por completo ajena en cada detalle a cualquier tradición artística conocida por la raza humana. En cuanto a la delicadeza de la ejecución, ninguna escultura que yo haya visto podría ni siquiera compararse a esos relieves. Los más nimios detalles de la elaborada vegetación o de la vida animal estaban representados con la nitidez más sorprendente, a pesar de la escala, mientras que los diseños convencionales eran maravillas de habilidad y complejidad. Los arabescos denotaban un uso profundo de principios matemáticos, y estaban compuestos por ángulos y curvas oscuramente simétricos basados en el número 5. Los frisos con representaciones seguían una tradición muy formalizada y contenían un tratamiento singular de la perspectiva, pero poseían una fuerza artística que nos emocionó profundamente, a pesar de los vastos periodos geológicos que mediaban entre sus autores y nosotros. Su método de representación consistía en una peculiar yuxtaposición de secciones transversales con siluetas bidimensionales, y mostraba una psicología analítica fuera del alcance de cualquier raza conocida de la Antigüedad. De nada sirve intentar comparar aquel arte con cualquiera de los que podemos ver en los museos. Quienes vean nuestras fotografías sin duda encontrarán algo vagamente análogo en ciertas grotescas invenciones de los futuristas más audaces.

La tracería de arabescos consistía en su conjunto en líneas hundidas cuya profundidad en las paredes intactas variaba entre dos centímetros y medio y cinco. En los mencionados cartuchos con agrupaciones de puntos —sin duda inscripciones en un idioma y un alfabeto desconocidos y primigenios—, las depresiones en la superficie lisa eran de quizá unos cuatro centímetros, y las de los puntos quizá de un centímetro más. Los frisos con representaciones estaban tallados en bajorrelieve, con el fondo hundido unos cinco centímetros en la superficie original. En algunos casos pudimos detectar restos de un antiguo cromatismo, pero, en su mayor parte, los incontables eones transcurridos habían desintegrado y borrado todo pigmento. Cuanto más se examinaba la maravillosa técnica de aquellos relieves, más admirables resultaban. Subyacentes a su estricto convencionalismo, se podían apreciar la observación más precisa y minuciosa y el gran talento de los artistas, y las propias convenciones servían para simbolizar y acentuar la esencia real de cada objeto representado o, al menos, una peculiaridad vital del mismo. También intuimos que, además de estas excelencias visibles, había otras que se encontraban más allá del alcance de nuestras percepciones. Ciertos detalles sugerían símbolos y estímulos latentes que, si hubiéramos poseído otro trasfondo mental y sentidos diferentes, habrían tenido quizá un significado profundo y conmovedor.

Los temas de las esculturas provenían de la vida durante la desaparecida época de su creación, y gran parte de su contenido era claramente histórico. La peculiar tendencia al historicismo de aquella raza primigenia, que jugaba tan milagrosamente en nuestro favor, hacía que los relieves fueran asombrosamente informativos y nos convenció de que fotografiarlos y transcribirlos estaba por encima de todas las demás consideraciones. En ciertas salas, la disposición predominante quedaba modificada por la presencia de mapas, cartas astronómicas y otros gráficos científicos a gran escala, que corroboraban de forma simple y terrible lo que deducíamos a partir de los frisos y los pedestales. Ahora que me dispongo a insinuar lo que revelaba el conjunto, solo espero que mi relato no despierte, en aquellos que me crean, una curiosidad mayor que la prevención. Sería trágico que alguien se sintiera atraído hacia ese reino de muerte y horror por la propia advertencia concebida para desanimarlo.

En las esculpidas paredes se abrían altas ventanas y enormes entradas de tres metros y medio de alto, y tanto unas como otros conservaban a veces los tablones de madera petrificada de postigos y puertas, elaboradamente tallados y pulidos. Todas las fijaciones metálicas habían desaparecido hacía mucho tiempo, pero algunas de las puertas permanecían en su lugar y tuvimos que apartarlas a la fuerza a medida que avanzábamos de una estancia a otra. Aquí y allá sobrevivían algunos marcos de ventana, aunque no muchos, los cuales estaban dotados de extraños paneles transparentes, en su mayoría elípticos. También se veían con frecuencia nichos de gran amplitud, generalmente vacíos, aunque algunos contenían extraños objetos tallados en esteatita verde, rotos o que quizá no se consideraban de suficiente valor como para justificar su traslado durante la evacuación de la ciudad. Había otras aberturas sin duda relacionadas con pretéritas instalaciones mecánicas —calefacción, iluminación, etc.— cuyas características aparecían sugeridas en muchos de los relieves. Los techos solían ser lisos, pero a veces tenían incrustaciones de esteatita verde o de algún tipo de azulejos, en su mayoría desprendidos. También había suelos pavimentados con esos azulejos, aunque predominaba la piedra.

Como ya he dicho, todos los muebles y demás artículos portátiles habían desaparecido, pero los relieves daban una idea clara de los extraños objetos que una vez llenaron aquellas estancias resonantes como tumbas. Por encima de la capa de hielo, los suelos estaban generalmente cubiertos de detritos, despojos y escombros, pero más abajo esto era menos frecuente. En algunas de las cámaras y corredores inferiores solo había polvo e incrustaciones antiguas, y ciertas áreas tenían un extraño aire inmaculado, como si acabasen de barrerlas. Por supuesto, allí donde se habían producido grietas o derrumbamientos, los niveles inferiores estaban tan llenos de escombros como los superiores. Había un patio central, como en otras estructuras que habíamos visto desde el aire, que salvaba las partes interiores de la oscuridad total, por lo que, en las estancias superiores, rara vez teníamos que usar nuestras linternas excepto para examinar detalles de los relieves. Por debajo de la capa de hielo, sin embargo, la oscuridad se hacía más densa, y muchas de las laberínticas áreas a nivel del suelo estaban casi en absoluta negrura.

Para formarse aunque sea una idea rudimentaria de nuestros pensamientos y sentimientos mientras penetrábamos en aquel laberinto de inhumana sillería, que había permanecido en silencio durante eones, habría que dar cuenta de un desconcertante caos de estados de ánimo, recuerdos e impresiones fugaces. La aterradora antigüedad de aquel lugar y su letal desolación eran suficientes para abrumar a cualquier persona sensible, pero a estos elementos se sumaba el reciente e inexplicable horror del campamento y las revelaciones de las terribles esculturas murales que nos rodeaban. De una sección intacta de cierto relieve, en el que no cabía ninguna ambigüedad en la interpretación, un breve examen nos bastó para comprender la espantosa verdad, una verdad que —sería ingenuo negarlo— tanto Danforth como yo habíamos sospechado cada uno por su cuenta, aunque habíamos tenido cuidado de no insinuarlo siquiera. Ya no podía haber dudas piadosas sobre la naturaleza de los seres que habían construido y habitado aquella monstruosa ciudad cuando los antepasados del hombre eran mamíferos primitivos y por las estepas tropicales de Europa y Asia vagaban enormes dinosaurios.

Hasta entonces nos habíamos aferrado a una posibilidad desesperada, y nos habíamos obstinado —cada uno en su fuero interno— en que la omnipresencia del motivo de cinco puntas solo significaba alguna exaltación cultural o religiosa del objeto natural arcaico que había encarnado de forma tan patente la idea de una estrella de cinco puntas, de igual manera que en los motivos decorativos de la Creta minoica exaltan el toro sagrado; en los de Egipto, el escarabajo; en los de Roma, el lobo y el águila, y en los de diversas tribus salvajes, ciertos animales totémicos. Ahora, ese refugio mental nos había sido arrebatado, por lo que nos vimos obligados a afrontar los hechos, terribles para nuestra razón, que sin duda el lector de estas páginas ha anticipado hace mucho. Incluso ahora, apenas puedo soportar escribirlo al pie de la letra, pero tal vez eso no será necesario.

Las entidades que antiguamente medraron y vivieron en esa espantosa obra de piedra durante la era de los dinosaurios no eran, desde luego, dinosaurios, sino algo mucho peor. Los dinosaurios eran seres nuevos y prácticamente descerebrados, pero los constructores de la ciudad eran sabios y viejos, y ya habían dejado huellas en rocas depositadas hacía casi mil millones de años..., rocas depositadas antes de que la verdadera vida de la Tierra hubiera evolucionado más allá de grupos mutantes de células..., rocas depositadas antes de que existiera la verdadera vida de la Tierra. Ellos crearon y esclavizaron esa vida y, sin ninguna duda, fueron los modelos originales de los diabólicos mitos ancestrales que sugieren espantosamente los *Manuscritos Pnakóticos* y el *Necronomicón*. Ellos eran los Antiguos que habían descendido de las estrellas cuando la Tierra era joven; los seres cuya sustancia había sido moldeada por una evolución inconcebible y cuyos poderes nunca habrían podido surgir en este planeta. ¡Y pensar que hacía solo un día Danforth y yo habíamos observado fragmentos de sus milenarios cuerpos fosilizados... y que el pobre Lake y su grupo los habían visto enteros...!

Por supuesto, me resulta imposible relatar en su orden original las etapas de la adquisición de nuestro conocimiento sobre ese monstruoso capítulo de la vida prehumana. Después de la primera sacudida por la certeza de la revelación, tuvimos que detenernos un tiempo para recuperarnos, y cuando comenzamos nuestro recorrido de investigación sistemática ya eran las tres en punto. A juzgar por los detalles geológicos, biológicos y astronómicos, los relieves del edificio al que habíamos entrado eran de fecha relativamente tardía —quizá de hace dos millones de años—, y su estilo podría calificarse de decadente en comparación con los ejemplos de edificios más antiguos que encontramos al cruzar puentes bajo la capa de hielo. Una vez, vimos un edificio excavado en la roca sólida, cuya construcción parecía remontarse a cuarenta o quizá incluso cincuenta millones de años —Eoceno inferior o Cretácico superior—, que contenía bajorrelieves de una perfección que sobrepasaba todos los que vimos (con una tremenda excepción). Esa era, según creemos, la estructura doméstica más antigua que atravesamos.

Si no existieran las fotografías que tomamos a la luz de las linternas, que pronto se harán públicas, me abstendría de contar lo que vi y lo que deduje, por miedo a que me tomaran por loco y me encerraran. Por supuesto, los capítulos infinitamente tempranos de esa narración hecha de fragmentos —que relata la vida preterrestre de los seres de cabeza estrellada, en otros planetas, otras galaxias y otros universos— podrían interpretarse como la fantástica mitología de estos propios seres, pero esos capítulos contenían a veces diseños y diagramas tan asombrosamente cercanos a los últimos descubrimientos de las matemáticas y la astrofísica que no sé qué pensar. Que juzguen otros cuando vean las fotografías.

Como es natural, ninguno de los conjuntos de relieves relataba más que una fracción de la historia, y tampoco hallamos las diversas etapas de esa historia en su orden correcto. Algunas de las amplias estancias eran unidades escultóricas independientes, mientras que en otros casos se podía trazar una crónica continua a través de una serie de salas y pasillos. Los mejores mapas y diagramas se encontraban en las paredes de una espantosa sima que se abría debajo incluso del antiguo nivel del suelo: una caverna de unos sesenta metros cuadrados y dieciocho metros de alto, que sin duda había sido un centro educativo de algún tipo. Había muchas impactantes repeticiones del mismo material en diferentes estancias y edificios, pues ciertos aspectos de la experiencia, así como ciertos resúmenes y fases de la historia racial, eran favoritos entre los artistas o los habitantes. A veces, versiones diferentes del mismo tema nos resultaron útiles para resolver puntos debatibles y llenar lagunas.

Todavía me sorprende que dedujéramos tanto en tan poco tiempo. Por supuesto, solo poseemos un esbozo muy resumido, y gran parte lo elaboramos más tarde, al examinar las fotografías y los bocetos. Es posible que este posterior examen haya sido la causa inmediata de la actual crisis mental de Danforth, pues los recuerdos revividos y las vagas impresiones debieron de actuar en alianza con su sensibilidad particular y con aquel supuesto vislumbre final de cierto horror que no quiere revelarme ni siquiera a mí. A pesar de ello, tuvimos que hacerlo, pues no podríamos lanzar nuestra advertencia de forma inteligible sin contar con la información más completa posible, y esa advertencia es una necesidad primordial. Ciertas persistentes influencias en ese desconocido mundo antártico de tiempo laberíntico y extrañas leyes naturales hacen que sea crucial impedir futuras exploraciones.

# VII

La historia completa, tal como la hemos descifrado hasta ahora, aparecerá en breve en la publicación oficial de la Universidad de Miskatonic. Aquí esbozaré tan solo los aspectos más destacados de manera desordenada y dispersa. Los relieves, ya fueran mito o realidad, hablaban de la llegada de los seres de cabeza estrellada desde el espacio cósmico a una Tierra yerma y recién nacida, así como de la llegada de muchas otras entidades alienígenas que solían embarcarse en viajes cíclicos de colonización espacial. Según parece, eran capaces de atravesar el éter interestelar volando con sus grandes alas membranosas, lo cual confirma de manera insólita ciertas leyendas de las colinas del valle del río Miskatonic que un colega anticuario me refirió hace años. Habían vivido durante mucho tiempo bajo el mar, construyendo ciudades fantásticas y librando terribles batallas con adversarios innominados mediante dispositivos que empleaban principios de energía desconocidos. Evidentemente, su conocimiento científico y mecánico superaba con creces el del hombre actual, aunque solo hacían uso de sus formas más elaboradas cuando se veían obligados a ello. Algunos de los relieves sugerían que pasaron por una etapa de vida mecanizada en otros planetas, pero la habían abandonado al encontrar sus efectos emocionalmente insatisfactorios. La preternatural resistencia de su organismo y la exigüidad de sus necesidades naturales los hacían en especial aptos para vivir en un plano elevado sin necesidad de los productos más especializados de la manufactura artificial, por ejemplo, de prendas de vestir, excepto para protegerse ocasionalmente contra los elementos.

Fue bajo el mar —al principio para alimentarse y luego con otros fines— donde crearon por primera vez vida en la Tierra, utilizando sustancias disponibles según métodos conocidos desde hacía mucho tiempo. Los experimentos más elaborados los llevaron a cabo después de aniquilar a varios enemigos cósmicos. Habían hecho lo mismo en otros planetas: crearon no solo seres destinados a servirles de alimento, sino también unas masas multicelulares de protoplasma capaces, bajo influencia hipnótica, de dar a sus tejidos la forma de todo tipo de órganos temporales, y de esa forma tuvieron esclavos ideales para realizar el trabajo pesado de la comunidad. Estas masas viscosas eran sin duda lo que Abdul Alhazred, en su espantoso *Necronomicón*, llama en susurros «shoggoths», aunque ni siquiera ese árabe loco insinúa que existan en la Tierra, excepto en los sueños de quienes mastican ciertas hierbas alcaloides. Cuando los Antiguos de cabeza estrellada hubieron sintetizado en nuestro planeta sus formas de alimento básicas y creado un buen número de shoggoths, permitieron que otros grupos celulares se desarrollaran en diferentes formas de vida animal y vegetal para fines diversos, extirpando cualquier presencia problemática.

Con la ayuda de los shoggoths, cuyas formas dilatadas podían levantar pesos prodigiosos, las pequeñas y chatas ciudades submarinas crecieron hasta convertirse en vastos e imponentes laberintos de piedra no muy diferentes a los que más tarde se alzaron en tierra. En realidad, en otras regiones del universo, los altamente adaptables Antiguos habían vivido casi siempre sobre tierra firme, y probablemente conservaron muchas tradiciones de la construcción terrestre. Al examinar la arquitectura de las escultóricas ciudades paleógenas, incluida aquella cuyos sepulcrales pasillos recorríamos, quedamos impresionados por una curiosa coincidencia que aún no hemos intentado explicarnos ni siquiera a nosotros mismos. Aunque, tras eones de erosión, la parte superior de los edificios de la ciudad había quedado reducida, como es lógico, a ruinas informes, en los bajorrelieves podía verse con claridad cómo fue hace milenios: vastos grupos de chapiteles en forma de agujas, delicados remates en los ápices de conos y pirámides, hileras de finos y festoneados discos horizontales en lo alto de fustes cilíndricos... Pues bien, eso era exactamente lo que vimos cuando, al volar por primera vez hacia el malhadado campamento del pobre Lake, se alzó ante nuestros ignorantes ojos, por encima de las insondables montañas de la locura, aquel monstruoso y portentoso espejismo..., espejismo proyectado por una ciudad muerta donde tales elementos arquitectónicos llevaban ausentes decenas de miles de años.

Sobre la vida de los Antiguos, tanto bajo el mar como tras la emigración a tierra firme de parte de su población, se podrían escribir volúmenes. Los que habitaban aguas poco profundas habían seguido usando al máximo los ojos de sus cinco principales tentáculos cefálicos y habían practicado el arte de la escultura y de la escritura de la manera habitual —la escritura, mediante un punzón sobre superficies de cera impermeables—. Los que moraban más abajo, en las profundidades del océano, aunque usaban un curioso organismo fosforescente para dotarse de luz, formaban sus imágenes sensoriales a partir de oscuros sentidos especiales situados en los cilios prismáticos de la cabeza, sentidos que permitían a todos los Antiguos prescindir por completo de la luz en caso de emergencia. El arte escultórico y la escritura de estos habitantes abisales cambiaron de manera singular durante el progresivo descenso. Comenzaron a emplear ciertos procesos de revestimiento químico —probablemente para fijar la fosforescencia— cuyos detalles no pudimos comprender por los bajorrelieves. Los seres se movían por el mar en parte nadando —mediante los crinoideos brazos laterales— y en parte serpenteando con la hilera inferior de tentáculos que terminaban en los pseudopiés. Ocasionalmente podían realizar largos descensos gracias al uso auxiliar de dos o más pares de sus alas plegables en forma de abanico. En tierra, usaban los pseudopiés para desplazamientos locales, pero a veces se valían de sus alas para volar a grandes alturas y recorrer grandes distancias. Los numerosos y finos tentáculos en los que se ramificaban los brazos crinoideos eran infinitamente delicados, flexibles, fuertes y precisos en cuanto a coordinación muscular y nerviosa, lo que garantizaba la máxima habilidad y destreza en todas las operaciones artísticas y manuales.

La dureza de aquellos seres era casi increíble. Ni siquiera las tremendas presiones de las mayores profundidades marinas parecían capaces de dañarlos. Por lo visto, muy pocos individuos morían, excepto por violencia, y los lugares de enterramiento eran muy escasos. Cuando descubrimos, al examinar los relieves, que inhumaban verticalmente a sus muertos y cubrían las tumbas con túmulos en los que inscribían estrellas de cinco puntas, tuvimos una vez más que detenernos para recuperar las fuerzas. Los seres se reproducían por medio de esporas —igual que plantas pteridofitas, tal como había sospechado Lake—, pero, debido a su prodigiosa resistencia y longevidad y a que, por consiguiente, no era necesario reemplazar a menudo individuos, no se fomentaba el desarrollo a gran escala de nuevos protalos excepto cuando había nuevas regiones que colonizar. Los jóvenes maduraban deprisa y recibían una educación que, sin duda, estaba muy lejos de cualquier modelo que podamos imaginar. La vida intelectual y estética predominante se hallaba muy evolucionada y tuvo como resultado un conjunto de costumbres e instituciones tenaces y duraderas que describiré con mayor detalle en mi próxima monografía. Estas variaban levemente según fuera la residencia marítima o terrestre, pero sus fundamentos y elementos esenciales eran los mismos.

Aunque los Antiguos podían nutrirse de sustancias inorgánicas, como hacen las plantas, preferían con mucho los alimentos orgánicos, sobre todo los animales. Bajo el mar, consumían vida marina cruda, pero en tierra cocinaban. Cazaban para comer, y criaban rebaños para consumo de carne, que sacrificaban con armas afiladas cuyas extrañas marcas ya había observado nuestra expedición en ciertos huesos fósiles. Resistían de forma prodigiosa todas las temperaturas ordinarias, y en su estado natural podían vivir en agua hasta el punto de congelación. Sin embargo, cuando llegó el gran frío del Pleistoceno —hace casi un millón de años—, los habitantes terrestres tuvieron que recurrir a medidas especiales, como la calefacción artificial, hasta que, finalmente, el frío mortal los obligó a regresar al mar. Para realizar sus vuelos prehistóricos a través del espacio cósmico, absorbían ciertas sustancias químicas y, de esa forma, la alimentación, la respiración y el calor se volvían condiciones innecesarias, pero, para cuando llegó el gran frío, habían perdido esta técnica. En cualquier caso, no podían prolongar el estado artificial de forma indefinida sin sufrir daños.

Al poseer una estructura no bilateral y semivegetal, no contaban con base biológica que justificase la etapa familiar propia de los mamíferos, pero, según parece, organizaban grandes grupos domésticos según los principios de una cómoda utilización del espacio y de una asociación congenial de mentes —tal como dedujimos por aquellos relieves que representaban ocupaciones y diversiones de los cohabitantes de un mismo hogar—. Al amueblar sus casas, colocaban todo en el centro de las enormes estancias y dejaban libres las paredes para instalar decoraciones. La iluminación, en el caso de los habitantes terrestres, se lograba mediante dispositivos de naturaleza seguramente electroquímica. Tanto en tierra como bajo el agua utilizaban curiosas mesas, sillas y sofás en forma de armazones cilíndricos —pues descansaban y dormían erguidos, con los tentáculos plegados hacia abajo—, así como estanterías para sus libros, los cuales constaban de conjuntos de superficies cubiertas de puntos y articuladas mediante bisagras.

La forma de gobierno era sin duda compleja y probablemente socialista, aunque es imposible formarse una idea precisa a partir de las esculturas que vimos. El comercio estaba muy extendido, tanto local como entre ciudades, y como dinero usaban fichas de cinco puntas con inscripciones. Es probable que las esteatitas verdosas más pequeñas que encontró nuestra expedición eran monedas de este tipo. Aunque la cultura era sobre todo urbana, se practicaba con moderación la agricultura y de manera extensiva la ganadería, así como la minería y una cantidad limitada de manufacturas. Los viajes eran muy frecuentes, pero las migraciones permanentes eran bastante raras, excepción hecha de los vastos movimientos colonizadores mediante los cuales se propagaba aquella raza. No utilizaban ninguna ayuda externa para la locomoción personal, pues en cuanto a movimiento terrestre, aéreo y acuático poseían una tremenda velocidad. Para trasladar grandes pesos, sin embargo, usaban bestias de carga: shoggoths bajo el mar y, en los últimos años de su existencia terrestre, una curiosa variedad de vertebrados primitivos.

Esos vertebrados, así como una infinidad de otras formas de vida —animales y vegetales, marinas, terrestres y aéreas—, fueron producto de una evolución libre a partir de células vitales creadas por los Antiguos y que escaparon a su atención. Se les permitió desarrollarse sin control porque no entraron en conflicto con los seres dominantes. Aquellas formas que constituían una molestia eran exterminadas sin remisión, como es lógico. Al mirar algunos de los relieves más decadentes, nos fijamos en un mamífero primitivo y torpe que los habitantes terrestres usaban a veces como alimento y otras veces como bufón para entretenerse, y cuyos ademanes prefiguraban de manera inconfundible a simios y humanos. En la construcción de las ciudades terrestres, para levantar los enormes bloques de piedra de las torres, se valían de enormes pterodáctilos de una especie hasta ahora desconocida por la paleontología.

La persistencia con la que los Antiguos sobrevivieron a los diversos cambios geológicos y a las convulsiones de la corteza terrestre es poco menos que milagrosa. Aunque de las primeras ciudades pocas o ninguna sobrevivieron a la era arcaica, no se produjo una interrupción de su civilización ni de la transmisión de sus registros. El lugar original de su llegada a nuestro planeta fue el océano Antártico, posiblemente poco después de que la materia de la Luna fuera arrancada del cercano sur del Pacífico. Según uno de los mapas esculpidos, todo el planeta estaba entonces bajo el agua, y, a medida que pasaban los eones, las ciudades de piedra se fueron dispersando cada vez más lejos del océano Antártico. Otro mapa mostraba una vasta extensión de tierra firme en torno al polo sur, donde algunos de los seres establecieron asentamientos experimentales, aunque sus centros principales fueron trasladados al fondo marino más cercano. Mapas posteriores muestran esa extensión de tierra dividiéndose, desplazándose y enviando partes separadas hacia el norte, lo que confirma de manera impresionante las teorías de la deriva continental desarrolladas hace poco por Taylor, Wegener y Joly.

La aparición de nuevas tierras en el sur del Pacífico originó formidables acontecimientos. Algunas de las ciudades marinas quedaron irremediablemente arrasadas, pero eso no fue lo peor. Otra especie, una especie terrestre de seres parecidos a pulpos —probablemente los míticos vástagos prehumanos de Cthulhu—, descendió poco después desde el infinito cósmico, dando lugar a una monstruosa guerra que, durante algún tiempo, obligó a los Antiguos a regresar por completo al mar, lo cual debió de ser un golpe colosal, en vista de los crecientes asentamientos terrestres. Más tarde se hizo la paz, y las nuevas tierras fueron entregadas a los vástagos de Cthulhu mientras que los Antiguos conservaron el mar y las tierras más antiguas. Se fundaron nuevas ciudades terrestres, las más grandes de la Antártida, pues esa región, lugar del primer advenimiento, era sagrada. A partir de entonces, la Antártida fue, como lo había sido antes, el centro de la civilización de los Antiguos, y todas las ciudades construidas allí por los vástagos de Cthulhu fueron obliteradas. Entonces, de pronto, las tierras del Pacífico volvieron a hundirse, llevándose consigo la espantosa ciudad de piedra de R'lyeh y a todos los pulpos cósmicos, de modo que los Antiguos se convirtieron de nuevo en los seres supremos del planeta..., a excepción de cierto terror sombrío del que no les gustaba hablar. En épocas posteriores, sus ciudades se encontraban diseminadas por todas las áreas terrestres y marinas del planeta, de ahí que, en mi monografía de próxima aparición, recomiende que algún arqueólogo realice perforaciones sistemáticas con un aparato del tipo de Pabodie en distintas regiones muy separadas entre sí.

La tendencia constante a lo largo de los eones fue trasladarse del mar a tierra firme, movimiento impulsado por el surgimiento de nuevas masas terrestres, a pesar de que nunca abandonaron del todo el océano. Otra causa del movimiento hacia tierra fue la creciente dificultad para criar y controlar a los shoggoths, de los que dependía el éxito de la vida marina. Con el paso del tiempo, como tristemente confesaban los relieves, se había perdido el arte de crear nueva vida a partir de materia inorgánica, de modo que los Antiguos tuvieron que depender de la generación de formas de vida ya existentes. En tierra firme, los grandes reptiles demostraron ser muy manejables, pero los marinos shoggoths, que se reproducían por fisión y habían adquirido accidentalmente un peligroso grado de inteligencia, supusieron durante una época un problema enorme.

Los Antiguos siempre los habían controlado mediante hipnosis, y los shoggoths usaban su plasticidad para generar miembros y órganos temporales con propósitos especializados, pero ahora estos seres usaban a veces sus poderes de metamorfosis de forma independiente y valiéndose de formas imitativas implantadas por estados hipnóticos antiguos. Al parecer, habían desarrollado un cerebro semiestable cuya voluntad independiente y a veces obstinada imitaba la voluntad de los Antiguos sin obedecerla siempre. Las imágenes esculpidas de esos shoggoths nos llenaron a Danforth y a mí de horror y asco. Por lo general, eran entidades informes hechas de una gelatina viscosa semejante a un conglomerado de burbujas. Cada individuo medía unos cuatro metros y medio de diámetro cuando adoptaba la forma esférica, pero su contorno y su volumen estaban en perpetuo cambio, y continuamente generaban extensiones temporales u órganos de visión, de audición o de fonación a imitación de sus amos, de forma espontánea o por sugestión hipnótica de estos.

Según parece, se volvieron especialmente intratables hacia la mitad del Pérmico, hace unos ciento cincuenta millones de años, y entre ellos y los Antiguos llegó a librarse una guerra de subyugación. Las imágenes de esa guerra y del estado en que los shoggoths dejaban los cadáveres de sus víctimas —decapitados y cubiertos de una mucosidad característica— producían terror a pesar de los abismos de incontables eones que habían transcurrido. Contra aquellas entidades rebeldes, los Antiguos usaron unas armas peculiares de disrupción molecular, y finalmente lograron una victoria absoluta. Después, los relieves mostraban un periodo en el que los shoggoths fueron domesticados y sojuzgados por los Antiguos, de la misma manera en que los caballos salvajes del Oeste americano fueron domeñados por los vaqueros. Aunque, durante la rebelión, los shoggoths habían demostrado ser capaces de vivir fuera del agua, esta transición no se fomentó, pues su utilidad en tierra no podía compararse con la dificultad de controlarlos.

Durante el Jurásico, los Antiguos encontraron nuevas adversidades, en este caso una nueva invasión proveniente del espacio exterior por parte de unas criaturas mitad fungoides y mitad crustáceas, originarias de un planeta que es posible identificar como el remoto y recién descubierto Plutón —sin duda, las mismas criaturas de ciertas leyendas de las colinas del norte, y que en el Himalaya reciben el nombre de Mi-Go, o Abominables Hombres de las Nieves—. Para luchar contra estos seres, los Antiguos, por primera vez desde su llegada a la Tierra, intentaron zarpar de nuevo al éter planetario, pero, a pesar de realizar todos los preparativos tradicionales, fueron incapaces de abandonar la atmósfera terrestre. Fuera cual fuese el secreto de los viajes interestelares, la especie lo había perdido. Finalmente, los Mi-Go expulsaron a los Antiguos de todas las tierras del norte, aunque no pudieron hacer nada contra los que vivían en el mar. Así comenzó la lenta retirada de los Antiguos a su original hábitat antártico.

Nos pareció interesante advertir, en las batallas representadas en los relieves, que tanto los vástagos de Cthulhu como los Mi-Go estaban compuestos de materia muy diferente a los Antiguos. Eran capaces de efectuar transformaciones y reintegraciones imposibles para sus adversarios, por lo que sin duda procedían de abismos aún más remotos del espacio cósmico. Los Antiguos, a pesar de su anormal resistencia y de sus peculiares propiedades vitales, eran estrictamente materiales y debieron de tener su origen en el continuo espacio-tiempo que conocemos, mientras que acerca del origen de las otras criaturas solo podemos hacer escalofriantes conjeturas. Todo esto, por supuesto, asumiendo que los vínculos no terrestres y las anomalías adscritas a los enemigos invasores no fueran pura mitología. Posiblemente, los Antiguos inventaron un marco cósmico para explicar sus derrotas ocasionales, puesto que el interés y el orgullo históricos constituían su principal elemento psicológico. Es significativo que sus anales no mencionasen las numerosas razas avanzadas y poderosas cuya grandiosa cultura e imponentes ciudades figuran de manera tan persistente en ciertas oscuras leyendas.

El cambiante estado del mundo a lo largo de las largas eras geológicas aparecía representado con sorprendente nitidez en muchos mapas y relieves. En algunos casos, vimos que nuestra ciencia actual debe revisarse, mientras que en otros sus audaces deducciones quedaron magníficamente confirmadas. Como ya he dicho, la hipótesis de Taylor, Wegener y Joly de que todos los continentes son fragmentos de una masa de tierra antártica original, fracturada debido a la fuerza centrífuga, que se fueron separando sobre una superficie técnicamente viscosa —hipótesis sugerida por los contornos complementarios de África y de Sudamérica y por el modo en que las grandes cadenas montañosas se ondulan y se elevan— recibe un impresionante apoyo.

Los mapas que mostraban el mundo del Carbonífero, de hace cien millones de años o más, exhibían significativas fisuras y simas destinadas más tarde a separar África de los territorios de Europa (entonces la Valusia de las infernales leyendas primigenias), Asia, las Américas y la Antártida. Otros mapas

—el más significativo, sobre la fundación de la ciudad muerta hace cincuenta millones de años— mostraban los continentes presentes bien diferenciados, y en el más tardío que vimos —quizá del Plioceno— aparecía con bastante claridad el mundo tal como lo conocemos hoy, a pesar de la unión de Alaska y Siberia, de Norteamérica y Europa a través de Groenlandia, y de Sudamérica y la Antártida a través de la Tierra de Graham. En el mapa del Carbonífero, se veían por todo el globo —tanto en fondos marinos como en las áreas terrestres— signos de las vastas ciudades de piedra de los Antiguos, pero en los mapas más tardíos se apreciaba claramente la gradual recesión hacia la Antártida. En el mapa más tardío, del Plioceno, no se veía ninguna ciudad terrestre excepto en la Antártida y en el extremo sur de Sudamérica, y ninguna ciudad submarina al norte del paralelo 50 de latitud sur. Era evidente que, entre los Antiguos, el conocimiento del mundo septentrional y el interés por conocerlo —a excepción de un estudio de las líneas costeras realizado probablemente durante largos vuelos de exploración con sus alas membranosas— se habían reducido a cero.

Un tema frecuente en los relieves era la destrucción de ciudades causada por el levantamiento de montañas, por el desgarro centrífugo de los continentes, por las convulsiones sísmicas de tierras y fondos marinos y por otras causas naturales, y resultaba curioso observar que, a medida que transcurrían las eras, esas ciudades destruidas se reemplazaban con menor frecuencia. La vasta y muerta megalópolis a nuestro alrededor había sido, a todas luces, el último centro general de la especie, y había sido construida a comienzos del Cretácico, después de que un colosal hundimiento terrestre borrase una predecesora aún más vasta no muy lejos de allí. Al parecer, toda aquella región constituía el lugar más sagrado para ellos, pues era allí donde los primeros Antiguos se habían asentado en el primigenio fondo marino. Según los testimonios, en la nueva ciudad —muchas de cuyas características pudimos reconocer en los relieves, a pesar de que se extendía ciento sesenta kilómetros en cada dirección a lo largo de la cordillera, mucho más allá de los límites de nuestro reconocimiento aéreo— se conservaban ciertas piedras sagradas que formaban parte del primer lecho marino y que, al cabo de largas eras, afloraron durante el proceso general de compresión de los estratos.

# VIII

Danforth y yo, por supuesto, estudiamos con especial interés, y con una sensación personal de sobrecogimiento, todo lo relacionado con la región en la que nos hallábamos. Como es lógico, había una gran abundancia de este material local, y, en el intrincado nivel inferior de la ciudad, tuvimos la suerte de encontrar una vivienda de fecha muy tardía cuyas paredes, aunque en parte dañadas por una fisura adyacente, contenían esculturas de estilo decadente que continuaban la historia de la región tal como aparecía en el mapa del Plioceno donde habíamos tenido nuestro último vislumbre general del mundo prehumano. Este fue el último lugar que examinamos en detalle, ya que lo que encontramos allí nos proporcionó un nuevo e inmediato objetivo.

Desde luego, nos encontrábamos en uno de los rincones más extraños e insólitos del globo terrestre. De todas las tierras que existen, aquella era sin duda la más antigua, y cada vez estábamos más convencidos de que el espantoso altiplano era la legendaria meseta de Leng, tierra de pesadilla sobre la que ni siquiera el demente autor del *Necronomicón* quería decir nada. La gran cadena montañosa tenía una tremenda extensión: comenzaba muy abajo, en la costa de Luitpold, frente al mar de

Weddell, y cruzaba prácticamente todo el continente. La parte de las mayores altitudes se extendía en un enorme arco desde los 82° de latitud y 60° de longitud este, hasta los 70° de latitud y 115° de longitud este, con el lado cóncavo hacia nuestro campamento y con el lado que miraba hacia el mar en la región de esa costa larga y helada cuyas colinas divisaron Wilkes y Mawson desde el círculo polar antártico.

Sin embargo, al parecer, existían exageraciones de la naturaleza aún más monstruosas y que se encontraban más al alcance de la mano. He dicho que las montañas de la locura eran más altas que el Himalaya, pero los relieves me impiden afirmar que sean las más altas de la Tierra. Ese sombrío honor le está reservado, sin duda, a algo que la mitad de los relieves no se atrevía a mencionar y que la otra mitad abordaba con obvia repugnancia y temor. Al parecer, había una parte de aquella antigua región, la primera parte que emergió de las aguas después de que la Tierra lanzase la Luna al espacio y de que los Antiguos descendieran de las estrellas, a la que estos no se acercaban a causa de algo vago, innombrable y maligno. Las ciudades construidas en ese lugar se desmoronaban de forma prematura o quedaban de pronto desiertas. Después, durante el Comanchiense, cuando el primer gran hundimiento terrestre convulsionó la región, una aterradora hilera de montañas surgió de pronto en medio del estruendo y del caos más terribles y entonces la Tierra tuvo sus cumbres más altas y terroríficas.

Si la escala de los relieves era correcta, aquellas abominables montañas debían de superar los doce mil metros de altitud, mucho más que la increíble cordillera que acabábamos de cruzar. Al parecer, se extendían desde los 77° de latitud y 70° de longitud este, hasta los 70° de latitud y 100° de longitud este, a menos de quinientos kilómetros de la ciudad muerta, por lo que, si no fuera por aquella vaga bruma opalescente hacia el oeste, habríamos vislumbrado sus temibles cimas en la sombría lejanía. Su extremo norte debía de ser también visible desde la larga costa del círculo polar antártico en la Tierra de la Reina Mary.

Algunos de los Antiguos, en los días de la decadencia, habían dirigido extrañas plegarias a esas montañas, pero ninguno se atrevía a acercarse a ellas o a intentar adivinar que había detrás. Ningún ojo humano las había visto, y, al examinar las emociones expresadas en los relieves, recé por que ninguno las viera jamás. Al otro lado del continente, hay colinas protectoras a lo largo de la costa —en las tierras de la Reina Mary y del emperador Guillermo II—, y doy gracias al cielo por que nadie haya sido capaz de desembarcar allí y escalar esas colinas. Ya no soy tan escéptico como antes acerca de las antiguas leyendas y supersticiones, y ya no me río de la idea de uno de aquellos escultores prehumanos de que a veces los relámpagos se detienen en cada una de las sombrías cumbres, y de que un fulgor inexplicable emana de uno de esos terribles pináculos durante la larga noche polar. Quizá exista un significado monstruoso y muy real en los antiguos susurros pnakótikos acerca de Kadath del Páramo Helado.

Pero el terreno en que nos hallábamos no era menos extraño, aunque no pesase sobre él la misma maldición sin nombre. Poco después de la fundación de la ciudad, la gran cordillera se convirtió en el emplazamiento de los principales templos, y muchos relieves mostraban las grotescas y fantásticas torres que habían perforado el cielo allí donde ahora solo se veían aquellos curiosos cubos y fortificaciones. A lo largo de los milenios, las cuevas habían aparecido y se les había dado forma para convertirlas en lugares adjuntos a los templos. En épocas aún posteriores, todas las vetas calizas de la región se ahuecaron debido a las aguas subterráneas, de modo que las montañas, las estribaciones y las llanuras de más abajo se convirtieron en una verdadera red de cavernas y galerías interconectadas. Muchos de los relieves hablaban de exploraciones en lo más profundo del subsuelo y del descubrimiento de aquel mar estigio, oculto al sol, que acechaba en las entrañas de la tierra.

Ese vasto abismo tenebroso había sido sin duda creado por el desgaste del gran río que discurría desde las innominadas y aterradoras montañas del oeste y que, en aquellos tiempos, se curvaba en la base de la cordillera de los Antiguos y fluía a lo largo de esta hasta verter en el océano Índico, entre las costas de Budd y Totten, en la Tierra de Wilkes. Poco a poco había roído la base caliza de las estribaciones allí donde se curvaba su curso, hasta que su corriente llegó a las cavernas de las aguas subterráneas y se unió a ellas para excavar un abismo aún más profundo. Finalmente, todo su caudal se hundió en las ahuecadas colinas, y el antiguo lecho que seguía hasta el océano se secó. Los Antiguos comprendieron lo que había ocurrido y, ejercitando su siempre intenso sentido artístico, dieron forma de ornados pilonos a aquellos dos promontorios de las estribaciones allí donde el gran río comenzaba su descenso a la oscuridad eterna.

Ese río, que una vez habían atravesado decenas de majestuosos puentes de piedra, era sin duda aquel cuyo extinto cauce habíamos visto durante nuestro reconocimiento aéreo. Su posición en los diferentes relieves nos ayudó a orientarnos respecto a la escena tal como había en cada etapa de la milenaria historia de la región, y de esa forma pudimos bosquejar un apresurado pero cuidadoso mapa de los rasgos más distintivos de la ciudad —plazas, edificios importantes, etc.— para que nos sirviera de guía en futuras exploraciones. Muy pronto pudimos reconstruir con la imaginación aquel formidable lugar tal como había sido hace un millón, o diez, o cincuenta millones de años, pues los relieves indicaban exactamente el aspecto de los edificios, las montañas, las plazas, los suburbios, el paisaje y la exuberante vegetación del Terciario. La ciudad debió de poseer una belleza maravillosa y mística, y, al pensar en ello, casi olvidé el viscoso sentimiento de siniestra opresión con el que asfixiaban y abrumaban mi espíritu la antigüedad y la inmensidad inhumanas de aquella ciudad, sumadas a la ausencia de vida, al apartamiento y al permanente crepúsculo glacial. Y, sin embargo, según ciertos relieves, los habitantes de la ciudad también sintieron el peso de un terror opresivo, pues, en una escena sombría y recurrente, los Antiguos aparecían retrocediendo horrorizados ante cierto objeto —no representado en el relieve— que hallaron en el gran río y que, según se indicaba, había descendido con la corriente desde los ondeantes bosques de cícadas cubiertas de enredaderas que crecían en las horribles montañas del oeste.

Solo en la vivienda tardía en la que encontramos los relieves decadentes obtuvimos algún indicio oscuro de la calamidad final que llevó al abandono de la ciudad. Sin duda debía de haber numerosos relieves de la misma época en otros lugares de la ciudad, a pesar de las energías y aspiraciones debilitadas de aquel periodo crispado e incierto —y poco después encontramos una evidencia innegable de esto—, pero aquel fue el único que vimos (queríamos seguir explorando en otros lugares más tarde, pero, como ya he dicho, las condiciones inmediatas dictaron otro objetivo urgente). Aun así, debía de haber un límite, pues, al morir entre los Antiguos toda esperanza de seguir ocupando aquel lugar en el futuro, es inevitable que se produjera un completo cese de las decoraciones murales. El golpe definitivo, por supuesto, fue la llegada del gran frío que llegó a dominar toda la Tierra y que nunca ha abandonado los malhadados polos; el gran frío que, en el otro extremo del mundo, puso fin a las tierras legendarias de Lomar e Hiperbórea.

Sería difícil decir exactamente cuándo comenzó en la Antártida. Hoy en día, situamos el comienzo de los periodos glaciales hace quinientos mil años, pero en los polos la terrible devastación debió de comenzar mucho antes. Todas las estimaciones cuantitativas son en parte conjeturas, pero es muy probable que los relieves decadentes se realizaran hace mucho menos de un millón de años, y que la deserción de la ciudad se llevara a término mucho antes del comienzo convencional del Pleistoceno, hace quinientos mil años.

En los relieves decadentes se veían signos generalizados de una vegetación más rala y de una disminución de las actividades de los Antiguos en las zonas rurales. En las escenas domésticas aparecían dispositivos de calefacción, y los viajeros invernales se representaban envueltos en tejidos protectores. Después vimos una serie de cartuchos (la disposición en frisos estaba con frecuencia interrumpida por estas tallas tardías) que mostraban un flujo continuo de migración a refugios no muy lejanos donde las temperaturas eran más altas: algunos huían a ciudades bajo el mar, lejos de la costa, y otros, a través de los sistemas de cavernas calizas en las ahuecadas colinas, descendían hasta el negro abismo de aguas subterráneas.

Finalmente, fue en este abismo donde se produjo una mayor colonización. Esto fue debido en parte al tradicional carácter sagrado de aquella región, pero quizá de manera más concluyente a las oportunidades que brindaba el lugar de seguir usando los grandes templos de las horadadas montañas y de conservar la vasta ciudad exterior como residencia de verano y como base de comunicación con diferentes minas. El enlace entre las antiguas moradas y las nuevas se hizo más efectivo por medio de varias nivelaciones y mejoras en las rutas de conexión, por ejemplo, mediante la excavación de numerosos túneles directos entre la antigua metrópolis y el abismo negro, empinados túneles descendentes cuyas entradas señalamos con cuidado en nuestro mapa según nuestras mejores estimaciones. Era obvio que al menos dos de esos túneles se hallaban a una distancia razonable de allí, pues ambos estaban en el borde montañoso de la ciudad, uno a menos de cuatrocientos metros en dirección al antiguo cauce del río, y el otro quizá al doble de esa distancia en la dirección opuesta.

Al parecer, el abismo tenía en ciertos lugares orillas inclinadas de tierra seca, pero los Antiguos construyeron su ciudad bajo el agua, sin duda porque en el agua es más posible lograr un calor uniforme. La profundidad de ese mar oculto debía de ser muy grande para que el calor interno de la Tierra garantizase su habitabilidad durante un periodo indefinido. No tuvieron ningún problema en adaptarse a la vida bajo el agua a tiempo parcial y, finalmente, a tiempo completo, ya que no habían permitido que sus sistemas branquiales se atrofiasen. Muchos relieves mostraban las frecuentes visitas a sus parientes submarinos y los baños habituales en la parte más profunda del gran río. La oscuridad del interior de la Tierra tampoco debía de ser un impedimento para una especie acostumbrada a las largas noches antárticas.

Por muy decadente que fuera el estilo de los relieves más tardíos, había en ellos un rasgo verdaderamente épico cuando narraban la construcción de la nueva ciudad en el mar cavernoso. Abordaron la tarea de forma científica, extrayendo rocas insolubles del corazón de las horadadas montañas y empleando trabajadores expertos, provenientes de la ciudad submarina más cercana, para llevar a cabo la construcción según los métodos más eficaces. Estos trabajadores traían todo lo necesario para la obra: tejido de shoggoth a partir del cual crear seres que levantasen las grandes piedras y que, después, trabajasen como bestias de carga en la ciudad cavernosa, y otra materia protoplásmica usada para formar organismos fosforescentes y así obtener iluminación.

Finalmente, una imponente metrópolis se alzó en el fondo de aquel mar estigio. Su arquitectura era muy parecida a la de la ciudad de más arriba, y su ejecución delataba relativamente poca decadencia, debido al preciso componente matemático de las operaciones de construcción. Los shoggoths de nueva crianza poseían un enorme tamaño y una singular inteligencia, y aparecían en los relieves recibiendo y ejecutando órdenes con prodigiosa rapidez. Al parecer, conversaban con los Antiguos imitando sus voces —una especie de flauteo musical de amplio registro, si es que la disección del pobre Lake es correcta— y ahora obedecían más órdenes verbales que sugestiones hipnóticas, a diferencia de lo que ocurría en tiempos pasados. Aun así, los Antiguos mantenían sobre ellos un control admirable. Los organismos fosforescentes suministraban luz de forma muy efectiva y sin duda compensaban la pérdida de las familiares auroras polares.

Se seguía practicando el arte y la decoración, pero, por supuesto, con cierto espíritu decadente. Parece que los propios Antiguos se percataron de este deterioro, y en muchos casos anticiparon las medidas de Constantino el Grande al trasplantar los mejores relieves antiguos de la ciudad terrestre, de la misma forma que el emperador, en una época de similar declive, despojó Grecia y Asia de su mejor arte para dotar a su nueva capital bizantina de esplendores mayores que los que su propio pueblo era capaz de crear. El hecho de que el traslado de relieves no fuera más generalizado se debió sin duda a que la ciudad terrestre no estaba del todo abandonada. Para cuando tuvo lugar el abandono total —seguramente antes de que el Pleistoceno polar estuviera muy avanzado—, los Antiguos se habían acostumbrado a su arte decadente..., o bien habían dejado de reconocer el mayor mérito de los relieves más antiguos. En cualquier caso, las ruinas que nos rodeaban, silenciosas desde hacía eones, no habían sufrido un completo despojo escultural, aunque las estatuas exentas de mayor calidad, como el resto de objetos móviles, habían sido retiradas.

Los cartuchos y pedestales decadentes que narraban esta historia eran, como ya he comentado, los más tardíos que encontramos en nuestra limitada búsqueda. Representaban a los Antiguos yendo y viniendo entre la ciudad terrestre, en verano, y la ciudad del mar cavernoso, en invierno, y a veces comerciando con las ciudades abisales más allá de la costa antártica. Para entonces, la futura ruina de la ciudad ya debía de ser un hecho aceptado, pues los relieves mostraban numerosos signos de las malignas incursiones del frío. La vegetación se hallaba en declive, y las terribles nieves del invierno ya no se derretían del todo, ni siquiera a mediados de verano. Los ganados de saurios casi habían desaparecido, y los de mamíferos no aguantarían mucho más. Para seguir trabajando en el mundo de arriba, se hizo necesario adaptar a algunos de los amorfos shoggoths —que demostraron ser curiosamente resistentes al frío— a la vida en tierra firme, algo a lo que antes los Antiguos se mostraban reacios. El gran río se encontraba ahora sin vida, y las capas superiores del mar habían perdido a la mayoría de sus habitantes, a excepción de focas y ballenas. Todas las aves se habían ido volando, y solo quedaban los grandes y grotescos pingüinos.

Sobre lo que pasó después solo podemos hacer conjeturas. ¿Cuánto tiempo sobrevivió la ciudad del mar cavernoso? ¿Estaba aún allí, como un pétreo cadáver en la negrura eterna? ¿Se habían helado por fin las aguas subterráneas? ¿Cuál había sido el destino de las ciudades del fondo marino? ¿Habían emigrado algunos de los Antiguos hacia el norte, adelantándose al cada vez más extenso hielo polar? La geología no muestra ni rastro de su presencia. ¿Habían seguido siendo los Mi-Go una amenaza en las tierras del norte? ¿Podíamos estar seguros de lo que sobrevivía o no, incluso hoy en día, en los abismos oscuros e insondables de las aguas más profundas de la Tierra? Aquellos seres habían sido capaces de resistir inmensas presiones..., y nosotros pensábamos en los extraños objetos que a veces los marineros rescatan del fondo marino y en las salvajes y misteriosas cicatrices de las focas antárticas, observadas hace una generación por Borchgrevingk, que quizá no era posible explicar del todo con la teoría de las orcas...

Los especímenes hallados por el pobre Lake no entraban dentro de estas conjeturas, pues, según su situación geológica, habían vivido en una fecha muy temprana en la historia de la ciudad. Estaba claro que no tenían menos de treinta millones de años de antigüedad, por lo que, mientras estaban vivos, ni la ciudad del mar cavernoso ni la propia caverna existían aún. De estar vivos, habrían recordado un paisaje más antiguo: exuberante vegetación del Terciario por todas partes, una ciudad más joven donde florecían las artes y un gran río que discurría hacia el norte a lo largo de la base de las imponentes montañas, rumbo a un lejano océano tropical.

Y, sin embargo, no podíamos dejar de pensar en aquellos especímenes, sobre todo en los ocho ejemplares intactos que ya no estaban en el devastado campamento de Lake. En todo aquel asunto había algo anormal: los extraños actos que habíamos intentado con tanto esfuerzo atribuir a la locura de alguien..., aquellas espantosas tumbas..., la cantidad y la naturaleza del material que faltaba..., Gedney..., la resistencia sobrenatural de esas monstruosidades arcaicas..., las insólitas anomalías vitales que, según mostraban los relieves, poseía su especie... Danforth y yo habíamos visto mucho en las últimas horas, y estábamos dispuestos a creer muchos secretos espantosos e increíbles de la naturaleza primitiva... y a guardar silencio sobre ellos.

# IX

Ya he dicho que nuestro objetivo inmediato cambió tras examinar los relieves decadentes. Por supuesto, ese objetivo pasó a ser las excavadas avenidas del tenebroso mundo subterráneo, cuya existencia no conocíamos hasta entonces. A juzgar por la escala de los relieves, dedujimos que, si descendíamos un kilómetro y medio por cualquiera de los dos túneles más cercanos, llegaríamos al borde de los vertiginosos acantilados ocultos al sol, por cuya faz descendían senderos, mejorados por los Antiguos, hasta la orilla rocosa del escondido océano nocturno. En cuanto supimos de su existencia, la idea de contemplar aquel legendario abismo comenzó a ejercer sobre nosotros una atracción a la que era imposible sustraerse, y nos dimos cuenta de que, si queríamos verlo en aquella expedición, debíamos partir de inmediato.

Ya eran las ocho de la noche, y no teníamos suficientes baterías de repuesto para mantener todo el tiempo las linternas encendidas. Muchos de los relieves que habíamos examinado y copiado se encontraban por debajo del hielo, por lo que, durante cinco horas, habíamos hecho un uso casi continuo de las baterías, que, a pesar de ser un tipo especial de baterías secas, no durarían más de cuatro horas a partir de entonces. Aunque, si dejábamos de usar una de las linternas excepto en lugares especialmente interesantes o difíciles, tendríamos algo más de margen. No parecía recomendable quedarse sin luz en aquellas ciclópeas catacumbas, por lo que, si queríamos realizar el viaje al abismo, debíamos abandonar el examen de los relieves. Por supuesto, teníamos la intención de regresar más adelante a aquel lugar para pasar días o semanas estudiándolos y fotografiándolos —pues la curiosidad había vencido hacía tiempo al horror—, pero ahora había que darse prisa. Nuestro suministro de papel para dejar rastro no era ilimitado, y no queríamos sacrificar cuadernos de notas o papel de dibujo. Aun así, dijimos adiós a un gran cuaderno. En el peor de los casos, podíamos recurrir a los pedacitos de roca y, si realmente nos perdíamos, siempre sería posible encontrar algún canal para ascender a la luz del día mediante ensayo y error y teniendo el tiempo suficiente. Así que, finalmente, nos pusimos en marcha con entusiasmo en dirección al túnel más cercano.

Según los relieves, la boca del túnel que buscábamos no podía estar a más de cuatrocientos metros. En el espacio que mediaba había edificios en buen estado que sin duda podrían atravesarse bajo el hielo. La abertura en sí estaba, en teoría, en el sótano de un enorme edificio con cinco puntas, evidentemente de carácter público o ceremonial, que intentamos identificar según nuestro recuerdo del reconocimiento aéreo. No nos vino a la mente ninguna estructura de esas características, por lo que concluimos que, o bien su parte superior estaba muy dañada, o bien había sido destruida por completo a raíz de una fisura del hielo que nos había llamado la atención. Si ese era el caso, el túnel estaría probablemente obstruido, por lo tendríamos que probar con el segundo más cercano, a un kilómetro hacia el norte. El cauce del río hacía imposible llegar en aquella expedición a los túneles al sur, y, en realidad, si los dos más cercanos se encontraban obstruidos, era poco posible que nuestras baterías nos permitieran llegar al de más al norte, a un kilómetro y medio de nuestra segunda opción.

Una y otra vez quedamos fascinados por los omnipresentes relieves mientras nos abríamos oscuramente camino a través de aquel laberinto con ayuda de mapa y brújula..., atravesando estancias y corredores en todos los estados de ruina o de preservación; subiendo a gatas por rampas; cruzando pisos superiores y puentes y descendiendo de nuevo; topándonos con puertas obstruidas y pilas de escombros; recorriendo con cierta prisa zonas inquietantemente intactas; siguiendo pistas falsas y volviendo sobre nuestros pasos (recogiendo el papel que habíamos dejado como rastro); pasando, de vez en cuando, por la parte inferior de galerías verticales abiertas por las que entraba la luz a raudales o se filtraba gota a gota... Muchos de esos relieves debían de narrar hechos de gran importancia histórica, y solo nuestra creencia de que los visitaríamos más tarde nos reconciliaba con la necesidad de pasar de largo. Aun así, alguna vez disminuíamos el paso y encendíamos la segunda linterna. Si hubiéramos tenido más película, nos habríamos detenido un instante para fotografiar algunos, pero para el laborioso proceso de copiarlos a mano no había tiempo.

Y de nuevo llego a un lugar donde es grande la tentación de omitir o de insinuar en lugar de exponer. Sin embargo, si quiero justificar mi deseo de frenar cualquier exploración futura, es necesario que hable de lo demás. Aproximadamente a las ocho y media, tras abrirnos camino poco a poco hasta donde suponíamos que debía estar la boca del túnel, después de cruzar un puente en un segundo piso hasta lo alto de un muro puntiagudo y de descender a un pasaje en ruinas especialmente rico en decadentes relieves —muy historiados y de apariencia ritual—, el joven y sensible olfato de Danforth nos dio el primer indicio de que había algo fuera de lo normal. Si hubiéramos llevado un perro, supongo que este nos habría advertido antes. Al principio no sabíamos qué era aquella perturbación del aire —hasta entonces puro como el cristal—, pero al cabo de unos segundos nuestra memoria reaccionó de manera inequívoca. Lo expondré sin titubeos: notamos un olor, y ese olor era, sutil pero inconfundible, el que nos había revuelto las tripas al abrir la demencial tumba de esa cosa horrible que había diseccionado el pobre Lake.

Claro está que, en aquel momento, esta revelación no estaba tan clara. Había varias explicaciones concebibles, y pasamos largo rato indecisos, discutiendo en susurros. Aun así, seguimos adelante. A no ser que se produjera un desastre indudable, no podíamos echarnos atrás después de haber llegado tan lejos. De todas formas, lo que sospechábamos era demasiado descabellado. Esas cosas no ocurren en un mundo normal. Probablemente fue un mero instinto irracional lo que nos hizo apagar la linterna —pues ya no nos tentaban los siniestros y decadentes relieves que gesticulaban, amenazantes, desde los opresivos muros— y suavizar el paso hasta avanzar de puntillas y gateando sobre el suelo cada vez más lleno de cascotes y montones de escombros.

Los ojos de Danforth, como su olfato, demostraron ser mejores que los míos. Fue también él quien, tras atravesar muchas entradas de cámaras y corredores casi por completo obstruidos, reparó en algo inusual en la disposición de los escombros: no tenían el aspecto que deberían tener tras miles y miles de años de abandono. Al incrementar un poco la luz de la linterna, vimos que alguien había trazado una especie de sendero por encima hacía poco. La irregularidad de los escombros impedía ver marcas definidas, pero en las partes más llanas había indicios de que habían arrastrado objetos pesados. En una ocasión nos pareció ver pistas paralelas, como marcas de esquíes. Esto hizo que nos detuviéramos de nuevo.

Fue durante esa pausa cuando —esta vez los dos al mismo tiempo— captamos el otro olor. De forma paradójica, era menos terrorífico que el primero y, al mismo tiempo, más terrorífico —menos terrorífico de manera intrínseca, pero infinitamente más aterrador en aquel lugar y dadas las circunstancias—... a no ser, por supuesto, que Gedney... Pues se trataba del sencillo y familiar olor de la gasolina normal y corriente.

Nuestro estado mental después de aquello es algo que dejaré a la imaginación de los psicólogos. Sabíamos que algo relacionado de forma espantosa con los horrores del campamento se había arrastrado hasta aquel tenebroso sepulcro de los eones, y ya no dudábamos de la existencia, allí mismo, de circunstancias innombrables, si no en el presente, al menos en el pasado reciente. Al final, dejamos que la pura y ardiente curiosidad —o la ansiedad, o el autohipnotismo, o los vagos pensamientos de responsabilidad hacia Gedney, o lo que fuera...— nos impulsara a seguir adelante. Danforth volvió a mencionar en susurros la huella que había creído ver en la curva de cierto callejón, así como el tenue flauteo musical que le pareció oír, poco después, proveniente de las desconocidas profundidades —de tremendo significado potencial, a la luz de la disección de Lake y a pesar de su parecido con los ecos del viento en las cuevas—. Yo, a mi vez, comenté en voz baja el estado en que encontramos el campamento, los objetos desaparecidos y la posibilidad de que la locura hubiera empujado a un superviviente solitario a lo inconcebible: a un viaje demencial a través de las inmensas montañas y a descender al interior de la primigenia ciudad de piedra...

Pero no podíamos convencernos el uno al otro... y tampoco a nosotros mismos. Habíamos apagado la linterna y estábamos inmóviles. Apenas se percibía un rastro de luz diurna que se filtraba hasta las profundidades y hacía que la oscuridad no fuera absoluta. Empezamos a avanzar de manera automática y nos fuimos guiando mediante destellos ocasionales de la linterna. Los escombros alterados producían una impresión que no podíamos apartar de nuestra imaginación, y el olor a gasolina se intensificaba. Más y más fragmentos aparecían ante nosotros y nos hacían tropezar, hasta que de pronto vimos que el camino terminaba. Teníamos razón en nuestras suposiciones sobre la grieta que habíamos visto desde el cielo. Nuestra búsqueda del túnel no tenía salida, y ni siquiera podríamos llegar al sótano en el que se abría la entrada al abismo.

La linterna, al alumbrar las paredes del corredor bloqueado, cubiertas de grotescos relieves, nos permitió ver varias entradas en diversos estados de obstrucción. De una de ellas surgía el olor a gasolina con especial fuerza, imponiéndose incluso al primer olor. Al mirar con atención, vimos que hacía poco habían apartado los escombros de esa entrada. La ruta directa hacia el horror que acechaba en aquel lugar, cualquiera que fuese, era ahora evidente. Supongo que nadie se extrañará al saber que esperamos un tiempo considerable antes de seguir avanzando.

Aun así, cuando al fin nos aventuramos en el interior de aquella negra galería, nuestra primera impresión fue de anticlímax, pues, en medio de aquella esculpida cripta llena de cascotes —era un cubo perfecto de unos seis metros de lado—, no había ningún objeto reciente de tamaño inmediatamente discernible. De modo que de manera instintiva buscamos otra entrada, aunque en vano. Momentos después, sin embargo, la aguda visión de Danforth percibió un lugar donde los escombros habían sido apartados, y encendimos las dos linternas con la máxima luz. Aunque lo que vimos era simple y trivial, no por eso siento menos resistencia a contarlo debido a lo que implicaba: se apreciaba cierta nivelación de los escombros, sobre los cuales había varios objetos pequeños esparcidos de cualquier manera, y en un rincón debía de haberse derramado hacía poco una gran cantidad de gasolina a juzgar por el fuerte olor —a pesar de la extrema altitud de aquel superaltiplano—. En otras palabras, no podía ser otra cosa que una suerte de campamento..., un campamento instalado por seres que, como nosotros, habían tenido que retroceder tras encontrar obstruido el camino al abismo.

Seré claro. Los objetos dispersos procedían todos del campamento de Lake: latas de conservas abiertas de forma tan extraña como las que habíamos visto en aquel lugar devastado; abundantes cerillas gastadas; tres libros ilustrados que presentaban insólitas manchas; un bote de tinta vacío y su ilustrada cajita de cartón con instrucciones; una estilográfica rota; varios trozos de cuero y de lona cortados de manera absurda; una batería eléctrica usada, con su folleto de instrucciones; una de las fundas que venían con nuestras estufas de campaña, y un desorden de papeles arrugados. Todo esto ya era grave, pero cuando cogimos esos papeles, los alisamos y vimos lo que había en ellos sentimos que no podía haber nada más grave que aquello. En el campamento habíamos encontrado ciertos papeles con manchas inexplicables que podrían habernos preparado para lo que vimos, pero el efecto de encontrarlo allí abajo, en las bóvedas prehumanas de una ciudad de pesadilla, fue casi insoportable.

Sería posible aceptar que Gedney, víctima de la locura, hubiese dibujado allí grupos de puntos a imagen de las esteatitas verdosas —como, de la misma forma, entra dentro de lo posible que fuese él el autor de los puntos en los demenciales túmulos estrellados—, y también que realizase bocetos aproximados y apresurados, con variable precisión, de aquella zona de la ciudad, así como de la ruta para llegar a la estructura de cinco puntas donde nos encontrábamos —y donde se abría la boca del túnel— desde un lugar alejado de nuestra propia ruta y representado con un círculo, un lugar que identificamos como cierta enorme torre cilíndrica que aparecía en los grabados y en cuyo emplazamiento, según vimos desde el avión, solo quedaba una inmensa fosa circular. Sería posible, repito, que Gedney fuera autor de bocetos como los que he descrito, y, de hecho, los que teníamos delante habían sido ejecutados a partir de relieves tardíos de algún lugar del laberinto glacial, como los nuestros, aunque no a partir de los que habíamos examinado nosotros. Pero lo que es imposible es que aquel hombre torpe, sin el menor ojo para el arte, fuera el autor de aquellos bocetos en concreto, realizados con una técnica extraña y segura y posiblemente, a pesar de la prisa y del descuido, superior a cualquiera de los decadentes relieves que les sirvieron de modelo. Era la técnica característica e inconfundible de los propios Antiguos durante la edad dorada de la ciudad muerta.

Habrá quienes piensen que Danforth y yo estábamos completamente locos por no huir como posesos después de esto, pues nuestras conclusiones, por muy descabelladas que fueran, eran ahora inamovibles, y ni siquiera necesito mencionarlas a quienes han leído mi relato hasta este punto. Tal vez estábamos locos..., y ¿no he dicho ya que aquellos horribles picos eran las montañas de la locura? Sin embargo, creo que existe un espíritu similar, aunque menos extremo, en esos hombres que persiguen bestias sanguinarias por las selvas africanas para fotografiarlas o estudiar sus costumbres. Aun paralizados por el terror, y a pesar de todo, se había avivado en nuestro interior una llama de asombro y de curiosidad, y eso fue lo que finalmente triunfó.

Por supuesto, no teníamos intención de enfrentarnos a aquellos seres que sabíamos que habían estado allí, pero supusimos que ya estaban lejos. Para entonces, nos dijimos, ya habrían encontrado la otra entrada a la sima y habrían penetrado en ella y llegado a los tenebrosos fragmentos del pasado que pudieran quedar en aquel abismo final, desconocido para ellos. Y, si esa entrada estuviera también bloqueada, se dirigirían hacia el norte en busca de otra. Recordábamos que, en parte, no necesitaban luz.

Al echar la vista atrás, apenas puedo recordar cómo eran nuestras nuevas emociones en aquel momento, ni cuál fue el cambio de objetivo inmediato que agudizó hasta aquel punto nuestro sentido de la expectación. Como ya he dicho, no pretendíamos enfrentarnos a aquello que tanto temíamos, pero no negaré que quizá anidaba en nosotros el deseo secreto e inconsciente de espiar ciertas cosas ocultos desde alguna perspectiva ventajosa. No habíamos renunciado a nuestra intención de ver el abismo, pero ahora se interponía una nueva meta: aquel gran espacio circular que aparecía en los bocetos arrugados. Lo habíamos reconocido de inmediato como una monstruosa torre cilíndrica que se hallaba en los primeros grabados y en cuyo primitivo emplazamiento habíamos visto, desde el aire, una prodigiosa abertura redonda. Algo en la monumentalidad de las representaciones, incluso vistas a través de aquellos apresurados diagramas, nos hizo pensar que los niveles subglaciales de esa torre debían de contener elementos de peculiar importancia, quizá maravillas arquitectónicas diferentes de lo que habíamos descubierto hasta entonces. Sin duda, su antigüedad era increíble, a juzgar por los relieves en los que figuraba. De hecho, seguramente había sido uno de los primeros edificios de la ciudad. Si se habían conservado relieves dentro, serían de enorme importancia. Además, ofrecía un vínculo más inmediato con el mundo superior, una ruta más corta que la que nosotros seguíamos con tanto cuidado y que aquella por la que los otros habían descendido.

En cualquier caso, lo que hicimos fue examinar aquellos terribles bocetos —que confirmaban a la perfección los nuestros— y regresar siguiendo el trayecto descrito hasta el lugar circular, trayecto que nuestros innombrables predecesores habían recorrido dos veces antes que nosotros. La otra entrada cercana al abismo se encontraba justo allí. No es necesario que describa el trayecto —durante el cual continuamos dejando un económico rastro de papel—, pues fue parecido al que nos llevó a aquel callejón sin salida, aunque tendimos a permanecer más a nivel del suelo, e incluso a descender a los corredores subterráneos. De vez en cuando, detectábamos inquietantes marcas en los escombros que pisábamos, y, cuando nos hubimos alejado del radio olfativo de la gasolina, volvimos a ser apenas conscientes, de manera intermitente, del otro olor, repulsivo y más persistente. Cuando el camino que seguíamos empezaba a divergir de nuestro primer trayecto, a veces encendíamos unos instantes la linterna para alumbrar las paredes y siempre veíamos los omnipresentes relieves, que verdaderamente parecían constituir el principal modo de expresión estética de los Antiguos.

En torno a las nueve y media, mientras atravesábamos un corredor abovedado cuyo suelo, cada vez más congelado, parecía estar en parte bajo tierra y cuyo techo descendía según avanzábamos, comenzamos a ver una intensa luz diurna más adelante y apagamos la linterna. Estábamos llegando al gran espacio circular, y la distancia que nos separaba del exterior no podía ser muy grande. El corredor terminaba en un arco sorprendentemente bajo para aquellas ruinas megalíticas, a través del cual, sin embargo, podíamos ver una amplia área incluso antes de atravesarlo. Al otro lado había un prodigioso espacio circular abierto al cielo de más de sesenta metros de diámetro, cubierto de cascotes y con numerosas entradas similares a la que estábamos a punto de cruzar. En las paredes, ocupando todos los espacios disponibles, había relieves en una franja en espiral de proporciones épicas que, a pesar de la destructiva erosión causada por los elementos, mostraba un esplendor artístico mucho mayor que nada de lo que hubiéramos visto antes. El suelo cubierto de escombros estaba profundamente helado, y nos pareció que la verdadera superficie se encontraba muy abajo.

Pero el objeto más prominente era una titánica rampa de piedra que, eludiendo las entradas de los túneles mediante una curva cerrada hacia el centro del edificio, se enroscaba en espiral trepando por la formidable pared cilíndrica como una versión interior de las rampas que ascendían por el exterior de los gigantescos zigurats de la antigua Babilonia. Durante nuestro vuelo de reconocimiento, debido a la velocidad del avión y a nuestra perspectiva al descender, que nos ocultaba las paredes interiores, no pudimos ver aquel elemento, y por eso habíamos buscado otra entrada al nivel subglacial. Quizá Pabodie podría habernos dicho qué tipo de obra de ingeniería sostenía la rampa. Lo único que Danforth y yo pudimos hacer fue mirar llenos de asombro y de maravilla. Había tremendas ménsulas y pilares de piedra, pero parecían inadecuados para sustentar aquello. Lo que quedaba de la torre se encontraba en un excelente estado de conservación —una circunstancia muy notable, teniendo en cuenta la exposición a los elementos— y el abrigo de su estructura en pie había preservado en gran medida los extraños e inquietantes relieves cósmicos de los muros interiores.

Al salir a la sobrecogedora luz crepuscular del inmenso fondo del cilindro —que, con unos cincuenta millones de años de antigüedad, era sin duda la estructura más antigua que jamás habían contemplado nuestros ojos—, vimos que los muros por los que ascendía la rampa se elevaban vertiginosamente hasta una altura de casi veinte metros. Eso, según recordábamos de nuestro reconocimiento aéreo, significaba que el hielo externo debía de tener un grosor de unos doce metros, pues el enorme pozo que habíamos visto desde el avión se abría en lo alto de un montículo de piedras deshechas de unos seis metros, en parte protegido en tres cuartas partes de su circunferencia por los descomunales muros curvados de una fila de ruinas de mayor altura. Según los relieves, la torre original se alzaba en el centro de una inmensa plaza circular y tenía entonces quizá ciento cincuenta o ciento ochenta metros, con filas de discos horizontales cerca de la parte superior y una hilera de chapiteles afilados a lo largo del borde más alto. La mayoría de los sillares se habían derrumbado hacia fuera, un hecho afortunado, pues de lo contrario la rampa estaría destrozada y el interior habría quedado repleto de ruinas. Aun así, esta presentaba tristes desperfectos, y los escombros que habían obturado las entradas de la parte inferior parecían haber sido apartados recientemente.

Enseguida concluimos que esa era la ruta por la que habían descendido aquellos otros y la ruta lógica para nuestro propio ascenso, a pesar del largo rastro de papel que habíamos dejado en nuestra ruta anterior. La entrada de la torre estaba a la misma distancia de las estribaciones y de nuestro avión que el gran edificio por el que habíamos entrado, y cualquier exploración subglacial adicional que pudiéramos realizar en aquel viaje debería tener lugar en esa zona. Extrañamente, aún pensábamos en viajes posteriores, incluso después de lo que habíamos visto y adivinado. Más tarde, mientras avanzábamos cautelosamente sobre los escombros de la gran estancia, vimos algo que, por el momento, excluyó todo lo demás.

Eran los tres trineos, cuidadosamente agrupados en el ángulo de la curva inferior de la rampa, que no había sido visible para nosotros hasta ese instante. Allí estaban, los tres trineos que faltaban en el campamento de Lake, estropeados por el uso despiadado que se les había dado, que debió de incluir arrastrarlos a través de grandes extensiones de escombros libres de nieve y transportarlos de manera manual por lugares completamente intransitables. Estaban cargados y atados con cuidado e inteligencia, y contenían cosas muy familiares: la estufa de gasolina, bidones de combustible, cajas de instrumentos, latas de provisiones, lonas abultadas bajo las que sin duda había abundantes libros, y otras lonas bajo las cuales había cosas menos obvias... Todo ello proveniente del equipamiento de Lake. Después de lo que habíamos encontrado en la otra estancia, estábamos en cierta manera preparados para esto. Pero la gran sorpresa vino cuando nos acercamos a los trineos y desatamos la lona, cuyos contornos nos inquietaban. Al parecer, Lake no había sido el único interesado en recoger especímenes: ante nosotros había dos, ambos congelados, perfectamente conservados, con vendas adhesivas sobre ciertas heridas del cuello, envueltos con paciente cuidado para evitar daños ulteriores. Eran los cuerpos del joven Gedney y del perro que faltaba en el campamento.

# X

Muchos nos creerán insensibles, además de locos, por pensar en el túnel hacia el norte y en el abismo justo después de nuestro sombrío descubrimiento, pero me atrevo a decir que esos pensamientos no se habrían reavivado de no ser por una circunstancia específica que nos tomó por sorpresa y que provocó en nosotros una nueva serie de especulaciones. Habíamos cubierto de nuevo con la lona al pobre Gedney, mudos de horror, cuando nuestra conciencia registró por fin aquellos sonidos —los primeros sonidos que oíamos tras dejar atrás el cielo abierto, donde el viento de las montañas gemía tenuemente desde las escalofriantes alturas—. Aunque eran sonidos bien conocidos y más bien prosaicos, su presencia en aquel remoto mundo muerto era más inesperada y perturbadora que cualquier eco fabuloso o grotesco, pues daban un nuevo vuelco a nuestras nociones de armonía cósmica.

Si se hubiera tratado de un vestigio de aquel insólito y musical flauteo de amplio registro que, según la disección que realizó Lake, era posible esperar de aquellos otros seres —y que nuestra crispada imaginación había oído en cada aullido del viento desde que descubrimos los horrores del campamento—, eso habría tenido una especie de coherencia demoniaca con aquella región muerta que nos rodeaba. Una voz de otras épocas pertenece a un cementerio de otras épocas. En cambio, lo que oímos destruyó los profundos ajustes de nuestra conciencia, nuestra aceptación tácita del interior de la Antártida como un páramo tan total e irrevocablemente vacío del menor vestigio de vida normal como el disco de la Luna. Lo que oímos no fueron las fantasmagóricas notas de una blasfema criatura enterrada desde épocas primigenias, de cuyo sobrenatural vestigio el sol polar, denegado durante milenios, habría suscitado una respuesta grotesca. Era algo sarcástico y normal, algo a lo que estábamos infaliblemente acostumbrados desde nuestra navegación por las costas de Tierra Victoria y desde los días del campamento en el estrecho de McMurdo, y nos estremecimos al oírlo en aquel lugar, donde no era posible. En pocas palabras: era el estridente graznido de un pingüino.

El sonido llegaba apagado desde los conductos subglaciales opuestos al corredor por el que habíamos llegado..., en la dirección del túnel que llevaba al gran abismo. La presencia de un ave acuática viva en un mundo cuya superficie era una muerte invariable desde hacía eones solo podía llevar a una conclusión, de ahí que nuestro primer pensamiento fuera verificar la realidad objetiva del sonido. Oímos que se repetía, y que parecía brotar de más de una garganta. En busca de su origen, entramos en una galería de la que alguien había apartado abundantes escombros y, al dejar atrás la luz del sol, reanudamos nuestro rastro de papel con nuevas existencias, tomadas con repugnancia de una de las lonas de los trineos.

A medida que el hielo desaparecía del suelo y hacía visible el amontonamiento de escombros, comenzamos a distinguir varios indicios de algo arrastrado, y, en una ocasión, Danforth encontró una nítida huella de un tipo cuya descripción sería superfluo incluir aquí. El rumbo indicado por los gritos de los pingüinos era precisamente el que nuestro mapa y nuestra brújula recomendaban para llegar al túnel más al norte, y nos alegramos de encontrar abierta una vía sin puentes que pasaba por el primer nivel y por el sótano. El túnel, como indicaba el mapa, debía comenzar en el sótano de una gran estructura piramidal que, según recordábamos vagamente de nuestro reconocimiento aéreo, mostraba un notable grado de conservación. A lo largo del camino, nuestra linterna iba iluminando la acostumbrada profusión de relieves, pero no nos detuvimos a examinar ninguno.

De pronto vimos una voluminosa forma blanca ante nosotros y encendimos la otra linterna. Es extraño de qué modo aquella nueva búsqueda había apartado de nuestra mente el anterior miedo a lo que podía estar merodeando por allí cerca. Aquellos otros seres, tras haber dejado sus víveres en el gran espacio circular, debían de tener intención de regresar a por ellos tras su excursión exploratoria en la dirección del abismo, y, sin embargo, en lo que a ellos respectaba, habíamos descartado por completo toda precaución, como si nunca hubieran existido. Aquella cosa blanca y torpe medía casi dos metros de alto, y enseguida nos dimos cuenta de que no se trataba de uno de esos otros seres. Ellos eran más grandes y oscuros, y, según los relieves, se movían por tierra de forma veloz y segura a pesar del origen marino de su extraño aparato locomotriz. Pero sería absurdo decir que aquella cosa blanca no nos asustó profundamente. De hecho, por un instante se apoderó de nosotros un pánico primitivo, más agudo que el peor de nuestros miedos a los otros seres. De manera anticlimática, la forma blanca se escabulló por una galería a nuestra izquierda para unirse a otros dos ejemplares de su especie que la llamaban con gritos estridentes. Pues, efectivamente, se trataba de un pingüino, aunque de una especie enorme y desconocida, más grande que el mayor pingüino rey, y más grotesco debido a su albinismo y a su virtual carencia de ojos.

Cuando lo seguimos por la galería e iluminamos con nuestras linternas a aquellos tres seres, indiferentes y ajenos a nosotros, vimos que se trataba también de pingüinos albinos y ciegos de la misma especie gigantesca. Su tamaño nos recordaba a los pingüinos arcaicos de los relieves, y no nos costó mucho deducir que eran descendientes de aquella misma especie, la cual sin duda había sobrevivido en alguna región interior más cálida, cuyas tinieblas perpetuas habían destruido su pigmentación y reducido sus ojos a meras ranuras inútiles. Ni por un momento dudamos de que su hábitat actual era el abismo que buscábamos, y esa prueba del calor perdurable y de la habitabilidad de la sima nos llenó de las fantasías más curiosas y perturbadoras.

También nos preguntamos cuál era la causa de que aquellas tres aves se hubieran aventurado lejos de su entorno habitual. El estado de la gran ciudad y el silencio que reinaba allí dejaban bien claro que jamás había sido un lugar de anidación estacional, mientras que la manifiesta indiferencia que mostraba hacia nosotros el trío de pingüinos volvía poco probable que se hubieran asustado solo por encontrarse con los otros seres. ¿Era posible que estos hubieran iniciado alguna acción agresiva o tratado de aumentar su provisión de carne? Nos parecía dudoso que aquel penetrante olor, que tanto odiaban los perros, pudiera causar una antipatía similar en aquellos pingüinos, ya que sus ancestros habían vivido en excelentes términos con los Antiguos —una relación amistosa que debió de sobrevivir en el abismo inferior en tanto hubo Antiguos allí—. Lamentando, en un resurgir de puro espíritu científico, no poder fotografiar aquellas anómalas criaturas, las dejamos allí graznando y seguimos avanzando hacia el abismo, al que ahora sabíamos que sí se podía acceder y cuya dirección exacta dejaban clara las ocasionales huellas de las aves.

Poco después, un abrupto descenso por un largo y bajo corredor sin puertas pareció indicar que nos acercábamos por fin a la entrada del túnel. Habíamos visto a otros dos pingüinos, y oíamos a otros más adelante. Después, el corredor terminaba en un prodigioso espacio abierto que nos dejó sin aliento. Era un perfecto hemisferio invertido, obviamente a gran profundidad bajo tierra, de unos treinta metros de diámetro y quince metros de alto, con entradas de túneles a lo largo de toda la circunferencia excepto en una parte, donde se abría un cavernoso pórtico en arco que rompía la simetría de la cúpula hasta una altura de casi quince metros. Aquella era la entrada al gran abismo.

En aquel vasto hemisferio, cuyo techo cóncavo estaba tallado, de manera impresionante aunque decadente, como la bóveda celeste primitiva, anadeaban unos cuantos pingüinos albinos, extraños en aquel lugar, pero indiferentes y ciegos. Tras el negro túnel había un empinado descenso, y las jambas y el dintel de la entrada estaban tallados de manera grotesca. Nos pareció notar que de aquella misteriosa boca salía una corriente de aire levemente más cálido y quizá incluso una insinuación de vapor, y nos preguntamos qué otras entidades vivas, aparte de los pingüinos, escondían el infinito vacío inferior y las cercanas redes de túneles bajo las titánicas montañas. También nos preguntamos si, cuando el pobre Lake creyó ver un rastro de humo en una de las cumbres y cuando nosotros mismos percibimos una extraña neblina en torno a aquel pico coronado por una fortificación, se trataba de vapor como aquel, que ascendía a través de tortuosos conductos desde las insondables regiones de las entrañas terrestres.

Al entrar en el túnel, vimos que sus dimensiones —al menos en la entrada— eran de unos cuatro metros y medio, y que las paredes, el suelo y el arqueado techo estaban hechos de la habitual sillería megalítica. Las paredes presentaban exiguas decoraciones de cartuchos convencionales y de estilo tardío y decadente, y toda la construcción y las tallas estaban maravillosamente conservadas. El suelo se encontraba bastante despejado, a excepción de algunos escombros ligeros que mostraban huellas de pingüinos hacia el exterior y, en la dirección contraria, las huellas de los otros. Cuanto más avanzábamos, más calor hacía, por lo que pronto empezamos a desabotonarnos las pesadas ropas. Nos preguntamos si abajo habría alguna manifestación ígnea y si las aguas de aquel mar a donde no llegaba el sol estarían calientes. Al cabo de cierta distancia, la sillería daba paso a la roca madre, aunque el túnel mantenía las mismas proporciones y el mismo aspecto regular. Ocasionalmente, la inclinación se hacía tan pronunciada que había surcos de apoyo en el suelo. Empezamos a ver entradas de túneles laterales que no constaban en nuestros diagramas, aunque ninguno de ellos parecía complicar nuestro regreso, y todos ellos nos parecieron muy oportunos como posibles refugios en caso de que nos topásemos con entidades inoportunas que regresasen del abismo. El innombrable olor de aquellas cosas se percibía con mucha claridad. Sin duda era de una estupidez suicida aventurarse en ese túnel sabiendo lo que sabíamos, pero en algunas personas la atracción de lo inexplorado es más fuerte de lo que la mayoría puede imaginar. Era esa atracción lo que nos había llevado en primer lugar a aquel inquietante páramo polar. Nos cruzamos con varios pingüinos, y especulamos con la distancia que aún debíamos recorrer. Según nuestra interpretación de los relieves, aún había que caminar un kilómetro y medio de pendiente pronunciada, pero ya sabíamos que, en materia de proporciones, los relieves no eran completamente de fiar.

Después de unos cuatrocientos metros, el innombrable olor se hizo más fuerte y empezamos a vigilar con cuidado los túneles laterales que íbamos dejando atrás. No había vapor visible como en la entrada del túnel, aunque eso sin duda se debía a la ausencia de contraste con aire más frío. La temperatura estaba ascendiendo rápidamente, y no nos sorprendimos al encontrar un desordenado montón de material que nos pareció espeluznantemente familiar. Eran pieles y lona sacadas del campamento de Lake, y no quisimos examinar las formas insólitas en que habían sido cortadas. Un poco más adelante, notamos un decidido incremento en el tamaño y el número de las galerías laterales, y concluimos que habíamos llegado a la red de túneles bajo las montañas. El olor innombrable estaba ahora curiosamente mezclado con otro olor aún más ofensivo, y, aunque no podíamos adivinar su naturaleza, pensamos en organismos en descomposición y, quizá, en desconocidos hongos subterráneos. A continuación había una sorprendente expansión del túnel para la que no nos habían preparado los relieves: las paredes se ensanchaban y el techo se alzaba hasta formar una elevada caverna elíptica de aspecto natural con suelo uniforme, de unos veintitrés metros de largo por quince de ancho, con numerosos y amplios pasajes a los lados que conducían a una críptica oscuridad.

Aunque la caverna parecía natural, al inspeccionarla con ambas linternas nos dio la impresión de que se había formado mediante la destrucción artificial de varias paredes entre redes de túneles adyacentes. La superficie de las paredes era desigual, y en el alto techo abovedado había una gran densidad de estalactitas, pero el suelo de roca madre había sido alisado y estaba libre de escombros, de desechos e incluso de polvo, y esto en un grado completamente anormal. La ausencia de polvo también se daba en todas las grandes galerías que salían de allí, a excepción de aquella por la que habíamos llegado, y esto nos pareció tan singular que nos devanamos los sesos en vano buscando una explicación. La nueva y curiosa fetidez era muy intensa. Tanto es así que destruía cualquier rastro del olor innombrable. Había algo en aquel lugar, con su suelo pulido y casi reluciente, que nos parecía más desconcertante y horrible que todas las cosas monstruosas que habíamos encontrado hasta entonces.

La regularidad del pasaje justo delante de nosotros, junto con la mayor abundancia de excrementos de pingüino, impedía cualquier confusión en cuanto al camino que seguir entre aquella plétora de túneles idénticos. Aun así, decidimos retomar nuestro rastro de papel por si acaso más adelante surgía una mayor complejidad, ya que no podíamos contar con las huellas en el polvo. Al continuar nuestro avance por el pasaje de enfrente, alumbramos con nuestra linterna las paredes del túnel... y tuvimos que detenernos en seco por el asombro. Por supuesto, comprendíamos que, en la época en que se excavaron aquellos túneles, la escultura de los Antiguos debía de encontrarse en una gran decadencia, y ya habíamos reparado en la inferior factura de los arabescos en los pasajes que acabábamos de atravesar. Pero ahora, en aquella sección más profunda, tras dejar atrás la caverna, había una súbita diferencia que trascendía por completo cualquier explicación. Una diferencia no solo de calidad, sino de naturaleza básica, que mostraba una profunda y calamitosa degradación técnica que nada en el declive observado hasta entonces habría podido predecir.

Estas nuevas y degeneradas obras eran burdas, brutales y por completo carentes de delicadeza. Estaban labradas con exagerada profundidad en frisos que seguían las mismas líneas generales que los escasos cartuchos de las secciones anteriores, pero la altura de los relieves no alcanzaba el nivel de la superficie. Danforth sugirió que se trataba de segundos relieves, de una especie de palimpsesto esculpido tras la eliminación de una obra previa. Su naturaleza era por completo decorativa y convencional, y consistía en rudimentarias espirales y en ángulos que más o menos seguían la tradición matemática quinaria de los Antiguos, aunque parecían más una parodia que la perpetuación de una tradición. No podíamos evitar sentir que había un elemento sutil pero profundamente extraño que se había añadido al sentimiento estético que se percibía tras la técnica..., un elemento extraño, según conjeturó Danforth, que fue responsable de la sustitución sin duda laboriosa de unos relieves por otros. Se parecían a lo que ya reconocíamos como el arte de los Antiguos, pero, al mismo tiempo, eran diferentes de manera perturbadora, y me recordaron poderosamente a obras híbridas como las torpes esculturas de Palmira, esculpidas en imitación del estilo romano. En el suelo, frente a uno de los relieves más característicos, vimos una batería de linterna usada, lo cual sugería que otros ya habían reparado en aquellos frisos.

Como no podíamos permitirnos pasar mucho tiempo examinando los relieves, seguimos adelante tras echarles un somero vistazo, aunque con frecuencia iluminábamos las paredes para ver si se habían desarrollado más cambios en la decoración. No nos pareció que fuera así, aunque en algunos lugares los relieves eran más bien escasos debido a los abundantes túneles laterales. Veíamos y oíamos menos pingüinos, pero nos parecía percibir apenas un distante coro de esos animales en lo más profundo de la tierra. El nuevo e inexplicable olor tenía una intensidad abominable, y apenas podíamos detectar el otro olor. Más adelante, vimos nubecillas de vapor que indicaban contrastes crecientes de temperatura y la relativa cercanía de los tenebrosos acantilados del gran abismo. Entonces, de manera inesperada, aparecieron ante nosotros ciertas obstrucciones en el pulido suelo —obstrucciones que claramente no eran pingüinos— y encendimos la segunda linterna para asegurarnos de que se trataba de objetos estacionarios.

# XI

Y de nuevo llego a un punto en que me resulta muy difícil proseguir. Debería estar curtido a estas alturas, pero ciertas experiencias e intuiciones causan heridas demasiado profundas para que puedan curar y dejan una sensibilidad tan exacerbada que el mero recuerdo despierta todo el terror original. Como ya he dicho, vimos algo que obstruía el bruñido corredor más adelante, y debo añadir que, al mismo tiempo, nuestras fosas nasales fueron atacadas por una insólita intensificación de la extraña fetidez predominante, ahora claramente mezclada con el innombrable hedor de esos otros que nos precedían. La luz de la segunda linterna no nos dejó ninguna duda acerca de la naturaleza de aquellas «obstrucciones», y solo nos atrevimos a acercarnos porque, aun desde cierta distancia, pudimos ver que eran tan incapaces de hacernos daño como los seis especímenes similares que desenterramos en el campamento de Lake.

De hecho, se encontraban en un estado tan deteriorado como los otros, aunque era obvio que, en su caso, ese estado era mucho más reciente. Solo había cuatro entidades, a pesar de que los informes de Lake sugerían al menos ocho. Encontrarlas de aquella forma era muy inesperado, y nos preguntamos qué monstruosa lucha había tenido lugar allí en la oscuridad.

Los pingüinos, cuando son atacados en grupo, contraatacan salvajemente con sus picos, y nuestros oídos nos advertían de la existencia de una colonia allá abajo. ¿Habían aquellas entidades perturbado a las aves, incitando en ellas una persecución asesina? El estado de las «obstrucciones» lo hacía poco probable, pues los picos de los pingüinos no podían explicar aquellos daños terribles en los resistentes tejidos que Lake había diseccionado, según íbamos viendo al acercarnos. Además, aquellos enormes pájaros ciegos parecían singularmente pacíficos.

¿Se había producido entonces una lucha dentro del grupo de los otros? ¿Eran los cuatro que faltaban los responsables de las muertes? Y, en ese caso, ¿dónde estaban? ¿Lo bastante cerca como para suponer una amenaza inmediata para nosotros? Al acercarnos aún más, despacio y con franca reticencia, no dejábamos de mirar los bruñidos túneles laterales. Estaba claro que aquella lucha era lo que había asustado a los pingüinos y había hecho que vagaran de forma desacostumbrada. Debió de ser entonces cuando, en la incalculable sima de abajo, se alzó el coro aviar que habíamos oído antes, pues no parecía que los pingüinos vivieran allí arriba. Quizá, se nos ocurrió, se había producido una persecución espantosa: la facción más débil había querido regresar a los trineos, pero sus perseguidores habían acabado con ellos. Apenas podíamos imaginar la demoníaca reyerta entre aquellas innombrables y monstruosas entidades mientras emergían del negro abismo con bandadas de pingüinos graznando y huyendo ante ellos.

Como ya he dicho, nos acercamos despacio y con reticencia a aquellas yacentes y mutiladas «obstrucciones». ¡Ojalá jamás nos hubiéramos acercado y hubiéramos corrido a toda velocidad hasta salir de aquel blasfemo túnel de suelos bruñidos y grasientos y de murales degenerados que copiaban y envilecían aquellos objetos que reemplazaban! ¡Ojalá hubiéramos corrido de vuelta al avión para no ver lo que vimos, para que en nuestra mente no se grabase algo que ya nunca nos dejará respirar tranquilos!

Al iluminar los objetos postrados con nuestras linternas, enseguida nos dimos cuenta de lo que tenían en común: los cuatro estaban desfigurados, aplastados, retorcidos, destrozados... y los cuatro habían sufrido una decapitación total. La cabeza tentacular en forma de estrella de mar estaba ausente en todos ellos, y al acercarnos más vimos que el demoniaco método de extirpación había sido una especie de desgarramiento o de succión, y no una incisión. El hediondo icor que manaba de ellos estaba formando un gran charco, pero su pestilencia quedaba camuflada a medias por la nueva y extraña fetidez, más potente allí que en ningún otro lugar. Solo cuando estuvimos muy cerca pudimos identificar el origen de esa segunda e inexplicable fetidez..., y, en el momento en que lo hicimos, Danforth recordó ciertos relieves de la historia de los Antiguos durante el Pérmico, hace ciento cincuenta millones de años, y lanzó un grito atormentado e histérico que resonó en las paredes palimpsésticas de aquel arcaico pasaje abovedado.

Yo mismo estuve a punto de gritar, pues también había visto aquellos relieves primigenios de la gran guerra de subyugación y, ya entonces, me había estremecido al admirar el modo en que el artista anónimo sugería la repulsiva mucosidad que envolvía a los cadáveres incompletos de ciertos Antiguos, asesinados por los shoggoths de forma característica: decapitados horriblemente mediante succión. Eran esculturas infamantes y propias de una pesadilla, aunque relatasen hechos de cosas extintas hace eones, pues ningún ser humano debía ver a los shoggoths ni sus obras, y ningún otro ser debía ni siquiera representarlos. El demente autor del *Necronomicón* jura, con tono nervioso, que en la Tierra nunca se creó a esos seres, y que solo algunos soñadores drogados han sido capaces de concebirlos en su imaginación. Protoplasma informe capaz de parodiar y reflejar todas las formas, todos los órganos y procesos..., gomosos esferoides de más de cuatro metros de diámetro, infinitamente plásticos y dúctiles..., esclavos del hipnotismo, constructores de ciudades..., cada vez más taciturnos, cada vez más inteligentes, cada vez más anfibios, cada vez más imitativos... ¡Dios mío! ¿Qué locura llevó a los Antiguos a valerse de aquellas cosas y, después, a representarlas?

Entonces, al ver Danforth y yo la gruesa capa de mucosidad negra e iridiscente, fresca y brillante, que envolvía aquellos cuerpos decapitados y apestaba de manera obscena con aquel nuevo y desconocido olor, cuya causa solo una imaginación enferma podía concebir —mucosidad que envolvía aquellos cuerpos y que, en menor medida, brillaba también sobre una parte lisa de los palimpsésticos relieves de la pared, formando *una serie de puntos agrupados*—, comprendimos la naturaleza del terror cósmico en toda su insondable profundidad. No era ya miedo a las cuatro entidades que faltaban, pues sospechábamos que ya no podrían hacernos daño... ¡Pobres diablos! Después de todo, no eran seres malignos. Eran como hombres de otra época y de otro orden del ser. La naturaleza les había gastado una broma infernal —como hará con cualquiera al que, en el futuro, la locura humana, la insensibilidad o la crueldad arrastren a ese páramo polar muerto o, más bien, durmiente— y aquella había sido su trágica bienvenida al hogar.

Ni siquiera eran unos salvajes, pues, en realidad, ¿qué es lo que habían hecho? El horrible despertar en el frío de una época desconocida..., quizá el ataque de aquellos peludos cuadrúpedos con su frenesí de ladridos..., su aturdida defensa ante ellos y ante los simios blancos, igualmente frenéticos, con sus extraños envoltorios y parafernalia... Pobre Lake, pobre Gedney... ¡y pobres Antiguos! Habían sido científicos hasta el final. Y ¿qué habían hecho que nosotros no hubiéramos hecho en su lugar? ¡Dios, qué inteligencia, qué persistencia! ¡Qué manera de enfrentarse a lo increíble, al igual que sus congéneres y antepasados se habían enfrentado a cosas solo un poco menos increíbles, tal como mostraban los relieves! Fueran lo que fuesen —radiados, plantas, monstruosidades, engendros estelares...—, ¡eran hombres!

Habían cruzado los picos helados, en cuyas laderas cubiertas de templos antiguamente habían adorado a sus dioses y caminado entre los helechos arbóreos. Habían hallado su ciudad muerta y sombría, envuelta en una maldición, y, como nosotros, habían leído la historia de sus últimos días esculpida en las paredes. Habían intentado reunirse con sus congéneres supervivientes en las legendarias y tenebrosas profundidades que no conocían..., y ¿qué habían encontrado? Todo esto atravesó como un relámpago la mente de Danforth y la mía mientras desviábamos la mirada de aquellas formas decapitadas y cubiertas de mucosidad y la dirigíamos al aberrante palimpsesto de relieves, a los diabólicos grupos de puntos de mucosidad aún fresca que se veían en la pared sobre ellas..., y fue entonces cuando entendimos qué es lo que triunfó y sobrevivió allá abajo, en la ciclópea ciudad acuática del nocturno abismo bordeado de pingüinos, de donde, justo ahora, una neblina siniestra empezaba a brotar, retorciéndose en el aire como en respuesta al histérico grito de Danforth.

La conmoción al reconocer el monstruoso significado de la mucosidad y de la decapitación nos convirtió en estatuas mudas e inmóviles, y solo por conversaciones posteriores sabemos que, en aquel momento, nuestros pensamientos eran idénticos. Nos pareció que nos quedábamos siglos en aquel lugar, pero no pudieron ser más de diez o quince segundos. Aquella odiosa neblina lívida se curvaba hacia arriba, como empujada por una masa remota que avanzase hacia nosotros..., y en ese momento oímos algo que trastocó casi todo lo que acabábamos de decidir y, de esa forma, nos sacó de nuestro estupor y nos permitió finalmente salir corriendo como posesos en dirección a la ciudad muerta, entre los clamorosos y confusos pingüinos, a través de megalíticos corredores helados, con la intención de llegar al gran círculo abierto y ascender por la arcaica rampa espiral en una frenética y mecánica zambullida hacia el aire y la luz del razonable día.

Aquello que oímos, como ya he indicado, trastocó todos nuestros planes, pues era justo el sonido que el informe de disección del pobre Lake atribuía a las entidades que creíamos muertas. Según Danforth me dijo más tarde, era justo ese sonido lo que había oído, más apagado, en aquella esquina del callejón sobre el nivel del hielo, y ciertamente poseía un chocante parecido con el sonido aflautado del viento en las altas cuevas de las montañas. A riesgo de sonar pueril, añadiré algo más, aunque solo sea porque las impresiones de Danforth coincidían con las mías. Por supuesto, estábamos influidos por ciertas lecturas comunes, aunque Danforth sugiere fuerzas insospechadas y prohibidas a las que Poe pudo tener acceso hace un siglo mientras escribía *Arthur Gordon Pym*. Como es sabido, en esa novela fantástica hay una palabra —cuyo significado, aunque desconocido, es terrible y prodigioso y guarda relación con las regiones antárticas— que las gigantescas aves níveas y espectrales del centro de ese maligno territorio gritan eternamente: «¡Tekeli-li! ¡Tekeli-li!». Eso es, lo confieso, exactamente lo que creímos oír de pronto por detrás del lento avance de la neblina blanca: el insidioso flauteo musical de registro singularmente amplio.

Ya estábamos en plena carrera antes de que terminasen de sonar aquellas tres notas o sílabas, a pesar de que conocíamos la velocidad de los Antiguos y sabíamos que, si uno de ellos había oído el grito y decidía perseguirnos, nos alcanzaría en un instante. Sin embargo, albergábamos la vaga esperanza de que

una conducta no agresiva y una muestra de racionalidad semejante a la suya podría hacer que nos perdonaran la vida en caso
de captura, aunque solo fuera por curiosidad científica. Después de todo, si no tenían nada que temer de nosotros, tampoco tendrían motivos para hacernos daño... Escondernos era
inútil, y, mientras corríamos, alumbramos un instante atrás y
vimos que la neblina se estaba disolviendo. ¿Veríamos por fin
un espécimen completo y vivo de aquellos otros? De nuevo
oímos el insidioso flauteo musical: «¡Tekeli-li! ¡Tekeli-li!».

Entonces, notando que estábamos ganando a nuestro perseguidor, se nos ocurrió que quizá se hallaba herido. Aun así,
no queríamos correr riesgos, pues claramente venía hacia nosotros en respuesta al grito de Danforth y no huyendo de otra
entidad. La inmediatez de la respuesta no dejaba lugar a dudas.
En cuanto al paradero de esa otra pesadilla, aún más inconcebible e inmencionable —aquella fétida y nunca vista montaña
de mucosidad protoplásmica cuya raza había conquistado el
abismo y había enviado emisarios para esculpir nuevos relieves
y reptar por los túneles de las estribaciones de las montañas—,
era imposible especular, y sentimos una auténtica punzada de
compasión al abandonar a aquel Antiguo, probablemente mutilado y quizá el único superviviente de su raza, al peligro de ser
capturado y a un destino innombrable.

Gracias al cielo, no disminuimos el paso. La sinuosa neblina se había espesado de nuevo y avanzaba hacia nosotros con
velocidad creciente, mientras los pingüinos que dejábamos
atrás graznaban y gritaban y mostraban signos de un pánico
sorprendente en vista de su confusión relativamente menor
cuando nos cruzamos con ellos. Una vez más llegó hasta nuestros oídos aquel siniestro flauteo de amplio registro: «¡Tekeli-li!
¡Tekeli-li». Nos habíamos equivocado. Aquella cosa no estaba
herida, tan solo se había detenido junto a los cuerpos de sus
congéneres caídos y junto a la infernal inscripción mucilagi-

nosa. Nunca sabremos qué decía aquel mensaje demoniaco, pero las sepulturas del campamento ya nos habían señalado la importancia que esos seres concedían a sus muertos. Nuestra casi agotada linterna nos reveló ahora, ante nosotros, la gran caverna abierta donde confluían varios caminos, y nos alegramos de dejar atrás aquellos mórbidos palimpsestos, cuyos relieves podíamos sentir al pasar junto a ellos, aunque apenas pudiéramos verlos.

Al aproximarnos a la caverna, también se nos ocurrió la posibilidad de despistar a nuestro perseguidor en la desconcertante confluencia de galerías. Había numerosos pingüinos albinos en aquel espacio abierto, y su terror a la entidad que se acercaba era tan extremo que llegaba a lo inexplicable. Si reducíamos la luz de la linterna al mínimo para orientarnos y la enfocábamos estrictamente hacia delante, los aterrorizados graznidos de las aves en la niebla encubrirían el sonido de nuestros pasos, ocultarían nuestra verdadera dirección y, quizá, darían una pista falsa sobre nuestro camino. Allí, en medio de aquella niebla serpenteante y espiralada, en el suelo cubierto de escombros y carente de brillo —a diferencia del malsano bruñido de los otros túneles—, apenas sería posible seguir un rastro distintivo, ni siquiera para los sentidos especiales de los Antiguos, que, por lo que sabíamos, los dotaban de una independencia parcial de la luz. De hecho, nos preocupaba un poco confundirnos nosotros mismos de camino a causa de las prisas. Habíamos decidido seguir recto hacia la ciudad muerta, pues no queríamos ni pensar en las consecuencias de perdernos en aquella red de túneles bajo las montañas.

El hecho de que sobreviviéramos y saliéramos de allí con vida significa que aquel ser se fue por la galería equivocada y que nosotros, milagrosamente, elegimos la correcta. La sola presencia de los pingüinos no habría bastado para salvarnos, pero, sumada a la neblina, tuvo el efecto deseado. Solo una benigna providencia mantuvo aquellos sinuosos vapores lo bastante densos en el momento adecuado, pues continuamente fluctuaban y amenazaban con desaparecer. De hecho, por un instante se disiparon, justo antes de que saliéramos a la cueva abierta desde el túnel de los nauseabundos relieves, y fue entonces, al lanzar una última y aterrorizada mirada atrás antes de disminuir la intensidad de la linterna y tratar de confundirnos entre los pingüinos, cuando tuvimos un primer y único vislumbre de la entidad que se acercaba. Si la providencia que nos había ocultado hasta entonces tras la niebla era benigna, la que nos permitió aquel vislumbre era sin duda todo lo contrario, pues a aquel instante de visión a medias se debe el terror que nos ha perseguido desde entonces.

Nuestro motivo exacto para mirar atrás fue quizá tan solo el instinto inmemorial de averiguar la naturaleza y la situación de nuestro perseguidor, o quizá se trató de un intento automático de responder a cierta pregunta subconsciente planteada por uno de nuestros sentidos... En plena huida, con todas nuestras facultades centradas en escapar, no estábamos en condiciones de observar y analizar detalles, pero, incluso en esa situación, nuestras neuronas latentes debieron de extrañarse por el mensaje que les enviaban las fosas nasales. Más tarde comprendimos la razón: al huir de la envoltura mucosa de las «obstrucciones» decapitadas y al notar el subsiguiente acercamiento de la criatura que nos perseguía, no se había producido el cambio de olores que exigía la lógica. En la cercanía de aquellos seres postrados, el nuevo e inexplicable hedor de la capa mucosa había dominado por completo, pero, en aquel momento de nuestra huida, debía haber dado lugar a la innombrable fetidez que asociábamos con los otros. Sin embargo, esto no había ocurrido. En cambio, el nuevo olor, mucho peor que el otro, se percibía ahora prácticamente puro, y con cada segundo se hacía más y más ponzoñoso e insistente.

De modo que miramos atrás, en apariencia los dos a la vez, aunque sin duda el movimiento incipiente de uno de los dos provocó la imitación del otro. Con las dos linternas en su máxima intensidad —debido a una ansiedad primitiva por ver todo lo que pudiéramos ver o con la intención menos primitiva pero igualmente inconsciente de cegar a aquella entidad antes de atenuar la luz y confundirnos con los pingüinos del centro del laberinto—, enfocamos la neblina que se atenuaba. ¡Infeliz acto! Ni siquiera Orfeo o la mujer de Lot pagaron tan cara una mirada atrás. Y de nuevo oímos aquel perturbador flauteo de amplio registro: «¡Tekeli-li! ¡Tekeli-li!».

Aunque no puedo soportar ser directo, seré franco al declarar lo que vimos, a pesar de que entonces sentimos que no podríamos confesárnoslo a nosotros mismos. Las palabras que lleguen al lector no podrían jamás sugerir el horror de aquella visión. Mutiló nuestra conciencia tan por completo que me asombra que nos quedase la sensatez residual para atenuar las linternas, tal como habíamos planeado, y entrar por el túnel correcto hacia la ciudad muerta. Debió de ser solo el instinto lo que nos sostuvo hasta el final, aunque pagamos un alto precio por ello. En cuanto a la razón, muy poca nos quedaba ya. Danforth estaba completamente desquiciado, y lo primero que recuerdo del resto de nuestro trayecto fue oírle canturrear con tono delirante una histérica fórmula en la que solo yo, entre toda la humanidad, habría podido encontrar algo que no fuera una demencial irrelevancia. Su cantinela reverberó en falsete entre los graznidos de los pingüinos, a través de las bóvedas que cruzamos más adelante y en las bóvedas deshabitadas que, gracias a Dios, dejábamos atrás. Sin duda no empezó a canturrear enseguida, pues en ese caso no habríamos seguido vivos mucho tiempo. Me estremezco al pensar en la sutil diferencia en sus reacciones nerviosas que debió de provocar.

—South Station..., Washington..., Park Street..., Kendall..., Central..., Harvard...

El pobre hombre estaba recitando las estaciones del tren subterráneo entre Boston y Cambridge, cuyo túnel perforaba nuestro suelo nativo a miles de kilómetros de allí, en Nueva Inglaterra, pero aquel ritual no entrañaba ni irrelevancia ni nostalgia. Contenía solo horror, pues enseguida comprendí la monstruosa y nefanda analogía que sugería. Antes, al mirar atrás, habíamos esperado ver, si la niebla se disipaba lo suficiente, una espantosa entidad moviéndose de forma inconcebible, y de esa entidad nos habíamos formado una idea clara. Sin embargo, lo que vimos fue algo por completo diferente e inconmensurablemente más espantoso y detestable. Era la materialización absoluta y objetiva de la «cosa que no debería existir» de los novelistas fantásticos, y la analogía más aproximada para describirla podría ser un vasto y vertiginoso tren subterráneo tal como uno lo ve acercarse desde el andén de la estación: la negra parte delantera emergiendo colosal de la infinita profundidad subterránea, constelado de extrañas luces de colores y llenando el prodigioso túnel como un pistón ocupa el interior de un cilindro.

Pero no nos encontrábamos en el andén de una estación, sino en la trayectoria de una pesadillesca columna gelatinosa de fétida iridiscencia negra que se vertía hacia delante apretada en el interior de un conducto de más de cuatro metros de diámetro, cada vez más horriblemente rápida, empujando ante sí una espesa espiral de pálido vapor abisal. Era algo terrible e indescriptible, más grande que cualquier tren subterráneo, un cúmulo informe de burbujas protoplásmicas débilmente luminosas, con miles de ojos temporales que se formaban y se deshacían como pústulas de luz verdosa a lo largo de la parte frontal, que llenaba por completo el túnel y se abalanzaba hacia nosotros, aplastando a su paso a los frenéticos pingüinos y deslizándose sobre el lustroso suelo que él y los de su especie conservaban libre de todo escombro. Y una vez más oímos aquel espeluznante y paródico grito: «¡Tekeli-li! ¡Tekeli-li!», y por fin recordamos que los demoniacos shoggoths, a los que los Antiguos habían dotado de vida, de pensamiento y de órganos maleables, y que no poseían lenguaje propio excepto aquel cuya escritura se componía de grupos de puntos, *tampoco poseían voz propia excepto cuando imitaban las voces de sus extintos amos.*

# XII

Danforth y yo tenemos recuerdos de salir al gran hemisferio lleno de relieves y de desandar nuestro camino a través de los ciclópeos salones y corredores de la ciudad muerta, pero esto son meros fragmentos de sueños, sin memoria alguna de actos voluntarios, de detalles o de esfuerzo físico. Era como si flotáramos en un neblinoso mundo sin tiempo, causalidad ni direcciones. El crepúsculo gris del vasto espacio circular nos serenó un poco, pero no osamos acercarnos a los trineos ocultos ni mirar de nuevo al pobre Gedney y al perro. Ahora tienen solo para ellos un extraño y titánico mausoleo, y espero que nadie perturbe su descanso hasta el fin de este planeta.

Mientras ascendíamos trabajosamente la colosal rampa en espiral, sentimos por primera vez la fatiga y la falta de aliento producidas por nuestra carrera a través del enrarecido aire del altiplano, pero ni siquiera el miedo a perder el conocimiento logró que nos detuviéramos antes de salir al ordinario ámbito del sol y del cielo. Hubo algo apropiado en nuestra despedida de aquellas épocas sepultadas, pues, mientras jadeábamos remontando los veinte metros de altura de aquel cilindro de sillería primigenia, vislumbrábamos junto a nosotros una continua procesión de relieves heroicos en el estilo temprano y puro de la raza muerta. Era un adiós de parte de los Antiguos escrito hacía cincuenta millones de años.

Por fin, emergimos atropelladamente por la parte superior y nos encontramos sobre un gran montículo de sillares caídos, con altos muros curvos de edificios más altos alzándose hacia el oeste y con los siniestros picos de las grandes montañas asomando, hacia el este, entre las edificaciones más ruinosas. Desde el horizonte al sur, a través de brechas en las irregulares ruinas, nos miraba el rojo sol rasante de la medianoche antártica, y la terrible antigüedad y la muerte de aquella ciudad de pesadilla parecían aún más inhóspitas comparadas con las comunes y familiares características del paisaje polar. El cielo era una masa sinuosa y opalescente de tenues vapores helados, y el frío de pronto nos atenazó las entrañas. Agotados, dejamos en el suelo las mochilas —a las que instintivamente nos habíamos aferrado durante nuestra huida desesperada—, nos abrochamos la pesada ropa de abrigo, descendimos vacilantes del montículo y caminamos a través del milenario laberinto hasta las estribaciones donde esperaba nuestro avión. De aquello que nos había hecho escapar de la secreta oscuridad subterránea y de las arcaicas simas nada dijimos.

Al cabo de menos de quince minutos, llegamos a la abrupta pendiente en las estribaciones por la que habíamos descendido —probablemente una antigua terraza— y vimos, más arriba, el oscuro bulto del avión entre las diseminadas ruinas. A mitad de camino, hicimos un alto para respirar unos instantes, y nos volvimos hacia el fantástico caos paleógeno de allá abajo, cuyas increíbles formas de piedra se perfilaban de nuevo contra el desconocido oeste. Vimos que el cielo había perdido la neblina de aquella mañana y que los inquietos vapores helados se habían desplazado al cénit, donde sus contornos burlones parecían a punto de formar alguna insólita estructura que temieran definir del todo.

En aquel momento, sobre el lejano horizonte blanco, mucho más allá de la grotesca ciudad, podía verse una tenue y delicada línea de pináculos de color violeta, cuyas aguzadas cimas se alzaban como un sueño contra el fascinante cielo rosado de poniente. Hacia aquel borde resplandeciente se erguía la antigua meseta, con el deprimido curso del extinto río atravesándola como una irregular cinta de sombra, y, por un instante, contuvimos la respiración, asombrados, ante la belleza sobrenatural y cósmica de la escena, pero después un vago horror comenzó a adueñarse de nosotros. Pues aquella lejana línea color violeta tenía que ser la terrible cordillera de la tierra prohibida, las montañas más altas de la Tierra; foco del mal en nuestro planeta; emisarias de horrores sin nombre y de arcaicos secretos; evitadas y aplacadas con plegarias por aquellos que temían incluso escribir su nombre; jamás holladas por ningún ser vivo terrestre; visitadas por siniestros relámpagos; emisoras de extraños rayos a través de las planicies de la noche polar..., sin duda el arquetipo de la temida Kadath del Páramo Helado, más allá de la abominable Leng, insinuada en las blasfemas leyendas primigenias. Fuimos los primeros seres humanos en verlas, y rezo por que seamos los últimos.

Si los mapas y las imágenes de los relieves decían la verdad, aquellas crípticas montañas de color violeta se encontraban a unos quinientos kilómetros. Aun así, sus tenues y frágiles formas asomaban por encima del remoto horizonte nevado como el borde serrado de un planeta monstruoso y desconocido a punto de elevarse hacia cielos inusitados, por lo que su tremenda altitud debía de estar más allá de toda comparación, y sus picos sin duda llegaban hasta sutiles estratos atmosféricos, lugares poblados por espectros gaseosos que algunos pilotos imprudentes han tenido tiempo de mencionar en susurros antes de que sus aviones se estrellaran de manera inexplicable. Al mirarlas, pensé nerviosamente en ciertos indicios sugeridos por los relieves sobre aquella cosa que el extinto río había arrastrado hasta la ciudad desde las malditas laderas de esas montañas, y me pregunté cuánta sensatez y cuánta necedad había en los miedos de aquellos Antiguos que los habían esculpido. Recordé que el extremo norte de la cordillera debía de estar próximo a la Tierra de la Reina Mary, donde en aquel momento se encontraba la expedición de sir Douglas Mawson, a unos tres mil kilómetros de allí, y recé por que ningún maléfico destino permitiera a sir Douglas y a sus hombres un vislumbre de lo que había más allá de la protectora cordillera de la costa. Estos pensamientos dan una idea de mi crispada condición de aquel momento. El estado de Danforth era aún peor.

Pero, mucho antes de pasar junto a la gran ruina en forma de estrella y de llegar a nuestro avión, nuestros miedos se habían transferido a la otra cordillera, menor aunque enorme, que ahora debíamos volver a cruzar. Desde las estribaciones, las negras laderas incrustadas de ruinas se alzaban siniestras y horribles hacia el este, y de nuevo nos recordaron las extrañas pinturas asiáticas de Nikolái Roerich. Al pensar en las malditas redes de túneles en su interior, y en las espantosas entidades amorfas que podían oprimir sus fétidas y gusaneantes masas contra el interior de los túneles para abrirse camino hasta los más altos picos, nos invadió el pánico ante la perspectiva de cruzar una vez más aquellas inquietantes cuevas de las alturas, en las que el viento provoca sonidos parecidos a un maligno flauteo de amplio registro. Para mayor preocupación, vimos claramente niebla en torno a varias de las cumbres —lo mismo que debió de ver el pobre Lake cuando creyó que la cordillera era volcánica— y, con un escalofrío, pensamos en la similar neblina de la que acabábamos de escapar y en el abismo blasfemo del que surgían esos vapores, que había engendrado aquellas monstruosidades.

En el avión todo estaba en orden, de modo que, vestidos con nuestras pesadas pieles, subimos torpemente al aparato.

Danforth puso en marcha el motor sin problemas y realizamos un perfecto despegue sobre la ciudad de pesadilla. Debajo de nosotros, la primigenia sillería ciclópea se extendía tal como la habíamos visto la primera vez —hacía tan poco tiempo y, sin embargo, hacía tanto...—, y comenzamos a ascender y a virar para comprobar los vientos antes de cruzar el desfiladero. A gran altitud debía de haber importantes turbulencias, pues las nubes heladas del cénit estaban haciendo todo tipo de cosas extrañas, pero a tres mil quinientos metros —la altitud que necesitábamos para pasar el desfiladero— se podía volar sin demasiados problemas. Al acercarnos a las tremendas cumbres, de nuevo oímos el extraño flauteo del viento, y pude ver que las manos de Danforth temblaban en los mandos. A pesar de que soy un mero aficionado, pensé que en ese momento yo era el más indicado para efectuar el peligroso cruce entre los picos, y, cuando hice ademán de cambiar de asientos y de hacerme con los controles, Danforth no opuso resistencia. Traté de armarme de toda mi habilidad y de mi sangre fría y me concentré en el lejano cielo rojizo que veía entre las paredes del desfiladero, resuelto a no prestar atención a las volutas de vapor que salían de las cumbres y deseando haberme tapado los oídos con cera como los hombres de Ulises en las costas de las sirenas, para así excluir de mi conciencia el perturbador flauteo del viento.

Pero Danforth, liberado de la labor de pilotaje y preso de una crispación nerviosa que rallaba en lo peligroso, no podía estarse quieto. Yo notaba cómo se volvía y se retorcía mirando hacia atrás, a la terrible ciudad que se alejaba; hacia delante, a los picos perforados de cuevas e incrustados de cubos; hacia los lados, al lúgubre océano de las nevadas estribaciones cubiertas de fortalezas, y hacia arriba, a las nubes grotescas y sinuosas. Fue entonces, justo cuando yo trataba de llevar el avión sano y salvo al otro lado del desfiladero, cuando lanzó una serie de gritos demenciales que estuvieron a punto de llevarnos al desastre, pues minaron mi autodominio e hicieron que por unos instantes no supiera apenas qué hacer con los controles. Un segundo más tarde, mi determinación triunfó de nuevo y logramos salir del desfiladero, pero me temo que Danforth ya nunca volverá a ser el mismo.

Ya he dicho que se negó a decirme qué era el horror final que le hizo gritar de forma tan espantosa. Ese horror, estoy tristemente seguro, es el principal responsable de su estado mental actual. En el avión, tuvimos breves conversaciones a gritos por encima del silbido del viento y del rugido del motor mientras salíamos del desfiladero y comenzábamos a descender hacia el campamento, pero esas conversaciones se referían fundamentalmente a las promesas que habíamos hecho al abandonar la ciudad de pesadilla de guardar el secreto de lo que habíamos visto. Coincidimos en que había cosas de las que la gente no debía hablar a la ligera, y yo mismo no las mencionaría ahora si no fuera por la necesidad de detener a cualquier precio la expedición Starkweather-Moore y cualquier otra. Es completamente necesario, por la paz y la seguridad de la humanidad, que no se perturben ciertos rincones muertos y oscuros y ciertas insondables profundidades de nuestro planeta. De lo contrario, aberraciones dormidas podrían regresar a la vida, y pesadillas que han sobrevivido de forma blasfema podrían salir reptando y chapoteando de sus negros cubiles para llevar a cabo nuevas y más amplias conquistas.

Lo único que Danforth me ha dicho es que aquel horror final no era más que un espejismo. No estaba relacionado, asegura, con los cubos y las cavernas de las agusanadas montañas de la locura, llenas de ecos y de vapores. Fue tan solo un reflejo demoniaco y fantástico, en las sinuosas nubes del cénit, de lo que hay tras las montañas de color violeta del oeste. Es probable que no fuera más que una ilusión provocada por la tremenda ansiedad que habíamos sufrido y por el recuerdo de la ciudad muerta reflejada en las nubes que vimos el día anterior..., pero para Danforth fue algo tan real que aún sufre sus consecuencias.

En raras ocasiones, le he oído susurrar cosas inconexas e irreflexivas sobre «el pozo negro», «el borde de la caverna», «los proto-shoggoths», «los sólidos impenetrables de cinco dimensiones», «el innombrable cilindro», «el faro primigenio», «Yog-Sothoth», «el mucílago blanco primigenio», «el color que vino del espacio», «las alas», «los ojos en la oscuridad», «la escalera lunar», «el original, el eterno, el que no muere», y otros insólitos conceptos, pero, cuando recupera el dominio de sí mismo, rechaza todo eso y lo atribuye a sus extrañas y macabras lecturas. Danforth, de hecho, es uno de los pocos que se han atrevido a leer entera la agusanada copia del *Necronomicón* que se guarda bajo llave en la biblioteca de la universidad.

Mientras cruzábamos la cordillera, las capas altas de la atmósfera estaban llenas de vapor y de turbulencia, y, aunque yo no miré el cénit, puedo imaginar que sus remolinos de polvo de hielo debían de mostrar formas insólitas. Algunas escenas distantes, como es sabido, pueden reflejarse de manera singularmente nítida en esas capas de nubes turbulentas, y la imaginación bien puede suplir el resto. Por supuesto, Danforth no hizo ninguna referencia a esos terrores específicos hasta que su memoria tuvo la oportunidad de hacer uso de sus lecturas anteriores. Es imposible que viera tantas cosas en una sola mirada instantánea.

En aquel momento, sus gritos se limitaron a la repetición de una sola demencial palabra cuyo origen yo conocía bien:

—¡Tekeli-li! ¡Tekeli-li!